북해군주
北海君王
소두향 新무협 판타지 소설
FANTASTIC ORIENTAL HEROES

북해군주 1

소두향 新무협 판타지 소설

초판 1쇄 찍은 날 § 2011년 6월 10일
초판 1쇄 펴낸 날 § 2011년 6월 20일

지은이 § 소두향
펴낸이 § 서경석

총괄팀장 § 유경화
편집책임 § 어정원
편집 § 주소영 · 박우진

펴낸곳 § 도서출판 청어람
등록번호 § 제1081-1-89호
등록일자 § 1999. 5. 31
어람번호 § 제2-2106호

주소 § 경기도 부천시 원미구 심곡2동 163-2 서경B/D 3F (우-) 420-822
전화 § 032-656-4452 팩스 § 032-656-4453
http://www.chungeoram.com
E-mail § chungeoram@chungeoram.com

ⓒ 소두향, 2011

ISBN 978-89-251-2540-4 04810
ISBN 978-89-251-2539-8 (세트)

北海君主
북해군주
소두향 新무협 판타지 소설
1
FANTASTIC ORIENTAL HEROES
도서출판 청어람

目次

序章
설중송백(雪中松柏)

눈 속에 우뚝 서다……

설중송백(雪中松柏)
눈 속에 우뚝 서다……

대설원(大雪原).

가도 가도 끝없는 순백의 세상, 눈에 보이는 것이라곤 오직 시리도록 푸른 하늘과 보석처럼 빛나는 설원뿐인 이곳을 세상 사람들은 북해라고 불렀다.

하지만 풀 한 포기, 나무 한 그루 자라지 않는 이 극한의 환경 속에서도 인간은 기어이 뿌리를 내린다.

북해빙궁보다 천 리 위쪽, 해가 여섯 달이나 지지 않는 그 신비 절륜한 땅에 백야(白夜)의 태양만큼이나 찬란한 무맥이 존재했다.

북극빙성(北極氷城)!

언제부터 사람이 살았고 또 만들어졌는지 그 신비의 장막은 여전히 아득하지만, 빙산(氷山)을 깎아 만든 북극빙성은 오늘도 찬란한 광채를 뿌리고 있었다.

앞을 내다보기도 어려운 칼바람이 불었다.

눈가루가 휘날렸고, 그 진한 눈보라 속에 한 사내가 집채만한 고래를 끌고 나타났다.

사내가 끌고 있는 것은 북해 빙호에서 간혹 출몰한다는 뿔이 달린 일각 고래, 어디서부터 끌고 왔는지 그가 지나온 자리를 따라 긴 고랑이 끝없이 이어져 있다.

고래의 긴 뿔을 움켜쥐고 눈보라 속을 헤쳐 나가던 사내가 돌연 멈춰 섰다. 그는 어깨가 결린지 빙빙 팔을 돌리며 어딘가를 주시했다.

눈보라 속에는 무엇인지 알 수 없는 형체가 희끗희끗 모습을 드러내고 있었다.

그것을 살피는 사내의 눈빛은 심유했다.

이제 약관을 갓 넘었을 나이에 긴 속눈썹엔 허연 서리가 내렸고 얼굴은 눈보라에 휩쓸려 온통 눈꽃이 피어 있었으나 그의 도도한 기품과 수려한 외모를 감출 수는 없었다.

사내 호연웅이 의문의 형체를 향해 발걸음을 옮겼다.

눈보라를 헤치며 한참을 다가가자 알 수 없었던 형체는 사람이었고, 그는 해가 떠오르는 동쪽을 주시하고 있었다.

입김조차 서리로 만들어 버리는 극한의 추위였다.

반쯤은 눈사람이 된 것을 보면 이미 오랜 시간 저런 모습으로 서 있었을 터.

누굴까, 저토록 위풍당당한 모습의 설인은?

이곳은 일 년 열두 달 방문자라곤 손가락으로 꼽을 정도로 인적이 드문 곳이었다. 그런 이곳에 극강의 무인이라니.

그리고 점차 다가서자 설인은 호연웅도 너무도 잘 알고 있는 사람이었다.

"참 나, 이곳에서 뭐 하세요?"

"그러는 넌 웬일이냐?"

호연웅의 물음에 오십 줄의 장한이 호목을 부릅떴다.

부리부리한 눈매, 강인한 턱 선, 칠 척에 이르는 신장을 지닌 그는 북극빙성의 성주이며 북극의 절대자라 불리는 북해천제(北海天帝) 호무열(虎武熱)이었다.

호무열이 멋쩍게 웃으며 호연웅을 향해 다가서자 그가 챙겨 입은 두터운 털옷에서 얼어붙은 눈가루가 우수수 떨어져 내렸다.

그를 보며 호연웅이 빙긋이 웃었다.

눈보라에 휘말려 사람인지 설인인지 모를 용모는 둘째 치고, 서로가 수신호위를 따돌린 채 벌판에서 마주한 상황이 우습기 때문이었다.

호무열의 눈빛엔 봄날의 햇볕 같은 따스함이 묻어나고 있었다.

"그걸 잡으러 나섰던 게냐?"

호무열의 시선이 호연웅의 어깨너머 일각 고래로 향했다.

"멋진 놈이죠? 이놈을 잡으려고 사흘 동안이나 빙호에 숨어 있었어요."

"사흘이나 집에 안 들어왔다고?"

"아, 뭐예요, 진짜."

"사흘 만에 고래 하나 잡고서 뭔 투정이야?"

"누가 고래 얘기를 하나요. 하나밖에 없는 아들에게 무심하니 그런 거죠. 그리고 이 정도면 짭짤하죠."

"짭짤하긴, 하루에 하나는 잡아야 수지가 맞지. 그래도 제법 무게가 나가서 기름은 좀 나오겠구나."

"기름뿐인가요. 고기로 잔치도 하고 가죽은 곱게 무두질을 해 제 얼음 침상에 깔 거예요."

"따뜻한 데서 자면 몸에 안 좋아."

"괜찮아요. 제가 아는 어떤 사람은 백곰 가죽을 두 장이나 깔고 자는데요, 뭐."

"나야 등이 배겨서 그렇지!"

"아버지라고는 안 했는데요."

"커험."

"그나저나 여긴 어쩐 일이세요?"

"마중 나왔다."

"이 혹한에 올 사람이 누가 있다고?"

자신이나 부친이기에 이런 혹한을 버텨내는 것이지 범인이라면 살갗이 벗겨지고 온몸에 고드름이 열려 열 발자국 이상을 옮기기 어려운 날씨였다.

그런데 방문자라니…….

"올 때가 됐는데……."

원리원칙에 철저한 부친이 이렇게 호위까지 따돌리고 직접 누군가를 마중 나오는 것은 좀처럼 보기 어려운 일이었다. 도대체 무슨 일일까 싶어 의문을 품을 때, 부친이 주시하는 능선 너머에서 '뿌우우우' 하는 웅장한 뿔 나팔 소리와 함께 거대한 백룡을 연상시키는 무리가 나타났다.

길게 열을 지어 꿈틀거리듯 이동하는 그들은 백곰 가죽을 뒤집어쓰고 있었다.

어림잡아도 일천은 족히 넘을 숫자. 그들은 거친 입김을 뿜어내며 파도가 몰려들 듯 다가왔다.

거리가 점점 가까워지자 이 열로 진군하는 그들 사이로 물길이 갈라지듯 길이 열렸다.

그리고 그 사이로 여덟 마리의 백곰이 끄는 하얀 썰매가 모습을 나타냈다.

북해의 신령한 물푸레나무로 만든 설빙거였다.

설빙거에는 백곰 가죽이 깔려 있었고, 다시 그 위에는 백곰 가죽으로 옷을 지어 입은 한 쌍의 남녀가 앉아 있었다.

남자의 체격은 실로 방대했다, 팔 척에 근접한 체형. 그러나 여자는 두꺼운 곰의 털로도 그 아름다움이 감춰지지 않아 얼음 조각처럼 투명하고 신비로운 기품이 흘렀다.

하지만 그것은 어디까지나 범인들의 얘기.

"어우, 저 못생긴 게 또 왔네."

그들을 보며 호연웅이 고개를 세차게 저었다.

여자는 어느새 다가왔는지 썰매가 멈추기도 전에 폴짝 뛰어 설원에 앙증맞은 발자국을 남기며 달려왔다.

"오라버니이!"

지척에 이른 여자아이가 두 팔을 쭉 벌리고 매달려 육탄 공격을 퍼부었다. 자신의 목에 대롱대롱 매달린 여자아이를 내려다보며 호연웅이 시큰둥하게 물었다.

"여긴 어쩐 일이야?"

"적적해서 마실 나왔지."

"무슨 마실을 열흘이나 걸려서 와?"

"북해에선 어딜 가나 그렇잖아."

그때 썰매에 타고 있던 거한이 쿵쿵 발자국을 찍으며 다가와 북해천제 호무열을 향해 극진한 예우를 취했다.

"강녕하셨습니까?"

"걸걸걸, 오느라고 고생이 많으셨네."

거한은 북해빙궁(北海氷宮)의 십칠대 궁주 빙위람으로 세인들이 북해의 패자라 추앙하는 인물이었다.

호무열이 얼음 침상을 손짓으로 쓸어내며 말했다.

"아랫목으로 앉으시게."

빙산을 깎아 만든 실내에는 온통 만년빙옥으로 만든 물건들뿐이었다.

가구며 그릇이며 탁자, 심지어 침상까지도.

이곳은 극한의 냉기 때문에 만년빙옥이나 얼음이 아니고는 집기로 사용할 수가 없었다.

오죽하면 북해의 패자인 빙궁주가 옷깃을 여미겠는가.

빙궁주가 황당하단 표정으로 얼음 침상에 궁둥이를 붙였다. 그를 보며 호무열이 은근한 목소리로 물었다.

"눈보라가 기승이지?"

"웬걸요. 형님께서 내어주실 웅담주 생각에 추운 줄도 몰랐습니다."

"껄껄껄, 그렇잖아도 성찬을 준비하라 일러두었네."

"불시에 들이닥친 객에게 성찬이라니요, 가당치 않습니다. 조촐하게 고래나 한 마리 눕혀놓고 안주 삼아 포나 뜨면 족한 것을."

"그래, 마침 연웅이가 잡아온 싱싱한 놈이 있으니 내 그것을 내오라 이르겠네."

"정말? 고래를 이리로 끌고 오실 생각이십니까?"

"자네가 포를 뜨자고 하지 않았나?"

"하하, 됐습니다. 농을 농으로 받지 않고 정색하시니 제가 더 민망해집니다."

"그런데 귀한 인사가 어떤 용무로 어려운 발걸음을 하셨는 가?"

"어렵기는요. 존안을 뵙고자 인사 차 들렀지요."

인사치레 방문치고 좀 과하지 않았나 싶었다. 그 수행원만 무려 일천에 이르렀으니 말이다.

아니나 다를까, 빙궁주가 가슴 뜨끔한 본론을 꺼내 들었다.

"그런데 빙정은 잘 보관하고 계시겠지요?"

"빙정을… 반환받으러 오셨나?"

"저야 돌려주시면 좋지만, 어떻게… 회수해도 되겠습니까?"

"다른 방법은 없겠나?"

"글쎄요, 저도 상황이 좀 곤란한지라."

"그렇다면 이참에 빙정을 나에게 파시게."

"어허, 팔 게 따로 있지 어찌 빙궁의 신물을 팔겠습니까?"

빙위람이 경색을 하며 손사래를 쳤다. 그 모습이 완강하자 호무열의 표정에 짙은 그늘이 들었다.

"하아, 당장 빙정이 없으면 이 빙성이 녹아내릴 터인데 이 를 어쩌면 좋겠는가?"

"저도 곤란하기는 마찬가지입니다."

"내가 지닌 빙정만으로는 빙성이 버텨내질 못하네. 사정을 고려해 자네가 몇 년만 유보해 주면 안 되겠나."

호무열의 어투는 사정 조였으나 전신에선 진한 냉기가 스멀스멀 피어나 차가운 실내를 더욱 냉각시켰다.

마땅한 대안이 없자 나름 무력을 과시해 얼러보는 것이었는데, 그 냉기에 빙궁주 빙위람이 고개를 저었다.

"허허, 정말 이럴 정도로 급박하신 겁니까?"

"무장병을 이끌고 온 것은 자네가 먼저였네."

나들이에 일천의 호위병은 아마도 빙위람이 자신의 이런 반응을 예견하고 과시용으로 이끌고 왔을 것이란 판단이 들었다.

기류가 일촉즉발로 흘러가자 빙궁주의 얼굴에 오히려 득의만만한 미소가 흘렀다.

자신이 무장병을 괜히 대동했겠는가.

그러나 이쯤에서 물러설 때였다. 그의 본심은 이런 마찰과는 유별하기 때문이었다.

빙궁주 빙위람이 넌지시 제안 하나를 던졌다.

"허허, 이거 참. 그럼 이러면 어떻겠습니까?"

"좋은 방안이라도 있는 것인가?"

"저는 빙성의 문제를 해결해 드리고, 형님께선 빙궁의 문제를 해결해 주시는 겁니다."

"그거 좋은 생각이네. 그래, 빙궁의 문제가 무엇인가?"

"그게 참, 곤란하게도… 여식이 문제입니다."

“설란이가? 좀 전에도 눈 만난 유록(幼鹿)처럼 활달하던데 무슨 문제가 있다는 것인가?”

“그것이, 혼례를 올릴 때가 다 되었는데… 마땅한 녀석이 통 보이지 않는군요.”

“그건 란이의 문제가 아니지 않은가?”

“모든 혼처를 내치고 버티니 문제가 되지요.”

“따로 마음에 담은 사람이 있는 게로구먼. 설마……?”

“맞습니다, 그 설마가.”

호무열과 일촉즉발까지 치달렸던 빙궁주가 돌아간 뒤 냉기가 가득한 실내에서 두 부자가 마주했다.

“너도 눈치가 있다면 빙궁주가 어찌 왔는지 알겠지?”

“알고 있습니다.”

“북해에서 네 혼처로 어울릴 만한 곳은 빙궁뿐이다. 게다가 빙설란이는 이 드넓은 얼음 대륙을 통틀어 가장 예쁘다. 너도 이젠 결정을 내려야지?”

“란이는 곤란합니다.”

“도대체 무엇이 곤란하다는 것이냐?”

“따져 보면 설란이는 외척입니다. 사촌 외가와 어찌 혼례를 올립니까?”

“허허, 네가 이젠 별 핑계를 다 대는구나. 그리 따지면 북해에 가문의 후사를 이어줄 여인이 존재하기는 한다더냐?”

"그러니 모든 혼처를 마다하는 것 아닙니까."

"그러면 후사는 어찌 이을 것이냐?"

"찾아보면 방도가 있겠지요."

사실 그 부분에서는 호연웅도 마땅한 대책이 없었다.

사돈에 팔촌 당숙까지 모든 족보를 뒤져 보아도 북해에서 빙성과 혈연으로 연결되지 않은 곳이 없었다.

"그것 보아라. 너도 마땅한 대책이 없지 않으냐?"

"그래도 외척과의 혼인은 절대 안 됩니다."

"대를 끊을 셈이더냐."

"아버지께서 이러는 게 혹시 빙정 때문은 아닙니까?"

"비, 빙정이라니, 그런 일은 결단코 없다!"

뜨끔한 호무열이 서늘한 가슴을 쓸어내렸다. 괜히 자식 팔아 호강하려는 부모처럼 자식 눈에 비칠까 우려하는 것이었다.

"그런데 왜 그렇게 강하게 부정하시는 겁니까?"

"절대 그런 일이 없대도!"

"정말입니까?"

"그렇대도! 좋다, 빙성의 무맥이 단절될 수는 없는 일. 그렇다면 이제 네가 갈 곳은 오로지 중원뿐이다."

"중원… 요?"

第一章
중원출도(中原出都)

길을 나서다……

중원출도(中原出都)

길을 나서다……

요녕(遼寧) 흑수현(黑水縣) 외곽의 용문객잔.

용문객잔은 내몽고로 들어서는 경계에 있는 터라 사람들의 왕래가 뜸하고, 가끔 인근의 사냥꾼들이나 대상(大商)들이 이용할까, 평상시에는 풀풀 먼지나 날리는 그런 객잔이었다.

그런 이곳에 때아닌 사람들이 몰려들어 인산인해를 이루고 있었다.

한데 그들이 상단이라면 그러려니 할 것이나 복색이나 허리춤에 턱하니 걸친 검을 보아 무인이 분명한 그들이 무슨 일로 이렇게 떼를 지어 있는지는 의문스런 일이었다.

휑하니 모래바람이 객잔을 스치고 지나치자 밖을 서성이

는 자들이 옷깃을 여몄다. 일시에 많은 인원이 몰려들어 객잔에서 수용하지 못하고 서열에 밀려 밖으로 쫓겨난 삼류 무사들이었다.

그들은 찬바람이라도 피해볼 요량으로 삼삼오오 모여 이야기꽃을 피웠다.

"도대체 온다는 사람이 누굴까?"

"그야 말을 안 해주니 어찌 알겠나. 하지만 이것 하나는 분명하네."

"뭐 아는 거라도 있어?"

"작년 북해빙궁주의 방문 때는 단 여섯이 마중을 나왔으나 지금은 얼추 삼백 명이 넘는다는 것."

"진짜 그러네?"

"그러니 상상해 보란 말일세. 어떤 귀인일지 말이야."

그들의 이야기는 꼬리에 꼬리를 물었고, 그만큼 나타날 인물에 대한 호기심도 커졌다. 북해에 사는 신인(神人)일 것이란 추측부터 혼기가 꽉 찬 세가의 무남독녀 모용설의 혼례 단자가 들어온다는 추측까지.

어쨌든 결론은 몹시 대단한 사람일 것이란 추측이 지배적이었다.

그때 언덕 너머에서 비루한 행색을 한 젊은 두 남자가 모습을 나타냈다.

궁금함에 애를 태우던 무사들의 눈길이 자연히 그들에게

향했다. 하나 기대와는 사뭇 다른 모습. 한 사람은 누렇게 때가 바랜 털옷을 반쯤은 벗어젖힌 채 열심히 손부채질을 했고, 뒤를 따르는 사내는 산만 한 덩치에 어울리지 않은 아담한 목관을 가로질러 멨다. 게다가 초라한 행색에 털레털레한 걸음새까지, 기대하던 상상하고는 달라도 너무나 달랐다.

웬 떠돌이 걸인인가 싶어 모든 시선이 그들을 외면했다.

"후아! 덥다, 더워!"

"소공, 웬만하면 체통을 생각해 옷 좀 걸치시지요?"

그들은 빙성을 떠나 두 달여 만에 중원 변방 끝자락에서도 오지에 도착한 호연웅과 호위무장 맹가량이었다.

앞서 걷던 호연웅이 한 손으로는 양이 차지 않는지 양손으로 부채질을 하며 돌아섰다.

"맹 공은 안 더워?"

"더, 덥긴요. 전 오히려 서늘합니다."

호연웅이 가자미눈을 뜨며 질색하는 그 모습을 째려봤다.

"수상해. 나 몰래 뭘 챙겨왔지?"

목관을 짊어진 칠 척의 거구 맹가량이 뜨끔한 표정으로 도리질을 쳤다.

"그런 거 전혀 없습니다."

"어제 나 몰래 쪽쪽 빨아 먹던 거, 그거 보약이지?"

호연웅의 눈빛이 한층 더 예리하게 변해갔다.

한편, 시치미를 뚝 떼는 맹가량의 얼굴엔 여유가 번졌다.

'다행히 빙옥(氷玉)을 챙겨온 건 모르시는구나.'

"…예리하시네요. 그게… 빙성에서 챙겨온 것이라 좀 상했을지도 모르는데. 드시겠어요?"

"됐네. 맹 공이나 많이 먹고 배탈이나 확 나버려라. 후아! 덥다, 더워. 그런데 이런 오지에 사람이 꽤 많이 사네."

"생존본능이 그래서 무섭죠."

호연웅이 그렇긴 하단 듯이 고개를 끄덕이며 수긍했다.

"맞아. 그렇긴 하지……."

무사들 사이를 지나치던 그때, 동정 어린 눈빛들이 힐끔거리며 호연웅의 전신을 스쳤다.

왠지 기분 나쁜 눈길.

옷깃을 여미는 추위에도 웃통을 거의 드러낸 채 연방 손부채질이니 온전한 자로 보일 리 있겠는가.

영문을 모르는 호연웅이 맹가량에게 물었다.

"눈빛들이 왜 저래?"

"글쎄요? 이것들이 감히!"

맹가량이 험악하게 인상을 쓰며 눈을 부라리자 무사들이 서둘러 고개를 돌렸다.

약간은 오락가락해 보이는 녀석이 눈에서 광기를 뿜어내니 무서워서 피하는 게 아니라 더러워서 피하는 꼴. 하지만 그것을 알 리 없는 맹가량은 더욱 의기양양해져 그들 사이를 누볐다.

‘별것도 아닌 것들이…….’

“됐다. 더운데 땀 나. 그냥 가지.”

기분이 찜찜해도 측은하게 바라보는 동정의 눈빛에 화를
내기도 마뜩찮은 일이었다. 그냥 무심한 듯 지나쳐 객잔으로
들어섰는데, 이번엔 실내가 만석이라 발붙일 틈이 없을 정도
로 비좁았다.

그 틈바구니에 호연웅과 맹가량이 끼어 길을 내려고 버둥
거리는데 누군가가 코를 쥐어짜며 말했다.

“휴! 냄새!”

순간 호연웅과 맹가량의 주변이 횅하니 넓어졌다. 냄새에
질겁한 무사들이 서둘러 물러섰기 때문이다. 그리고 어디선
가 혀를 차는 소리가 들렸다.

“쯧쯧!”

“웬만하면 좀 씻고 다니지. 웬 냄새가…….”

누구를 향한 이야기인지는 뻔한 것. 호연웅이 ‘요것들 봐
라?’ 하는 눈빛으로 눈을 부릅뜰 때, 어디에선가 청량한 목소
리가 들렸다.

“카햐! 시원타! 속이 그냥 쭉쭉 풀리는구나!”

한걸음에 다가선 호연웅이 속 풀이를 하는 사내에게 말했
다.

“거, 얼마나 시원한지 나도 좀 마셔보세.”

"뭐요?

"값은 따로 치르지. 내가 워낙 갈증이 나서 말일세."

낙뢰가 떨어지고 태풍이 몰아친들 이보다 빠를까.

순식간에 뜨거운 김이 펄펄 솟는 사발을 뺏어 든 호연웅이 단숨에 들이켰다.

"꿀!"

호연웅의 부릅떠지는 눈동자를 보고 맹가량이 사태를 직감했다.

탁자를 박차며 뛰어든 맹가량이 황당해하는 사내의 멱살을 틀어쥐었다.

"이 자식! 주군에게 무슨 짓을 한 거야!"

느닷없이 일어난 난장판에 객잔의 모든 시선이 한곳으로 쏠리고, 이어 모든 도병이 일제히 뽑혀 나왔다.

차차창! 창창창!

오뉴월 서릿발 같은 살기가 실내를 메웠다. 그를 본 맹가량이 어금니를 악물고 나설 때 호연웅의 목소리가 들렸다.

"거 맛있네?"

"소공, 괜찮으신 겁니까?"

"혓바닥을 좀 데었어. 그런데 우리 여기서 만나기로 한 게 맞아?"

"편액에 용문객잔이라 쓰여 있었으니 맞습니다."

"그래? 그럼 이 중에 있을 수도 있으니 살살해."

“알겠습니다. 살살 얼러만 주지요.”

말은 살살이라 하지만 여전히 불같은 기세를 뿜어내는 맹가량이 사내의 멱살을 틀어쥔 채 탁자 위로 올라섰다.

“모용세가에서 나온 분들은 잠시 빠져 주시오. 나머지 놈들은 모조리 늑골을 부숴…….”

“우리가 모용세가다!!”

객잔이 떠나갈 듯한 함성.

화들짝 놀란 맹가량이 어리둥절한 눈으로 호연웅을 바라봤다.

“전부 다라는데요?”

그때 검파를 움켜쥔 무사들 사이로 길이 열리고, 한 묘령의 여인이 다가와 공손하게 읍을 올렸다.

“모용세가에서 마중 나온 모용설이라 합니다. 바로 알아보지 못한 결례를 용서하십시오.”

호연웅이 서글서글한 웃음을 지으며 모용설에게 다가섰다.

“괜찮소. 덕분에 아주 미묘한 맛도 알았소.”

만면엔 편안한 미소를 짓지만 호연웅의 시선은 나타난 모용설의 전신을 살펴보기에 여념이 없었다.

흑진주처럼 영롱한 눈망울, 갸름한 목선, 볼록한 가슴, 잘록한 허리에 탱탱한 엉덩이까지 한눈에 척 봐도 이건…….

‘어우.’

호연웅의 시선이 탁자 위에 뻘쭘하게 서 있는 맹가량에게 향했다. 자네가 보기엔 어떠냐는 물음. 게슴츠레한 눈길로 모용설을 훑어본 맹가량이 슬그머니 고개를 흔들었다.

자신이 보기엔 절색이었다. 하나 소공이 저런 눈빛을 던질 땐 뭔가 불만이 있다는 뜻. 타고난 잔머리의 맹가량은 고개를 저을 수밖에 없었다.

반면 맹가량과는 다르게 호연웅은 흐뭇한 미소를 머금었다. 역시나 맹 공의 안목은 자신과 자웅을 겨룰 만큼 경지가 높았다. 결코 어설픔을 용서치 않았고, 냉철한 판단으로 여인을 평가했다.

중원 지리와 풍습에 해박한 수행원을 대동하라는 부친의 당부에도 끝끝내 맹가량을 고집하며 데려온 이유가 바로 그것이었다.

자신과 눈높이가 같다는 점.

약간 맹하고, 먹는 것은 치사하게 밝히고, 허풍까지 세지만 오로지 그 점 때문에 그는 선택된 것이다. 이참에 맹가량 역시 배필을 구하고자 하는 작은 소망을 끼워놓고서.

어디선가 침 넘어가는 소리가 들렸다.

깜짝 놀란 맹가량이 주위의 눈치를 살폈다. 다행히 자신을 주시하는 사람은 없었다. 은연중 안도하며 그는 넘어가는 군침을 감추기 위해 부단하게 노력했다.

'어떻게 저런 여인을 마다하지?'

헛물을 켜도 정도가 있지. 누가 뭘 준다고 한 것도 아니건만 맹가량의 눈에는 소공이 손만 내밀면 천하의 모든 여인이 옷고름을 풀 것이란 망상에 빠져 있었다.

‘…부럽다.’

야릇한 눈길이 자신을 지나치자 모용설은 그 눈빛이 스쳐 갈 때마다 흠칫흠칫 놀랐다.

그 노골적인 눈빛에 뭐 이런 작자들이 다 있을까 싶은데.

“낭자 말고 다른 분은 없소?”

한술 더 떠서 그는 다른 여자를 찾았다. 수치심으로 얼굴이 붉어진 모용설의 손끝이 부르르 떨렸다.

“그 말씀은 무슨 뜻으로 하시는 거죠?”

“내가… 낯가림이 심해서……”

뭐 이런 싸가지가 다 있을까?

첫 대면부터 음침한 눈길을 던지고 낯가림을 운운하는지.

그런 모용설과 다르게 호연웅은 낮은 숨을 내쉬며 울렁이는 속을 달래는 중이었다. 희한하게도 그에게는 여자 울렁증이 있었다. 그것도 맘에 들지 않는 용모를 보면 심하게 울렁거렸다.

“낭자 말고 정말 다른 분은 없소?”

모용설의 얼굴이 싸늘하게 굳어졌다. 천외천의 소공자라 하여 왠지 모를 설렘에 그 먼 길을 한걸음에 달려왔건만 이런 무시를 받다니.

보통 자신의 용모쯤 되면 눈빛이 흔들린다거나 말이라도 붙여보고자 안달을 부리는 것이 맞았다. 그럼 자신은 도도하고 쌀쌀맞게 외면해야 그림이 맞는데 대뜸 면박을 줘?

'이 작자가 요녕제일미를 뭐로 보는 거야?

평소 용모에 대한 자부심이 남다른 그녀였다. 외간남자 앞에 나선 것도 큰 용기가 필요했던 일인데 마치 벌레를 쳐다보듯 해?

살포시 입술을 깨물었던 그녀가 입을 열었다.

"여자는 저 하나뿐입니다!"

팩 토라진 모용설이 고개를 돌려 한 중년인에게 말했다.

"양 호법님은 서둘러 세가로 돌아갈 수 있도록 준비해 주세요."

양 호법이라 불린 중년인이 어색하게 되물었다.

"저 공자님은?"

"당연히 끌고, 아니, 모시고 가야지요!"

호법 양만추는 넉넉한 웃음을 보인 뒤 무사들을 이끌고 객잔 밖으로 사라졌다. 그들이 나서자 와글와글하던 객잔이 순간 텅 비어버려 내부에는 호연웅과 맹가량, 모용설만이 남아 어색한 분위기가 흘렀다.

서먹서먹한 분위기가 이어지자 모용설이 곁눈질로 그들의 동태를 살폈다. 귀빈이라는 작자는 여전히 자신을 외면하며 먼 산으로 시선을 던졌고, 수하인 듯싶은 자는 가자미눈을 뜨고 자신을 힐끔거리고 있다.

　이젠 끓어오르다 못해 폭발할 지경인 모용설은 슬그머니 주먹을 말아 쥐고 부들부들 떨었다.

　'오늘 개 값 한번 물어?'

　덜컹, 덜커덩!

　네 마리의 말이 끄는 사륜마차가 호연웅의 면전에 멈춰 섰다. 그를 모용세가까지 호송하기 위해 모용설이 특별히 준비한 마차였다.

　사실 그녀의 내심은 호연웅의 모가지를 밧줄로 칭칭 감아 사흘 밤낮을 끌고 다닌 뒤 내던져 버리고 싶었으나 어쨌든 그는 귀빈이었다.

　모용세가에 유래를 찾아보기 어려울 만큼 귀한 손님이라는 부친의 신신당부까지 있었다.

　절대 심기를 상하지 않도록 각별히 조심하라는 그 말이 머릿속에 맴돌아 모용설은 살이 떨리는 심기를 꾹꾹 눌렀다.

　"마차에 오르시지요."

　모용설의 매서운 눈빛이 그 음탕한 눈빛의 호연웅에게 향했다.

　'으드득… 어라?'

　그런데 이건 또 무슨 황당한 짓인지.

　수치를 무릅쓰고 자존심까지 다 버려가며 마차에 올라타

라고 정중히 부탁했건만, 호연웅은 바퀴 앞에 쪼그려 앉아 손가락으로 쿡쿡 마차 바퀴를 찌르고 있었다.

바퀴는 호연웅이 처음으로 접해보는 것이었다.

"오오……."

모든 물물을 썰매로 이동하는 북해에서 자란 그에게 바퀴는 참으로 요상하고 신기한 물건일 따름이었다.

호연웅이 손가락을 까닥거려 맹가량을 불렀다.

쪼르륵 달려간 맹가량 역시 마차 바퀴를 또렷이 바라보며 희한하다는 듯한 표정. 세상에 이런 촌놈들이 또 있으랴.

어이없는 모용설은 본인도 모르게 양손이 옆구리로 척 걸쳐져 앙칼진 목소리를 쏟아냈다.

"이제 그만 마차에 오르시라고요!"

하지만 호연웅은 여전히 바퀴에 정신이 팔려 귓등으로도 듣지 않았다.

"하아!"

무례하고 안하무인에 예의범절이라곤 눈곱만치도 없는 인물, 그런 호연웅을 보고 있자니 절로 한숨이 쏟아질 뿐이다.

에라, 모르겠다 싶은 모용설이 마부에게 신호를 보내 마차를 출발하라고 지시를 내렸다.

덜컹.

마차 바퀴가 조금씩 굴러가자 그를 바라보는 호연웅과 맹가량의 표정에 희열이 흘렀다.

"오오, 오우, 오오!"

참 나, 하찮은 마차 바퀴가 그렇게나 희한할까.

모용설은 고개를 절레절레 흔들며 자신의 애마에 올라탔다. 그런데 그를 본 호연웅의 눈빛이 반짝였다. 그가 득달같이 달려와 고삐를 움켜쥔 모용설의 손목을 덥석 잡았다.

"뭐하는 짓이에요!"

외간남자에게 불쑥 손목을 잡히니 목소리가 고울 리 없었다.

"나, 나도 이거 타겠소."

호연웅은 어느새 말 잔등을 슬슬 쓰다듬고 있었다.

말 역시 북해에서는 볼 수 없었던 동물. 북해에서 타고 다닐 것이라곤 순록과 조련된 백웅(북극곰)뿐이었으니 모용설이 탄 백리총이 신기할 수밖에 없었다.

생긴 것도 엄청 순하게 생겨 눈망울이 촉촉한 게…….

"보기보단 사나워서 외부 사람은 잘 태우지 않는데 괜찮겠어요?"

끄덕끄덕.

모용설은 옳다구나 싶었다. 개망신을 앙갚음할 복수심이 가마솥에 들끓은 물처럼 끓어올랐다.

"그럼, 제가 양보하죠."

시치미를 뚝 뗀 채 모용설이 백리총에서 내려서자 뭣도 모르는 호연웅이 폴짝 뛰어올라 안장에 궁둥이를 붙였다.

히히힝!

역시나 모용설의 애마는 기대를 저버리지 않았다.

하늘 높이 앞발을 치켜든 백리총이 투레질을 하며 낯선 이 방인을 털어내려 발버둥을 쳤다.

“어어? 왜 이래? 어어어……!”

이슬 젖은 눈망울에 속았다.

거칠고 사납기도 북극곰에 비할 바가 아니었다.

당황한 호연웅이 떨어지지 않으려고 허벅지에 힘을 주자 그 압력에 놀란 백리총이 더욱 날뛰기 시작했다.

호연웅의 궁둥이가 하늘로 치솟았다.

“어어…….”

하지만 이대로 떨어진다면 개망신도 그런 개망신이 있으랴. 호연웅이 안장에 두 발을 딛고 올라서 곡마단처럼 중심을 잡았다.

이까짓 것쯤이야 하는 마음이 들 때 백리총이 땅을 박차고 쏜살같이 튀어나갔다.

“우왓!”

그 속도에 놀라 미끄러진 호연웅이 뒤돌아선 자세로 안장에 올라탔다.

거꾸로 내달리는 볼썽사나운 상황에서 붙잡을 곳이라곤 눈앞에서 흔들리는 말총뿐. 납작 엎드려 말총을 움켜쥐자 이번엔 아랫도리가 안장 위에서 들썩거리며 묘한 충격을 전신으로 퍼뜨렸다.

"오우! 오호훗······!"

밤에는 모닥불을 지피며 야영하고, 낮에는 이동하는 사흘의 여정이 지나자 저 멀리 모용세가가 눈에 들어왔다.

그동안 호연웅은 말 타는 것에 익숙해져 곡마단의 기예처럼 말 등에서 재롱을 부렸다.

뒤로 돌고, 옆으로 눕고, 올라서고.

그런 모습을 맹가량은 마차에 난 쪽창에서 바라보며 열화와 같은 박수로 응원을 보냈다.

"우왕! 크하! 오오오!"

푼수들도 저런 푼수들이 있을까.

그 모습을 바라보던 모용설이 고개를 돌려 그들을 외면했다. 세가 무사들 보기가 창피해 얼굴 들기도 민망했다.

세가에 도착해도 저들과 함께할 나날들이 심란할 뿐이다.

말이 뛰노는 농장을 지나자 마침내 수많은 전각을 거느린 대장원이 보였다.

"여기가 저희 집 모용세가입니다."

모용설이 가리키는 곳으로 시선을 던진 호연웅의 눈빛이 경악으로 물들었다.

'무슨 집이 저렇게 많아?

빙산을 깎아 만든 빙성은 하나의 거대한 성채였으나 이곳은 건물들이 무수했다. 호연웅은 떡 벌린 입을 다물 줄을 몰랐다.

고아한 내실에 들어서서도 호연웅의 휘둥그레진 눈은 변함없었다.

뒤따르는 맹가량도 치장된 물건에 정신이 팔려 있기는 마찬가지.

그들이 바라보며 고개를 갸웃갸웃한 것은 남북으로 한없이 뻗은 대리석 탁자였다.

만년빙옥처럼 윤기가 자르르한 것이 손바닥만 얹어도 냉랭한 촉감이 심신을 상큼하게 만들었다. 게다가 미끄러지듯이 흐르는 감촉은 그것이 뛰어난 명품임을 증명했다.

'돈 좀 들었겠는데?'

다음으로 호연웅의 눈을 사로잡은 것은 벌건 숯불이 담긴 금동화로였다.

어떻게 불씨를 담은 그릇이 녹지 않는지.

문명의 중심인 북해에서도 이런 그릇은 존재하지 않았다.

모든 것을 날것으로 먹고 어둠에선 수정구가 등불을 대신했기에 불이란 것도 피울 필요가 없었다.

황금이나 수정보다 귀한 것이 목재. 나무 자체가 귀하니 불을 피울 수가 없고, 그나마 수정구를 대신하여 불을 피울 때는 고래 기름을 가죽에 담아 함께 태우며 사용했다. 한데 불길을 머금어도 말짱한 그릇이라니.

절로 감탄이 흐를 뿐이다.

그때 안쪽 깊은 내실에서 한 초로인이 빠른 걸음으로 밖으로 나서 환한 웃음으로 호연웅을 반겼다.

"어서 오시게, 소공자아!"

"뉘신지?"

호연웅은 물건에 정신이 팔려 대수롭지 않게 되물었다.

초로인은 반백의 머리에 비해 나이가 쉰이 채 안 되어 보였고, 상투에 꽂은 흰 용잠이 하얀 도포와 어울려 청수한 문사의 풍모가 엿보였다. 그는 바로 모용세가의 가주 신필대협(神筆大俠) 모용사헌이었다.

호연웅을 보며 이리도 눈치가 없을까 싶은 모용설이 서둘러 나서며 부친에게 예를 올렸다.

"아버님, 소녀 천외천의 소공자님을 모시고 돌아왔습니다."

"그래, 네가 참으로 고생했구나."

그제야 대충의 상황을 알아챈 호연웅이 고개를 꾸벅거려 인사를 올렸다.

"아, 가주님? 처음 뵙겠습니다. 호연웅이라 합니다."

모용가주의 얼굴에서 억지스러운 웃음이 번졌다.

"어서 오게. 먼 길… 고생이 많았네."

고생이라……

펄떡이는 청춘에게 그깟 여행이 무슨 고생이겠느냐마는 이곳까지 오는 동안 맘에 드는 처자를 발견하지 못했으니 살짝 실망이 드는 것은 어쩔 수 없는 일이었다.

게다가 덥기는 왜 이렇게 더운지.

"아, 네. 굳이 변방까지 와야만 했는지 의문이 들지만 어쨌든 만나뵈니 반갑습니다."

모용가주의 낯빛이 조금 더 침잠하게 변해갔다.

물건에 온통 정신이 팔려 건성건성 하는 모습하며 요녕이 중원보다 변방인 것은 분명했으나 북해에서 방문한 자가 변방을 운운할 처지는 아니었기 때문이다. 아니나 다를까, 모용가주의 뇌리를 강타하는 말이 호연웅의 입에서 흘렀다.

"물이 너무 흐려요."

"……!"

순간 몸이 굳은 모용가주와 모용설이 두 눈을 끔벅이며 호연웅을 바라봤다. 특히 모용가주 모용사헌은 그 말에 숨은 의미를 한눈에 꿰뚫었다.

"허허, 안목이 높으니 각별히 신경 써달라는 어르신의 말씀이 무슨 뜻인지 이제야 알겠네."

"그렇죠? 영 아니올시다죠?"

"요녕제일의 미인인 내 여식도 눈에 차지 않는다니… 과연 천외천의 안목이 놀랍네. 하나 곧 있으면 이곳에서 용봉지연이 열릴 것이니 자네의 안목이 많이 정화될 것이라 믿네."

"허허허! 그렇단 말이죠? 허허!"

"그, 그렇다네. 하하하!"

모용가주는 억지웃음으로 싸한 분위기를 달랬다.

모용설로서는 듣기 민망한 대화들. 목덜미가 슬슬 붉어지는 그녀가 일어서려 하자 모용가주의 한마디가 그녀의 발목을 붙들었다.

"오늘은 이만 푹 쉬고 내일은 저잣거리 구경이라도 하시게. 설아야, 네가 호 공자를 안내하도록 하여라."

"제가 따로 할 일이 있어서……."

"미루고 안내를 맡아라."

"전 못해요. 아니, 안 하겠습니다."

"설아!"

"절대! 절대로 못한다고요. 어떻게 제가. 허 참."

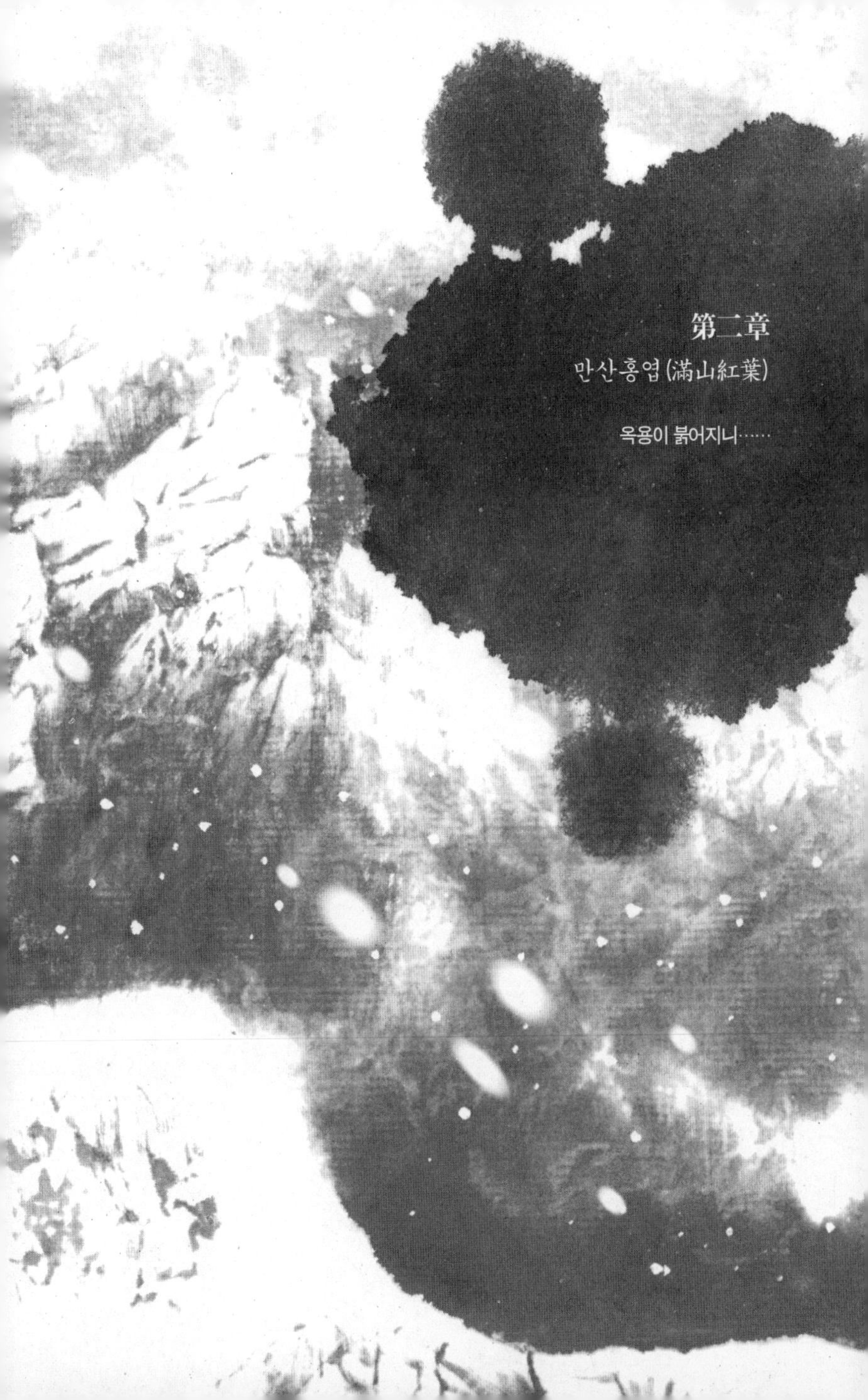

第二章
만산홍엽(滿山紅葉)

옥용이 붉어지니……

만산홍엽(滿山紅葉)
옥용이 붉어지니……

　다음날. 호연웅과 맹가량이 모용설을 따라 저잣거리에 나
섰다. 전날에 이어 모용설의 얼굴에는 여전히 찬바람이 쌩쌩
불었다.
　조금씩 성도에 가까워지자 호연웅과 맹가량의 눈이 화등
잔만 하게 변해갔다.
　처음엔 거리를 메운 인파에 놀라더니 포목점에 물결처럼
늘어놓은 색색 가지 비단에선 찬사를 터뜨렸다.
　"맹 공! 저 색깔들 좀 봐!"
　"오색 물결이 그냥 넘실거립니다."
　순백의 세상, 사시사철 흰 백곰 가죽만 덮어쓰던 그들이니

이런 화려한 색상을 접해볼 기회가 별로 없었다.

게다가 만지면 반질반질 흐르는 그 촉감에 감탄이 절로 터졌다.

그들의 어수선함이 점차 커지자 모용설이 주변을 의식하여 채근하고 나섰다.

"좀 점잖게 행동하실 수 없을까요?"

"우리가 뭘 어쨌다고 그런 말을 하시오?"

"됐어요. 말다툼할 시간이 없으니 그냥 가죠. 이곳은 다음에 다시 들를 예정이니 그때 좀 더 구경하도록 하세요."

몸을 휙 돌려 앞서 가는 그 모습을 보며 호연웅과 맹가량은 어적어적 그 뒤를 따를 수밖에 없었다.

뒤를 따르는 도중 호연웅이 맹가량에게 넌지시 물었다.

"은형십오위(隱形什五衛)는 어딨지?"

맹가량의 눈동자가 또르륵 구르며 허공을 훑었다.

이곳 어딘가에 있을 것이란 뜻.

호연웅이 찡긋하는 눈짓으로 허공에 신호를 보냈다.

눈짓은 포목점을 가리키는 것이었다. 그러자 찰나에 허공이 일렁거리더니 순식간에 제 모습을 찾아갔다.

호연웅과 맹가량이 떠난 뒤 허공에서 그들만의 은밀한 속삭임이 들렸다.

"무슨 뜻이지?"

"저 원단들을 말씀하시는 거 같은데?"

허공에 불쑥 나타난 수많은 눈동자가 포목점을 주시했다.

이상한 눈짓을 허공에 던져 혼동을 심어준 호연웅이 바쁘게 앞서 가는 모용설의 뒤를 열심히 뒤따랐다.
지나온 길이 워낙 복잡하여 여차하다간 길을 잃어버리기 십상이기 때문이었다. 혹시라도 놓칠까 싶어 열심히 뒤를 따르는데, 작은 공터에 우르르 몰린 사람들 속에서 탄성이 흘러나왔다.
뭔가 싶었던 호연웅과 맹가량이 인파를 헤치고 그 안으로 들어섰다.
"오오!"
"오호홋!"
그곳에선 마희단(馬戲團)의 공연이 한창이었다.
두 번 다시 못 볼 진귀한 풍경에 호연웅과 맹가량은 모용설도 잊어버린 채 마희단의 공연에 빠져들었다.
한 건장한 사내가 온몸에 불덩어리를 굴렸다. 그리곤 잠시 뒤 입에서 불길을 내뿜었다.
"우와아!"
호연웅으로선 그저 마냥 신기할 뿐이다.
게다가 생전 처음 보는 희한한 동물은 어쩜 그리도 깜찍하고 재롱을 잘 부리는지. 그 동물의 이름이 원숭이라는 것도 이곳에서 처음으로 알았다.

원숭이 공연이 끝난 뒤 이번엔 하느작거리는 나삼을 걸친 처자가 연검을 들고 나섰다.

뜨악! 그 요염한 모습에 눈알이 튀어나올 지경.

풍악에 맞춰 처자의 튼실한 궁둥이가 흔들리며 검무가 이어지자 마른침이 절로 넘어가고 쩌억 벌어진 입이 다물어질 줄 몰랐다.

"실팍하네!"

"낭군이 누군지는 모르나 밤마다 침 좀 삼키겠는데요."

그 목소리가 소곤거림이라면 모를까, 대놓고 떠드니 그들을 찾으러 되돌아온 모용설은 그 모습을 보며 마냥 어이가 없었다.

'내가 부끄러워서, 진짜.'

길을 잃지 않도록 꼭 붙어 다니라던 부친의 엄명이 아니었다면 벌써 나 몰라라 했을 것이다. 하지만 그 오두방정이 극에 이르니 모른 척할 수만도 없는 일이었다.

만약 저들이 모용세가의 귀빈이라는 것이 밝혀진다면 그런 망신이 어디 있겠는가.

풍악에 신이 났는지 여인의 검무 때문인지 눈 만난 강아지처럼 폴짝이는 그들에게 모용설이 은근슬쩍 다가섰다.

"이제 그만 가시죠."

어떻게든 구슬려 보겠다고 조심스럽게 말을 꺼냈으나 철 모르는 강아지들은 계속해서 보챘다.

"볼거리가 넘치는데 어딜 가자는 거지?"

"하아!"

철없는 것들에게 난감해진 모용설은 독사눈이 되었다. 하지만 모르는 것은 죄가 아니요, 모르고 저지르는 짓은 잘못이 아니라고 했다.

그런데 하나하나를 매번, 일일이, 때때마다 어떻게 알려준단 말인가. 마치 자신이 보모라도 된 듯한 기분이 들었다.

"한가하게 이럴 때가 아니라고요."

"응?"

호연웅이 음흉스런 시선으로 모용설을 주시했다.

"혹시… 여인?"

떠덩! 모용설의 머릿속에 범종이 울렸다.

뒷말은 더 안 들어도 알 것 같았다. '여인을 소개해 주겠느냐는' 기도 안 찰 발상이었다.

모용설은 어처구니가 없었다. 절대로 원치 않지만 어쨌든 자신도 천외천 신붓감 후보 가운데 한 명이 아니던가.

그런 자신에게 여인의 소개 운운하다니.

그냥 말문이 턱하고 막힐 뿐이다.

대체 이 인간의 머릿속에는 무엇이 들어 있을지 수박이라면 쩍 갈라 시원하게 속이라도 확인해 보련만, 어떻게 여인의 자존심을 이토록 무너뜨릴 수가 있을까.

서둘러 그들을 인파 사이에서 끌고 나온 모용설이 한가한

곳에 다다라 호연웅에게 따지듯이 물었다.

"대체 얼마나 예쁜 여인을 찾으시는 거죠?"

목구멍에선 '나도 제법 예쁘거든, 이 자식아!' 라는 말이 맴돌았으나 그 말을 어찌 스스로 뱉으랴.

그런데 호연웅은 오히려 한술 더 떠서 말했다.

"북해에는 오향진미(五香眞美)라는 게 있지."

처음엔 무슨 음식 이름인가 했다.

한데 가만히 음미하니 여인에게 느껴지는 다섯 가지 향기라는 뜻. 그럼 자신에겐 그 향기가 없단 말이었다.

자존심이 땅에 묻힌 것도 모자라 이제는 솔솔 향불까지 태워지고 있었다.

그녀의 손끝이 부들부들 떨렸다.

"네네, 어련하시겠어요. 그 오향진미 많이 잡수시고 무병장수하세요."

"어떻게 알았소?"

무엇을 알았다는 말인지? 말을 섞어볼수록 손해를 보는 느낌이다. 가만히 따져 보는 순간, 그녀의 목덜미가 새빨갛게 변했다.

오향진미는 여인이 가진 향기였다. 그런데 그것을 많이 먹으라면?

'어머? 내가 무슨 말을 한 거야?'

뒤늦게 말실수를 깨닫고 안절부절못하는 모용설의 귓가에

호연웅의 은근한 목소리가 들렸다.

"자식은 서른 정도만 둘 생각이오."

'하아!'

갑자기 눈앞이 캄캄하고 수치심에 온몸이 녹아내리는 것만 같은 모용설이었다.

벌겋게 홍엽으로 물든 모용설이 호연웅과 맹가량을 데리고 도착한 곳은 도병창(刀兵廠)이라 불리는 병기 제작소였다.

천지사방에선 쇠를 치는 소리가 요란하게 울렸다.

"이리 시끄러운 곳은 왜 온 거요?"

"중원 문물을 숙지한다고 하지 않으셨나요?"

"그렇소."

"이곳은 요녕에서 소모되는 모든 도병을 제작하는 병기제작창이에요."

"그런데?"

"가주님께서 당부하시길, 호 공자님의 품위에 어울릴 만한 병기를 선물하라 하셨으니 이곳에서 도검들을 보시고 맘에 드시는 것을 고르시면 됩니다."

호연웅이 눈썹을 찡그렸다.

"남자는 주먹. 거추장스럽게끔 뭘 병기씩이나."

"그래도 당부가 있었으니 고르셔야 합니다."

"싫다니까."

“싫어도 고르세요.”

“어허, 이 여자가 정말.”

“용봉지연이 어떤 행사인지 모르시나요?”

“선남선녀들이 모이는 자리지.”

“맞아요. 천하에 날고 긴다는 명문세가와 문파에서 배출한 최고의 용봉들이 모여 교분을 나누는 자리가 용봉지연이에요. 그것도 호 공자님을 위해 아버님께서 거금을 들여 개최하시는 거라고요.”

“그런데?”

“그런 자리이니만큼 최고로 치장해야죠. 다들 화려하게 치장하고 나설 테니 호 공자께서도 그에 어울리는 품위를 지키셔야 합니다. 특히, 호 공자는 모용세가의 귀빈이시니 이건 모용세가의 체면과도 상관이 있어요. 그런 자리에 나가면서 신병이기까지는 아니더라도 보검 한 자루는 있어야 품위가 살아나지 빈손이라는 게 말이 되나요?”

고개를 끄덕이던 호연웅이 하얀 이를 드러냈다.

“말이 되지.”

“뭐요?”

“화려한 곳에선 오히려 화려함이 돋보이지 않는 법. 남들과 달리 빈손이라면 그것이 더 돋보이지 않겠소?”

모용설의 얼굴이 조금씩 굳어져 갔다.

“퍽이나 돋보일까요? 빈곤한 거지.”

길 닦아놓으니 미친년이 지나간다는 말처럼 호연웅을 이곳에 데려온 것부터가 기분이 상한 그녀였다.

누구를 위해 때깔 좋게 치장하고 선을 보여야 하는지 자존심이 팍팍 상하는 일인데 성의를 무시하니 속이 펄펄 끓을 수밖에 없었다.

그런 모용설의 오기를 호연웅은 끝끝내 외면했다.

“자고로 사람은 추할수록 꽃을 꽂기를 좋아한다고, 신병이기 따위로 자신을 감추고 돋보이려 하는 것부터가 잘못된 일이오. 게다가 그것이 부를 상징한다는 말은 더욱 근거없는 소리요.”

사실 빈곤하다는 말이 호연웅의 자존심을 건드렸다.

돈 버는 일이라면 자신있는 그였고, 대놓고 자랑할 거리는 아니었지만 북극빙성의 금력은 실제로도 상상을 불허할 정도로 거대했다. 일 년이면 그곳에서 수확하는 고래가 수백 마리에 이르렀고, 그것이 전부 기름이 되어 중원으로 흘러들었으며, 순록의 뿔 또한 약재와 화살의 도구로 약종상과 군벌로 납품되었다. 물론 중간상인을 거쳤지만.

게다가 열두 군데의 금광과 세 곳의 수정 광산, 거기에 없어서 못 팔 정도로 품귀 현상을 빚는 정력의 상징 해구신까지, 모피의 으뜸이라는 백곰 가죽은 그냥 굴러다닐 정도였으니 빙성의 비고에는 재화가 넘치다 못해 폭발 지경에 이르고 있었다.

그런데 그 많은 재력을 쓸 곳이 없었다.

가솔들에게 지급되는 녹봉이라고 해봐야 워낙 재력이 막강하니 티도 안 났고, 또 쓸 곳도 마땅치 않았다.

그런데 빈곤하다 하니 마냥 황당할 뿐이다.

하지만 그런 내막을 알 바 없는 모용설도 지지 않고 나섰다.

"왜 이렇게 말귀를 못 알아들으세요?"

"충분히 알아들었소. 그래서 싫소."

"이것 보세요, 잘나신 분! 용봉지연에 초빙되는 여인들은 최고의 가문에서 고귀한 품격을 지니고 자란 고매한 화초들이라 범인들과는 기준이 달라요. 워낙 있게 살아온 사치의 표상 같은 여인들이라서 물건 하나라도 최상이 아니면 취급을 안 한다고요. 뭐? 추하면 꽃을 꽂아요? 그랬다간 그 자리에서 비웃음만 당하실 걸요. 게다가 중원오대미인이 모인다고 했을 때 마냥 좋아하시던 분이 누구죠?"

껌벅껌벅.

오대미인이라는 말에 호연웅의 얼굴은 게슴츠레해지고 있었다.

조금 전까지도 근엄하던 표정은 일순간 돌변해 벌써 절색의 미모들과 나눌 한담을 떠올리고 있었다.

그 모습에 모용설이 아미를 치켜떴다.

'어머, 이 인간은 여자 얘기만 나오면 표정이 달라져?

"근데 말이오. 오대미인들에 대한 그 평가는 왠지 믿기지가 않은데?"

모용설이 발끈했다.

"제가 없는 말이라도 지어낸단 말인가요?"

"자고로 예쁜 여자가 성격도 모나지 않다고 했소."

"……!"

모용설이 입에서 깊은 한숨이 흘렀다.

본인이 싫다는데 무엇을 더 권하겠는가. 게다가 예쁘면 성격이 모나지 않다는데, 거기다가 대놓고 성질을 부려봐야 자신이 모나다는 것만 드러내는 꼴이 아니겠는가.

"어쩔 수 없군요. 마음대로 하시죠. 그러나 이리되면 시내에 나온 보람이 없으니 이제 그만 세가로 돌아가죠."

돌아간다는 그 말에 호연웅의 표정이 다시 돌변했다.

거리마다 넘쳐 나는 구경거리를 두고 돌아간다니, 절대 그럴 순 없는 일이다.

"그대 말처럼 검 하나만 챙깁시다."

모용설의 눈썹이 뾰족하게 올라섰다.

뭐 이런 종자가 다 있는지 손바닥 뒤집듯 이랬다저랬다 하는 것이 모용설로서는 도통 종잡을 길이 없었다. 하지만 약점 하나는 잡았다. 그는 세가로 돌아가는 것이 싫은 것이다.

"하자는 대로만 따라주시면 복귀를 미룰 수도 있어요. 어때요? 따를 의향이 있으신가요?"

말보다는 행동. 호연웅이 앞장서서 전각 안으로 들어섰다.

잠시 후, 길이를 가늠하기도 어려울 정도의 긴 탁자에 무수한 병기가 우수수 늘어져 주인의 간택을 기다렸다.

얼마나 예리하고 길이 들었는지 병기마다 뿜어지는 예기는 눈이 부실 정도였다.

검 하나 골라 가자는데 뭐가 이리도 많이 나오는지 아직도 도병창의 일꾼들은 열심히 탁자 위로 병기를 실어 나르고 있었다.

"이제 그만하지."

호연웅의 표정이 어두워지자 모용설이 서둘러 작업을 중단시켰다. 이 인간이 돌변하면 어쩌나 싶었기 때문이다.

"그만하시죠. 이 정도면 충분합니다."

모든 동작이 일순간 멈춰지고, 뒷짐을 진 호연웅이 어슬렁거리며 탁자 위를 훑었다.

간단한 검에서부터 도, 창은 물론이고, 수리검, 협봉검, 쌍도, 왜도에 이르기까지 병기의 종류가 이토록 많은지도 지금에야 알았다. 그런데 없으면 모를까, 이토록 많은 병기가 눈앞에 쌓이니 견물생심이라, 어떤 것을 골라야 할지 난감한 일이 되었다.

호연웅이 은근슬쩍 맹가량에게 속삭였다.

"어떤 게 좋아 보여?"

맹가량의 눈에도 한결같이 기광이 번뜩이니 어느 것이 좋은지는 모호한 상황. 하나부터 열까지 모든 것이 좋아 보일 뿐이었다.

"저… 모용 낭자에게 골라달라고 하면 안 될까요?"

"에이, 체면이 있지, 또 앙앙거릴 텐데?"

"그럼 괜찮은 방법이 있긴 있는데……."

"뭐지?"

"전부 다 마음에 안 든다고 거절하시죠. 그러면 저들이 정말로 좋은 것을 알아서 골라오지 않겠습니까?"

그 말에 호연웅이 환하게 웃었다.

휙 돌아선 그가 모용설을 보고 말했다.

"별로야! 전부 다 마음에 안 들어!"

또다시 잔소리를 늘어놓아 귓구멍에 딱지가 앉으면 어쩌나 싶어 걱정을 담아 던진 말이었다.

그런데 호연웅의 이야기를 들은 모용설이 희미한 미소를 지었다.

'어쭈, 그래도 막눈은 아니네?'

"그럼 이번 것은 어떤지 한번 보시겠어요?"

모용설이 고개를 끄덕여 신호를 보내자 출구가 양 갈래로 갈라지며 비단 보료에 떠받들 듯이 검을 받쳐 든 한 사내가 들어섰다.

붉은 수실이 달린 검에는 백룡이 승천할 듯 용트림을 하고 있었고, 검파에는 깨알만 한 푸른 보석이 점점이 박혀 호사스

러움을 더했다. 검갑에서 반쯤 뽑힌 검신에선 청명하다 못해 투명한 기운이 서려 그 예기가 한눈에도 명검임을 짐작할 수 있었다.

그를 본 호연웅과 맹가량의 눈이 동그랗게 변했다.

"오우!"

사내가 비단 보료에 싸인 검을 공손하게 탁자 위에 올려놓고 물러섰다.

모용설이 어떠냐는 듯 뿌듯한 얼굴로 고개를 돌렸다.

그리고 그 얼굴이 그대로 굳어졌다.

호연웅과 맹가량의 시선은 검이 아니라 물러서는 사내에게 고정되어 있었다.

그들이 주시하는 것은 사내의 팔뚝에 새겨진 문신!

그곳엔 천상에서 내려선 듯한 요염한 여인이 전라로 풍만한 몸매를 과시하고 있었다.

팔뚝에 꽂힌 그들의 달뜬 표정이 점차 고조되어 갔다.

그 시선을 눈치챈 사내가 씨익 웃었다.

아마도 이런 구경꾼들이 한두 명이 아니란 표정. 그는 자신의 접힌 팔뚝을 드러내며 보란 듯이 힘을 주었다.

불끈!

그러자 여인의 풍만한 엉덩이가 살아 있는 듯 움찔거렸다.

"크하아!"

호연웅과 맹가량의 감탄사에 모용설의 얼굴이 경악으로

물들었다.

　모용설이 씩씩거리며 도병창을 나섰다.
　들어설 때보다 더욱 빨갛게 물이 든 그녀는 연방 뜨거운 콧김을 뿜어냈다. 그런 그녀의 뒤를 철검 비슷한 것을 든 호연웅과 맹가량이 몽롱한 표정으로 뒤따랐다.
　우뚝 멈춰 선 모용설이 살기 가득한 눈으로 그들을 노려봤다. 가문의 체신 때문에 나선 자리지만 어쩜 저렇게 덜떨어진 행동으로 체통을 깎아낼 수 있는지 그저 안타까울 뿐이었다.
　"……."
　그녀는 더이상 뭐라고 질책하기도 낯부끄러웠다. 말해봤자 입만 더러워질 것 같았다. 획 하니 고개를 돌린 모용설이 쿵쿵 진각을 밟으며 앞장서자 호연웅과 맹가량도 켕기는 것이 있는지 소 팔러 가는 데 개 따라가듯 졸졸 그녀의 뒤를 따랐다.

　잠시 후 그녀가 도착한 곳은 아침나절의 그 포목점이었다.
　"어? 여기네."
　"호 공자님, 잘 들으세요."
　모용설이 여전히 표독스러운 인상으로 말했다.
　"말씀하시오, 경청하겠소."
　"이곳은 요녕에서 세도가라 할 만한 분들이 의복을 맞추는 곳입니다. 그만큼 소문도 빨리 퍼진다는 뜻이니 제발 처신에 주의를 해주셨으면 좋겠습니다. 더는 모용세가의 품위가 떨어지지 않도록 해달라는 말입니다."

"그렇게 하리다."

호연웅의 대답은 시원했다. 별것도 아닌 일로 여자와 싸워본들 득이 될 일이 없다. 그녀가 왜 이리 짜증을 내나 싶었지만, 그저 그러려니 할 뿐이었다.

점포에 들어서자 축 늘어져 있던 한 노파가 벌떡 일어나 모용설을 반겼다. 순간 환하게 생기를 찾아가는 것이 노파가 얼마나 노련한지 한눈에 알아볼 수 있었다.

"하이고! 아가씨, 얼마 만에 오셨습니까."

"파파, 오늘은 세가의 귀빈을 모시고 왔어요. 귀한 손님이니 특별히 부탁해요."

노파의 시선이 모용설이 가리키는 호연웅에게 향했다.

"하이고, 훤칠도 하셔라. 걱정 붙들어 매십시오. 이 파파가 정성을 다해 최고의 장삼을 지어 올리겠습니다. 그럼 원단부터 골라보실까요?"

잠시 후…….

파파가 오뉴월 복날에 늘어진 개처럼 혓바닥을 빼물고 허물어지듯 주저앉았다.

"아무래도 저는 공자님의 안목을 따라갈 수가 없네요."

호연웅도 계속되는 거절이 민망했던지 목덜미를 벅벅 긁

으며 딴청을 부렸다. 도병창에서 그랬던 것처럼 계속하여 거절하다 보면 좋은 것이 나올까 싶어 내오는 견본마다 족족 거절했던 것인데, 가만히 실내를 둘러보니 정말 마음에 파고드는 원단이 없었다.

"좀 더 품위가 살아나는 것들은 없소? 왠지 가게에 물량이 좀 빈약하다는 생각이 드는데?"

그러자 파파가 큰 한숨을 내쉬며 말했다.

"아이고, 공자님, 그런 말씀 마십시오. 안 그래도 오전에 그만 비단을 감쪽같이 털렸습죠."

호연웅이 눈을 부릅떴다. 범인이 누구인지 알 것 같았기 때문이다.

"그런데요?"

"그 도둑들이 눈이 영 이상한가, 어떻게 전부 싸구려 원단만 거둬갔습죠."

"엉?"

"그래서 지금 가게엔 종류가 빈약하기는 하나 중원 최고의 비단들만 남아 있습니다. 공자님께선 보신 것들이 가장 고급품이고 품위가 있는 것들이라는 말씀입죠."

"그, 그렇소? 허허."

어색했는지 호연웅의 목을 긁는 손길도 빨라졌다. 그의 시선이 다시 주변에 널린 비단들을 살폈다.

'이것들이 고급이라고?

아무리 봐도 칙칙했다.

도대체 뭐가 좋다는 것인지. 게다가 저 색은 뭐라고 해야 할지……. 누르푸름한 색도 아니고, 뭐 한눈에도 이게 무슨 색인지 딱딱 들어맞는 원단이 없는데 고급이라고? 솔직히 저것들이 진짜 고급인지 아닌지는 의문이 들었다.

그렇다고 그냥 나갈 수도 없는 노릇. 이럴 때 최고를 가려내는 방법은 뜻밖에 간단했다.

"좋소! 노파가 권하는 것 중 가장 비싼 것으로 하겠소."

뭐가 뭔지 모를 때는 속 편하게 비싼 것이 최고다.

"정말 그래도 괜찮을까요?"

"요녕제일이라 하니 믿어보겠소. 그런데 옷에는 부슬부슬한 털 같은 것들이 좀 달려야 품위가 좀 사는데?"

"털… 이요?"

"그렇소. 옷이 날개라고, 아! 그렇지. 옷에 날개를 달아주시오. 오오, 거참 괜찮네. 날개 어떻소?"

"게다가 날개까지… 요?"

결국 호연웅의 의미심장한 주문은 모용설의 결사반대에 부딪쳐 성사되지 못했다.

도대체 안목이 있는 것이냐는 핀잔을 들으며.

간단한 요기를 하겠다고 들어선 반점에서도 호연웅의 막무가내식 안목은 이어졌다.

‘뭐가 맛있나?’ 라는 물음에 점소이의 입에서는 음식 이름이 줄줄이 쏟아져 나왔다.

“와관계탕, 담가채, 소와두, 오향두, 계혈탕포, 십팔가마화, 팔진병간, 우양육, 포포유고, 백란과…….”

물음은 ‘뭐가 가장 맛있느냐’ 라는 것으로 바뀌었고, ‘전부 맛있다’ 라는 대답으로 이어지니, 결국 주문은 ‘가장 비싼 것’ 이 되었다. 그리고는 그가 흐뭇하게 웃었다.

‘뭐, 내가 안목이 없어?’

호연웅이 입가에 뿌듯한 미소를 머금고 모용설을 향해 근엄한 표정을 보일 때, 점소이의 목소리가 이어졌다.

“술은 어떤 것으로 올릴까요?”

“비싼 거!”

부화뇌동하여 덩달아 날뛴다고 이번엔 맹가량이 대답을 대신했다. 그리고는 그 역시 흐뭇하게 웃었다.

주문을 받고 돌아서는 점소이 역시 흐뭇하게 웃었다.

‘호구들!’

주방으로 향하는 점소이의 밝은 표정처럼 호연웅과 그 일행을 흡족하게 바라보는 또 다른 시선이 있었다.

그들은 괴도삼랑(怪刀三狼)이라는 사도의 낭인들이었다.

어딘가 모르게 촌티가 줄줄 흐르는 호연웅과 맹가량을 그들은 주의 깊게 살펴보고 있었다.

반점에 들어설 때부터 휘둥그레진 눈에 한없이 어설퍼 보이는 녀석들이 절색의 계집을 옆에 달고 비싼 것만 외치니 한눈에도 돈 많은 촌놈이 분명했다.

여자라면 수십을 마다치 않고 돈이라면 살인이라도 서슴지 않는 그들이었다. 그러나 그들은 훌륭한 먹잇감을 놓고 언제 발라먹을지 군침을 흘리고 있었다.

'흐흐, 귀여운 것들!'

얼마의 시간이 흐르자 그 비싸다는 음식들이 탁자 위로 날라져 왔다. 푸지다는 말처럼 탁자 위에는 온갖 음식이 틈을 찾아볼 수 없을 만큼 빽빽하게 들어찼다.

김이 모락모락 올라오는 요리를 대면한 그들의 표정도 음식만큼이나 다양했다.

맹가량은 헤벌쭉했으며 모용설은 뾰로통했고, 호연웅은 뭐가 못마땅한지 이것저것을 들춰보며 인상을 찡그렸다.

"뭐야? 왜 전부 다 푹푹 삶았어?"

모용세가에서 식사를 할 때는 북해의 독특한 식성을 고려해 생식 위주로 음식이 제공되었다. 하지만 대중을 상대하는 반점에서 생식을 취급한다면 손님이라고 맞이할 것은 파리 떼뿐일 것이다.

"이봐, 점소이!"

호연웅의 부름에 점소이가 득달같이 달려왔다.

"네, 부르셨습니까!"

"이거 왜 이렇게 시들시들해?"

"시들시들… 하다니요?"

"온통 죽은 놈뿐이냐고! 펄떡이는 애들이 없잖아."

"아! 활어를 말씀하시는 거군요. 애석하게도 저희 가게엔 활어 요리가 없습니다. 하지만 이 음식들은 분명히 입안에서 펄떡이는 맛을 전해줄 것입니다."

"죽은 음식이 어떻게 펄떡이나?"

어림없다는 듯 젓가락으로 한 점을 떠 입안에 넣던 호연웅이 눈을 버럭 치켜떴다.

"어, 맛있는데?"

그 표정을 본 점소이의 얼굴에 어색한 웃음이 흘렀다.

"그건 요리에 곁들이는 장식… 인데요?"

"……."

"눈요기라 드시는 게 아닌데."

"하하, 괜찮아. 상관없어. 죽은 놈들이 의외로 맛있네. 됐으니 가보게. 그게 장식이었대. 허허."

왠지 뻘쭘한 상황. 호연웅은 어색함을 웃음으로 무마해 보려는데 모용설이 고개를 설레설레 저었다.

"아무래도 호 공자님은 모든 것을 처음부터 다시 배우셔야겠어요."

"그런 예절이라면 우리가 가르쳐 주지."

그때 호시탐탐 기회를 노리던 괴도삼랑이 엉덩이를 들추며 일어섰다.

“어떤가! 강호의 도의를 좀 알려줄까?”

건들건들 어슬렁거리는 꼴이 영락없는 불한당들이라 그를 본 호연웅이 피식 웃었다.

“니들은 뭐냐?”

“뭐, 니들?”

유난히 긴 팔에 좁쌀만 한 눈을 가진 자가 바늘구멍 같은 눈을 부릅떴다.

그의 이름은 당랑(蟷螂). 괴도삼랑의 맏이였다. 그 뒤에 한쪽 눈에 긴 칼자국이 그어져 눈두덩이 찌그러진 자가 둘째인 외목(渨目)이었고, 맨 뒤에 부푼 볼살이 축 처져 심술이 덕지덕지 묻어나는 자가 섬여(蟾蜍)라 불리는 셋째였다.

호사롭던 분위기가 일순간 냉랭한 살기로 바뀌었다.

바늘구멍 같은 눈을 부릅뜬 당랑이 호연웅을 바라보며 실실 웃음을 흘렸다.

“큭큭, 술은 영웅의 담력이라더니 시골 촌닭이 술 몇 잔에 간덩이가 마을이라도 나갔나?”

자신의 가슴을 슬쩍 내려다본 호연웅이 피식 웃었다.

“술은 냄새만 맡았는데?”

“이런 건방진 자식!”

호연웅의 여유가 괴도삼랑을 자극했다.

둘째 외목이 허리춤에서 매 발톱 같은 갈고리가 쇠사슬에
달린 쇄비도를 뽑아내어 쏜살같이 날렸다.

선수는 선수를 알아본다고, 슬슬 어를 때 움츠리거나 말이
라도 더듬어야 조이는 맛이 있는데 너무 여유롭게 받아치니
말로써 끝낼 상대가 아님을 직감한 것이다.

쉬익!

호연웅의 귓가를 스쳐 갔던 쇄비도가 외목에게 회수되어
그의 손에서 대롱대롱 흔들렸다.

상대에게 겁을 주기 위한 일종의 허세였다. 이어 허세에 무
게를 더하는 걸쭉한 입담이 쏟아졌다.

"눈을 뜨고도 세상 무서운 줄 모르지? 어디부터 파주랴?"

말발로 상대를 제압하는 구강신공이었다.

뒷골목에 구전되는 전설적인 신공으로, 보통 이 정도 일 초
식이면 상대는 알아서 오줌을 지리고 설설 기게 마련인데.

"풋!"

호연웅이 실소를 뿜어냈다.

이를 본 괴도삼랑이 서로의 눈치를 살폈다. 아무래도 상대
를 잘못 건드렸다는 생각이 뇌리를 스쳤다. 그리고 불안은 행
동을 불렀다.

"쳐라!"

"갈!"

그때 맹가랑이 벌떡 일어섰다. 단걸음에 다가선 그가 당랑

의 안면을 측두부로 박았다.

쩍! 찰떡을 내려치는 소리가 들렸다.

이어 날아든 쇄비도를 잡아채 쇠사슬을 당기자 외목이 딸려오고, 그 찌그러진 얼굴을 걷어찼다.

퍼적! 호박이 터졌다.

그리곤 놀란 눈을 치켜뜨는 섬여의 오동통한 뱃살에 맹가량은 돌주먹을 연달아 박았다.

퍼버벙! 빙령투(氷靈鬪)라는 북해의 박투술이었다.

"감히 잡것들이 뉘 안전에서."

맹가량이 눈을 부라리며 괴도삼랑을 노려보았으나 그들은 이미 실신지경. 맹가량은 너덜너덜해진 그들의 뒷덜미를 잡아끌어 반점 밖으로 향했다.

"맹 공, 살살해."

"이런 후레자식들은 그냥 내장을 쭉 뽑아 통째로 땡볕에 널어놔야 합니다."

"어허, 여기가 북해야? 살살해."

"알겠습니다. 그럼 아주 조금만 손을 보죠."

밖으로 나선 맹가량이 그들의 가죽신을 벗겨냈다. 이어 스멀스멀 냉기가 피어나는 손으로 그들의 발가락을 주물렀다.

연기가 피어나듯 일어나는 냉기는 한빙수(寒氷手)라는 북극빙성의 절기였다.

그 냉기가 얼마나 지독했던지 혼절했던 괴도삼랑이 눈을

부릅떴다.

"크헉!"

비명은 굵고도 짧았다.

뼛속이 얼어붙는 극한의 고통!

그 고통을 견디지 못한 괴도삼랑이 다시 혼절하고 말았다.

"앞으로 몇 년은 얼음을 빼느라 고생 좀 할 것이다."

할 일을 마친 맹가량이 손바닥을 탁탁 털어내며 일어서자 그 손끝에선 얼음가루가 휘날렸다.

이어 맹가량이 탁자로 돌아오자 고대하던 이야기가 호연웅의 입에서 흘렀다.

"먹자!"

음식을 향해 달려드는 그들의 표정엔 희열이 가득했다. 어쩌면 괴도삼랑은 시식하려는 순간을 훼방 놓았기에 더욱 큰 봉변을 당한 것인지도 모른다.

허겁지겁하는 그 모습에 질색한 모용설이 슬그머니 의자를 빼고 물러섰다.

"그대는 안 드시나?"

"저 손으로 음식을 먹는데 그런 말이 나오세요?"

모용설이 눈길을 던지는 곳은 발가락을 주무르고 돌아온 맹가량의 손. 그 눈빛을 의식했는지 맹가량이 씨익 웃었다.

"내장을 주무르고도 먹는데 이 정도는 약과죠."

"읍!"

"내장을 푹 꺼내 쭉쭉 훑어낸 다음……."

"그만하세요!"

창백해진 모용설이 입을 틀어막고 고개를 흔들었다.

도대체 호위라는 자나 주인이라는 자나 이토록 한결같은지. 여자라면 사족을 못 쓰고, 불결한 데다가 예절은 찾아볼 수가 없고, 먹는 것은 걸신들린 듯하니 이들과 함께할 시간이 모용설로서는 여전히 아득할 뿐이었다.

"휴!"

그녀는 작은 한숨을 토해내며 마음을 달렸다.

시각이 야심했다.

모용세가 후원에 휘영청 떠오른 달을 호연웅과 맹가량이 바라보고 있었다.

"맹 공, 제대로 전한 거야?"

"이경 전까지 집결하라고 전했습니다."

"그런데 왜 안 와?"

"저도 잘… 모르겠습니다."

누구를 기다리는지 그들의 기다림은 이어졌고, 시간은 구름에 달 가듯이 흘렀다. 어느덧 이경을 넘어서 삼경에 이르자 정원석에 걸터앉아 꾸벅거리던 호연웅이 버럭 눈을 떴다.

"분명히 전한 거야?"

맹가량도 초조한지 목소리를 더듬거렸다.

"분명히 이경까지라고 했는데… 요. 이놈들이 중원 물을 처먹더니 겁을 상실했나. 하! 이놈들을 그냥……."

그때 스산한 안개가 대지에 깔리며 허공에 물결이 번지듯 일렁거림이 일어났다.

고오오오…….

허공 한편에 불쑥 시커먼 구멍이 나타났다. 그리고 그곳에서 백곰 가죽을 뒤집어쓴 자들이 우르르 쏟아지듯 튀어나왔다.

"은형십오위! 주군의 부름을 받습니다!"

일렬로 부복한 그들 앞으로 맹가량이 옷소매를 걷어붙이며 나섰다.

"니들이 간덩이를 북해에 널어놓고 왔지?"

맹가량은 당장에라도 요절을 낼 듯 으르렁거렸다. 그 기세에 은형십오위는 자라목이 되어 눈치를 살폈다.

"죄, 죄송합니다. 길을 잃어서."

"뭐? 일만 리 길도 앞마당처럼 척척 찾아다니던 놈들이 길을 잃어? 그걸 지금 변명이라고 하냐?"

"분명히 지척이었는데, 여긴 온통 그곳이 그곳 같아서……."

온 천지가 뻥 뚫린 설원이야 백 리 길이 훤하게 보이니 길을 찾는 데 큰 염려는 없었을 것이나 중원은 달랐다.

나무의 종류만 수백, 수천 그루. 그 모양도 각각이고 품종도 다양하지만, 이들의 눈에는 그저 한 나무로 보일 뿐이었다.

게다가 길목마다 웬 지형지물은 그렇게 많은지 전각이니 지붕이니 이것이나 저것이나 똑같았고, 늘어선 담벼락은 말할 것도 없으니 이들이 길을 헤매는 것은 당연했다.

펄펄 뛰는 맹가량과 달리 호연웅은 느긋한 시선으로 은형십오위를 바라봤다.

초행길이나 다름없는 곳에서 헤맬 수도 있는 일. 그걸 트집잡아 닦달하기도 마뜩찮았다.

그때, 은형십오위가 짊어진 비단 필들이 호연웅의 시선에 들어왔다.

새빨갛고, 새파랗고, 샛노란 것이 한눈에도 무슨 색인지 확실히 알 수 있는 원단들.

'그래, 이런 게 고급품이지 별게 고급이야?'

포목점 파파가 하던 말과는 다른 수하들의 안목에 호연웅은 흐뭇한 미소를 지으며 말했다.

"그럼 슬슬 행동으로 옮겨볼까? 따라와."

第三章
무본대상(無本大商)

기대되는 도둑……

무본대상(無本大商)
기대되는 도둑……

새들의 지저귐이 청명했다. 이슬 젖은 수풀 사이로 햇볕이
스며드는 시각, 뒷짐을 진 모용사헌이 신록이 푸릇한 정원에
들어섰다.

그는 무엇을 생각하는지 깊은 사색에 빠져 있었다.

'음, 좋은 방도가 없을까?'

용봉지연이 사흘 앞으로 다가왔다. 그러나 자신의 바람과
는 다르게 호연웅과 모용설의 관계가 자꾸만 어긋나는 것 같
아 그는 심사가 불편했다.

'설아가 그 아이와 짝을 이루면 좋을 텐데…….'

하지만 어디까지나 바람일 뿐, 두 아이의 관계를 개선할 마

땅한 대책이 없었다.

게다가 모용설이 무슨 일인지 호연웅을 자꾸 쥐 잡듯 하자 딸을 가진 부모로서 여간 걱정되는 것이 아니었다.

그때 모용사헌의 단상을 깨뜨리는 목소리가 들렸다.

"가주님!"

정원을 가로지르며 달려오는 그는 육십 줄의 늙수그레한 인물로 모용세가의 총관을 맡은 허영수였다.

"무슨 일인가?"

"물건이 또 없어졌습니다."

"또? 이번엔 어떤 것인가?"

"가주전 금동화로가 사라졌습니다."

총관 허영수의 표정엔 송구함이 그득했다.

모용사헌도 어처구니가 없는지 눈을 껌벅거리며 허 총관을 바라보았다.

대개 도난이라는 것이 고가의 패물이나 가전의 비급, 아니면 신병이나 영약 같은 것이어야 펄쩍 뛰고 놀랄 것인데, 연일 어정쩡한 것들만 사라지고 있으니 대체 이것이 무슨 일인가 싶기도 했다.

그러니 이걸 도난이라고 하기도 모호한 상황.

"어제는 마차 바퀴더니 오늘은 금동화로라? 그래, 오늘도 대가를 지급했던가?"

허영수가 품 안에서 주먹만 한 수정 구슬을 꺼냈다. 영롱한

서광을 품은 것이 한눈에도 진귀해 보였다.

"그곳에 떡하니 놓여 있었습니다."

"허허, 그놈 참, 배포가 크구먼."

"네에. 그러니 참으로 신기한 일이 아닙니까? 터무니없는 값을 치르는 도둑이라니."

잠시 숙고하던 모용가주의 얼굴에 웃음이 번져 갔다.

"모른 척하게."

"혹여 뒤탈이 있으면 어쩌지요?"

"자네도 짐작하고 있지 않은가. 누구의 소행일지 말일세."

"그거야 그렇지만, 너무 비싼 값을 지급하니 어쩐지 양심에 찔리는 것 같아서 말입니다."

얼굴에 맴돌던 모용가주의 웃음이 더욱 짙어졌다.

"그 집안에 비하면 별것 아니니 부담 가질 것 없네."

허영수가 수정 구슬을 바라보며 말했다.

"이 정도가 별것이 아니란 말입니까?"

정확한 값을 산출할 수는 없었지만, 이것으로 금동화로를 사들이면 몇 개나 될지……. 적어도 수십 개, 어쩌면 수백 개도 넘어설 듯했다.

"그 정도면 약소한 거라네. 예전 어르신께선 물 한 잔을 얻어 드시고는 껄껄 웃으시더니 두레박을 건넨 처자에게 덥석 묘안석 하나를 내주셨다네. 덕분에 그 처자는 팔자를 고쳤지."

"정말 물 한 잔에 묘안석을?"

"그렇다네. 그 집안이 그렇게 정신이 얼얼할 정도로 손이 크다네. 껄껄껄."

"허허, 왠지 기대되는 도둑입니다."

"엄밀히 말하면 도둑질이 아니라네. 북해에선 일종의 관습이지. 누군가 원하는 물건이 있다면 내 물건을 주고 가져오는 것. 다른 말로는 물물교환, 또는 물교(物交)라고도 하지."

"주인의 허락도 없이 마음대로 말입니까?"

"그렇다네. 그런 관습은… 사람들이 떨어져 살기 때문에 생겨난 것이라네. 누군가가 순록을 빌리러 갔는데 주인이 사냥을 나갔다. 무려 나흘을 걸어서 왔는데 그냥 갈 수는 없지 않겠는가? 그래서 대가를 지급하고 가져가지. 또한 주인은 언제라도 그 물건을 가지고 자신의 물건을 찾아올 수 있는 것이 그들의 관습이라네. 그나저나 귀여운 도둑은 무얼 하고 있으려나."

그 시각, 호연웅은 무언가를 열심히 닦고 있었다.

하얀 광목에 침까지 퉤퉤 뱉으며 닦는 것은 가주전에 있던 그 금동화로였다.

잠시 후 반질반질한 화로를 집어 든 그가 씨익 웃었다.

"이걸 보여주면 설란이가 깜짝 놀라겠지?"

맹가량도 금동화로를 보며 눈웃음을 피웠다.

“햐, 광채 좋습니다. 숯 한번 피워볼까요?”

“더운데 불은 피워서 뭐해? 그냥 눈요기로 쓰는 거지.”

금동화로를 이리저리 살피는 호연웅의 눈길에는 행복이 가득했다.

“아버지 얼굴도 있고 하니 빈손으로 돌아갈 수는 없고, 이걸로 선물을 대신해야겠다. 크크, 싸게 먹혔다.”

호연웅에게 싸게 먹힌 게 어디 이것뿐이겠는가.

며칠 사이에 거둬들인 물건들 그 하나하나가 빙성에서는 좀처럼 보기 어려운 진귀한 것들이니 그는 마냥 흐뭇할 뿐이었다.

금동화로를 방구석에 소중히 내려놓은 호연웅이 방 안을 서성거렸다. 드넓은 설원과 달리 작은 방 안이 마냥 갑갑하기만 한 그였다.

책장의 서책도 휘리릭 훑어보고 휙 던지고, 침상에 앉았다가 의자에 앉았다가, 주담자엔 물이 들었는지 흔들어보고, 결국엔 벌러덩 침상에 누워 발가락을 까닥거렸다.

맹가량이 넌지시 물었다.

“적적하십니까?”

“구경할 거 다 하고 나니 마땅히 할 일이 없네?”

“모용 낭자라도 불러올까요?”

“고집쟁이 못난이는 불러서 뭐하게.”

“그래도 이제는 인상을 찌푸리시지는 않던데 다른 얼굴보다는 그 얼굴이 익숙해지시지 않았습니까?"

"자꾸 보니 정이 들긴 하던데."

"불러올까요?"

"됐고, 은형십오위는 뭐 하나?"

"그게… 좀 먼 곳에 심부름을 보냈는데."

"또 길 잃어버리면 어쩌려고?"

"이제 어지간하면 길 잃을 염려는 없을 겁니다."

호연웅이 눈을 동그랗게 치켜떴다.

"무슨 방도라도 찾았나?"

그 시각.

"도대체 누가 이런 낙서를 해놓은 거지?"

모용설이 바라보고 있는 것은 담벼락에 그려진 낙서였다.

그것도 세 살짜리가 그렸을 법한 사람의 모습.

담벼락뿐이라면 다행이었을 것이다. 나무등치엔 무수한 칼자국이 회를 친 듯이 나 있고, 화초도 무참히 짓밟혀 화초밭 한가운데가 폭삭 가라앉아 있었다. 심지어 정원석도 무엇으로 쪼았는지 군데군데 깎여 나가 괴이한 형상으로 변해 있었다.

마치 짓궂은 아이들이 떼거리로 몰려들어 난리법석을 부린 듯 초토화가 된 형국이었다.

세가 내에서 이런 짓을 벌일 자는 오로지 한 명밖에 없었다. 그런데 혼자서, 아니, 둘이서 한 짓이라고 생각하기엔 너무나 광범위했다. 하지만 그가 아니라면 또 누가 있어 세가에서 이런 만행을 벌이겠는가.

씩씩거리던 모용설이 호연웅의 처소로 향했다.

"망할 자식! 지금쯤 시시덕거리고 있겠지?"

"크하하하! 정말이야? 정말 그 일로 은형십오위를 내보냈단 말이야?"

호연웅의 호쾌한 웃음에 맹가량도 방긋이 웃었다.

"거 왜, 전에 마을 나가 점찍었던 물건들 있잖습니까? 그것 좀 거둬들이라고 했습니다."

"혹시 재롱부리던 원숭이? 그거 돈 좀 되겠던데."

"당연하죠."

"그런데 은형십오위에겐 대체 어떤 문신을 새기라고 한 거야?"

"마음대로 하라 했으니 취향에 따라 다양할 듯합니다."

"어떤 문신들을 새길까?"

"저도 적잖이 궁금하기는 한데, 그것이 하루 만에 새겨지지 않는다고 합니다."

"며칠이나 걸리는데?"

"적어도 사나흘이라는데요."

"암튼 녀석들은 좋겠네."

　　호연웅은 자신의 팔뚝을 슬쩍 내려다보고는 불끈 힘을 주
며 얼굴이 벌겋게 달아올랐다.

　　"그런데 그것이 입묵공(入墨工)에 따라 그 솜씨가 천차만별
이라 합니다. 그래서 솜씨 좋은 곳을 찾기 위해 한 곳이 아니
라 분산해서 입묵하라 지시를 내렸죠."

　　"그럼?"

　　"맞습니다. 소공의 입묵을 맡을 가장 솜씨 좋은 장인을 찾
고자 하는 일종의 방편입니다."

　　"그 말을 들으니 왠지 십오위가 불쌍해지는데?"

　　"저희의 충정이라 생각해 주십시오."

　　"그으래? 정말 사심이 없어?"

　　호연웅이 가자미눈을 뜨고 맹가량을 노려봤다.

　　"커어험, 그, 그게… 소공께서 하실 때… 저도 같이할 예정
이긴 하지만."

　　"쯧쯧, 잔머리는 여전해요. 그나저나 그 용봉지연인가 하
는 건 대체 언제 열리는 거야?"

　　"기대되십니까?"

　　호연웅이 침상에서 벌떡 일어서 진지하게 말했다.

　　"양 호법에게 넌지시 물어봤는데, 그 오대봉황인가 중에서
백리세가의 여식이 그렇게 절색이라네?"

　　"백리세가요?"

　　"옛날 양 호법이 그 백리 낭자의 친모를 연모해 무려 칠 주

야를 쫓아다녔지만 결국 차였고, 그 여식도 모친을 닮아서 미모가 그렇게 대단하다고 하던데?"

"엽어올까요?"

"누굴?"

"당연히 백리가의 여식이죠?"

"그럴… 까? 아니지. 며칠만 참으면 용봉지연인데 굳이 그럴 필요까지 있을… 까?"

그때 벌컥 문이 열리며 모용설이 쌍심지가 돋은 얼굴로 뛰어들었다.

"악! 깜짝이야!"

"도대체 무슨 배짱으로 이런 만행을 저지르시죠?"

"만행이라니? 그냥 의견만 나눴는데……."

"의견뿐만이 아니라 세가를 온통 낙서로 도배하셨잖아요!"

"그러니까… 낙서 얘기를 하는 건가?"

"그럼 또 뭐요! 또 어떤 짓을 저지르셨는데요!"

"별것도 아닌 걸로 놀랬잖아."

"왜 낙서를 했냐고요!"

"이 여자가 느닷없이 쳐들어와서는 어디다가 고함질이야!"

"말해요! 무슨 심사로 온통 낙서를 했는지!"

서슬이 퍼런 것이 모용설의 기세가 대단했다.

백리세가의 여식을 납치하려는 것으로 오인했을까 찔끔했는데 낙서만 거론하자 호연웅은 서늘했던 가슴을 쓸어내렸다.

“내가 했다는 증거 있어?”

“당신 말고 이런 처참한 짓을 벌일 사람이 누가 있어요?”

“난들 아나? 난 아니야.”

호연웅은 이미 맹가량을 통해 은형십오위가 세가 내에 표식을 남겼다는 보고를 받았으나 모르쇠로 일관했다.

자랑스러운 일도 아닌 것에 나서봤자 귓구멍에 딱지나 엊어질까, 좋은 소리를 듣겠는가.

그때 열린 문으로 햇살이 비쳐 들며 금동화로가 반사될 기미를 보였다.

사삭!

햇살을 가리느라 모용설의 면전으로 다가간 호연웅이 의뭉스런 웃음을 지었다.

코끝이 마주칠 정도로 다가선 어색한 접근에 발그레해진 모용설이 눈 둘 곳을 찾지 못해 머뭇거리는데 호연웅의 목소리가 들렸다.

“여전히 그대는 향기가 없어.”

왕재수!

싹수없는 것으론 천하제일의 수위를 다투는 자!

발끈한 모용설이 눈을 치켜뜨고 대꾸했다.

"당신 몸에선 여전히 이상한 냄새가 난다는 거 아시나요?"

"킁킁?"

호연웅이 겨드랑이를 들어 자신의 냄새를 맡았다.

"깔끔하구먼, 허세는."

마땅히 눈 둘 곳을 찾지 못해 쭈뼛거리는 모용설이 은근히 침 한 모금을 삼키고 용기를 내어 말했다.

"좋아요. 한 가지만 물어보죠."

"물면 아파. 여쭤봐."

"좋아요. 여쭤보죠. 오향진미라는 게 어떤 거죠?"

"알면 다쳐! 어쩌면 상심이 커서 실의에 빠질지도 몰라!"

"좌절하든 절망하든 제가 알아서 할 문제니 말해봐요. 그 지랄 맞은 오향진미라는 게 어떤 거냐고요!"

"음……."

호연웅의 지긋한 시선과 지지 않겠다는 듯 모용설의 또렷한 시선이 한 치 간격을 두고 불꽃을 튀겼다.

'제법 당찬데?'

'그깟 오향진미가 뭔데 사람을 무시해?'

서로의 눈빛은 그렇게 말하고 있었다.

살포시 눈웃음을 짓는 호연웅의 낭랑한 음색이 실내에 울렸다.

오향진미(五香眞美).

무릇 여인이라 함은 다섯 가지의 향기를 갖춰야 함이니.

一香, 용태(容態)는 만월같이 둥그스레하여 재복(財福)이 넘쳐 나고 교태가 없어야 하며.

二香, 봉목(鳳目)은 득도한 여승의 그것처럼 감은 듯 뜬 듯 가늘어 세상만사 보고도 못 본 듯 초연하고.

三香, 치아(齒牙)는 수줍은 듯 입술 사이로 살포시 모습을 드러내 언제나 웃는 듯 자상함이 드러나야 하며.

四香, 콧마루는 하늘을 향해 들려 그 자태를 뽐내고, 깨알만 한 점이 자리해 매력을 더해야 하니.

五香, 마지막으로 수족은 짧고 풍만해 바지런하고 다산(多産)의 기운이 넘쳐 나야 한다.

호연웅을 바라보던 모용설의 눈빛이 흔들렸다.

"그게 오향진미라고요?"

"그렇소. 불행하게도 그대에겐 해당 사항이 없다는 것이 안타까울 뿐이오."

스르륵 시선을 내린 모용설이 돌아섰다.

"제가 괜한 것을 물었군요."

말을 마친 모용설의 얼굴이 조금씩 참혹하게 일그러져 갔다. 방문에 다다른 그녀가 끝내 참았던 웃음을 쏟아내기 시작했다.

"풋… 푸풋… 호호홋!"

호연웅의 낭독에 따라 그 용모를 떠올리니,

영락없이 고사상에 올린 돼지머리가 아닌가. 게다가 수족이 짧고 다산의 기운이 넘쳐 날 정도로 풍만하다니.

"호호호!!"

모용설의 쓰러질 듯한 웃음에 어안이 벙벙한 호연웅이 맹가량을 둘러보며 말했다.

"왜 저래?"

"충격이 크신 모양입니다."

"그러게 듣지 말라니까 말을 안 듣고."

우려 반, 걱정 반인 그들의 기우에도 모용설의 웃음소리는 잦아들 줄 몰랐다.

"호호홋홋! 까르르르!"

실성한 듯한 웃음에 맹가량이 조심스럽게 말을 꺼냈다.

"저대로 보내도 괜찮을까요?"

"난들 아나. 놔두고 이따가 은형십오위나 좀 불러봐."

"왜요?"

"봐둔 게 하나 있거든."

그날 저녁.

달빛이 휘영청 밝았다. 이곳은 호연웅이 거처하는 영빈각(迎賓閣) 후원. 그곳에 은형십오위가 나타났다.

은형호위들은 형형색색의 비단으로 치장하고 개인마다 커

다란 봇짐을 들고 있었다.

마차 바퀴에서부터 커다란 솥단지까지 참으로 묘한 구색을 갖춘 물건들이었다.

그들 중 자그마한 원숭이의 뒷덜미를 틀어쥔 은형호위 일섭(一囁)이 말했다.

"주군이 호출한 게 맞는가?"

"그러네. 맹 공께서 삼경까지 후원에 집결하라 하셨네. 그나저나 자네는 좋겠어. 손바닥만 한 그 짐승을 맡았으니 말일세."

황소를 방불케 할 정도로 커다란 솥단지를 어깨에 걸머진 그는 은형호위 이섭(二囁)이었다.

"그런 소리 말게. 자네가 맡은 물건은 도망칠 염려가 없지 않은가. 이건 콩알만 한 것이 어찌나 잽싸고 꽥꽥거리는지 얼이 다 빠질 지경이라네."

"그래도 이런 무식한 밥그릇보다는 백배 천배 편하겠지."

"그게 정말 밥그릇일까?"

"그럼 뭐겠는가."

일섭도 모르겠단 듯이 이마를 긁적거렸다.

"아! 모르겠네. 복잡해. 중원엔 웬 요상한 물건들이 이리 많은지……. 그런데 자네는 어떤 문신을 택했는가?"

"화조도. 자네는?"

"난 장수를 기원한다는 십장생을 택했네. 북해에 가면 다들 감탄하겠지? 그나저나 왜 아직 안 오실까?"

"길을 잃어버리신 건 아닐까?"

"엎어지면 코 닿을 거리인데 그럴 리가……."

은형십오위의 그런 바람과 다르게 호연웅은 작은 동산에 올라 먼 풍경을 바라보고 있었다.

호연웅이 맹가량에게 물었다.

"왜들 안 와?"

"……."

"설마? 또 길을 잃어버린 거야?"

"제 불찰입니다. 이번엔 반드시 이 녀석들의 뼈마디를 분질러 다시는 이런 불상사가 없도록 조치하겠습니다."

이곳은 그들의 처소에서도 한참을 떨어진 삼상각(參相閣)이라는 하인들의 숙소로, 이곳을 통해 외부의 농장을 드나들 수 있었다.

호연웅이 주변을 훑었다. 나무둥치마다 회를 치듯 무성한 칼자국, 은형십오위가 남긴 표식이었다.

그것으로 미루어 길을 잃지는 않았을 터, 착오가 생긴 것이 분명했다.

"분명히 전하긴 한 거지?"

"중원 물을 먹더니 이놈들이 간이 부은 게 분명합니다. 삼경까지 후원으로 집결하라고 했는데 아직 소식이 없는 것을 보면 간이 부어도 단단히 부었다니까요."

"가만. 그냥 후원이라고만 전했나?"

"헉."

"맹 공이야말로 중원 바람을 쐬더니 어떻게 된 거야? 이곳에 후원이 한두 개야?"

모용세가엔 전각만 열여섯 채. 각각의 전각마다 후원이나 별채가 따로 있었다. 그런데 그냥 후원이라 했으니 은형십오위가 모인 장소는 이곳이 아니라 호연웅의 처소가 있는 영빈각(迎賓閣) 후원이 될 것은 뻔한 일이다.

'제길, 어떡하지?'

"어떡하긴 뭘 어떡해. 따라와."

"네에?"

맹가량이 화들짝 놀랐다.

어떻게 속마음을 알았을까 싶은데, 스스로 입 모양을 만들어 속삭이듯 뇌까렸으니 그것을 본 호연웅이 모를 리가 있겠는가.

맹가량이 앞서 가는 호연웅의 뒤를 서둘러 따랐다.

그들은 삼상각 후원을 가로질러 오솔길을 들어섰다. 그러자 저 멀리 농장에 자리한 허름한 막사가 나타났다.

점차 막사로 다가서자 거름 냄새가 솔솔 풍기고, 훤하게 드러난 창을 통해 허연 물체들이 꿈틀거리는 것이 보였다.

그것은 괴이한 동물이었다.

  팔다리는 짧고 대가리는 크고, 새끼 곰과 비슷하지만 털이 없는 게 신비롭기 짝이 없는 동물이 그곳에 있었다.

  "저게 뭡니까?"

  "돼지라고 하더군."

  "냄새가 고약하군요."

  "들어가."

  "네에? 저곳으로 말입니까?"

  "그럼 내가 들어가?"

  "아니, 아니죠. 제 불찰도 있으니 제가 손수 잡아야지요. 그런데 저 짐승은 어쩌시려고."

  "키울 거야."

  "네에? 저걸 말입니까?"

  "귀엽잖아."

  "저, 저게 귀엽다고요?"

  "저기 안쪽에 가장 토실한 놈으로 하지. 맹 공이 몰아와. 내가 입구를 지킬 테니."

  "호호호……"

  서글픔이 묻어나는 웃음이었다. 돈사에 들어선 맹가량이 코를 부여잡으며 주춤하고 물러섰다.

  냄새 때문에 소름이 돋는다면 믿을 사람이 있을까.

  북해의 한파에도 굳건했던 그가 돼지우리의 악취에 몸서리를 치고 있었다.

"뭐해? 이러다가 해 뜨면 어쩌려고."

잠시 후, 어스름한 달빛 아래 호연웅이 앞장서고 그 뒤로 회초리를 든 맹가량이 돼지 몰이를 하며 따랐다.

꿰에엑! 꿱꿱!

돼지 울음소리에 기겁한 맹가량이 서둘러 기막을 펼쳐 소리를 차단하지 않았다면 삼상각 하인들을 모두 깨웠을 만큼 그 소리는 우렁찼다.

돼지 하나를 몰면서도 쩔쩔매는 맹가량과 다르게 호연웅은 유유자적 한가롭기가 그지없었다.

"맹 공!"

"네, 소공!"

"그놈이 꽤 귀엽기는 한데 냄새가 고약하네. 맹 공이 아침저녁으로 좀 씻겨줘야 할 것 같아."

"제, 제가요?"

"그래. 맹 공 씻을 때 같이 씻으면 되잖아."

"으음……."

북극에서 씻는다는 것은 목숨을 건 도발 행위였다. 조석으로 세수라면 모를까, 목욕이라니.

일례로 어린 시절에 목욕하겠다고 빙호에 뛰어들었던 맹가량은 온몸이 꽁꽁 얼어 석 달 열흘을 고생한 기억이 있다. 소공이야 천년무맥의 후손이니 얼음물이라도 대수롭지 않을 것이나 유년의 경험이 평생을 간다고, 맹가량에게 죽기보다

싫은 것이 씻는 일이었다.

그런데 조석으로 이 돼지와 목욕을 하라고? 맹가량이 비장한 음색으로 답했다.

"목숨을 걸겠습니다."

자신도 모르게 돼지를 모는 맹가량의 매질에 힘이 실렸다. 그렇게 다시 삼상각 후원으로 진입하는 오솔길에 들어섰을 때 퍼덕거리는 파공음이 길 너머에서 들렸다.

"맹 공!"

호연웅의 빠른 눈짓에 사태를 간파한 맹가량이 돼지를 끌어안고 허공 속으로 몸을 숨기자, 그 자리로 허공을 비상하듯 날아온 한 사내가 비조처럼 내려섰다.

"게 누구냐!"

"양 호법?"

장삼을 펄럭이며 찾아온 그는 모용세가의 호법인 양만추였다.

"호 공자님! 어떻게 이곳에?"

천연덕스러운 대꾸가 이어졌다.

"달빛을 벗 삼아 바람결을 따르니 이곳입니다만."

"산책 중이셨군요. 요즘 세가에 도둑이 성행하여 제가 예민했던 모양입니다."

"허허, 도둑이요?"

"예, 좀도둑 하나가 세가를 어지럽힌다고 하더군요."

“조, 좀도둑!”

“왜 그리 놀라십니까?”

도둑이 제 발 저린다고, 찔끔하여 안절부절못하는데 소로에 조그마한 보따리를 든 처자가 보이자 호연웅이 재빨리 화제를 바꿨다.

“그런데, 일행이 계시네요?”

야심한 시각에 은밀한 장소를 찾아드는 쉰 줄의 장년인과 스물도 넘지 않았을 처녀라. 오호? 호연웅이 의미심장한 눈빛을 양만추에게 날렸다.

“아리따운 처자와 달맞이라도 나오셨나 봅니다?”

호연웅의 눈초리가 칼날처럼 얇아졌다.

“새로 들어온 시비일 뿐입니다. 마침 돈사가 비어 이곳으로 배치를 받았을 뿐입니다.”

스스럼없는 그 말이 더욱 의심스러운 호연웅이었다.

어딜 능구렁이처럼 슬슬 넘어서려고.

“냄새나는 곳에서 일하기엔 용모가 곱군요?”

“하하! 무슨 농담을……. 용모가 너무 떨어지는지라 용봉지연에 누가 될까 싶어 이곳에 배속된 시비입니다.”

“그래… 요?”

긴가민가한 상황에서 점차 다가오는 여인을 보는 호연웅의 시선은 화등잔만 하게 변해갔다.

‘어! 곱다!’

다가서는 걸음이 단정했다.

걸음걸이에도 풍모가 있다더니 그 단정한 걸음새엔 고귀한 품위가 깃들어 있었다. 점차 가까워질수록 그녀를 바라보는 호연웅의 눈빛이 깊어졌다.

'정말 곱구나!'

호연웅의 내심이 흔들렸다. 솔직히 말하면 처음으로 이성이 흔들리는 여인을 만났다고 할까.

풍성한 몸매에 목에는 턱살이 늘어졌고, 걸을 때마다 옆구리에 밀려난 살들이 출렁거렸다. 새치름한 듯한 눈매와 한없이 들려진 들창코, 그리고 콧마루에 자그마한 점까지, 사실 여인의 용모는 저팔계라고 할 만했으나 다른 점이 있다면 여인이라는 점뿐이었다.

그런 용모에 호연웅은 흔들리고 있었다.

왜 그런지는 그도 모른다. 그냥 흔들렸고, 호연웅을 잡아끄는 묘한 매력이 그녀에게 있었다.

그녀는 낯선 시선이 어색했는지 양만추 뒤에 다소곳이 숨어 모습을 감췄다.

그런 그녀를 살피는 호연웅에게서 찬사가 터졌다.

"괜찮~다!"

"네? 무슨 말씀이신지……."

양만추가 무슨 뜻이냐는 듯 되물었으나 호연웅은 여전히 여인에게 정신이 팔려 알아듣지 못했다.

“호 공자님!”

정신을 깨우는 목소리에 이성이 돌아선 호연웅이 머쓱한 웃음을 흘렸다. 처음 보는 여인에게 넋을 잃다니.

“낭자의 이름을 알 수 있겠소?”

크게 놀란 양만추가 눈을 부릅떴다. 그는 당사자인 여인보다 더욱 놀라고 있었다.

“호 공자님, 대체 왜 이러시는지요.”

호연웅도 심정이 난해했다. 스스로 왜 이런지 싶은데 그 이유를 알 길이 없었다. 분명히 돼지치기에 불과한 시비인데 이렇게까지 흔들리다니.

마냥 두근거리고 설레는 마음은 진정되지 않았다.

그러고 보니 이목구비 하나하나가 오향진미에 빠짐이 없는 용모였다. 그 때문일까?

호연웅은 집요하게 물고 늘어졌다.

“그냥 이름만 알고자 하는 건데 그조차 알려져선 안 되는 관계이십니까?”

“그게, 무… 슨 억측이시오. 이 아이는 천아라고 하오.”

“아, 그렇군요.”

호연웅의 머릿속에 천아라는 이름이 울렸다.

정말 알 수 없는 일이다. 우습게도 오향진미는 모용설을 놀려주려고 지난밤 돈사에서 우연히 보았던 돼지를 떠올리며 즉흥적으로 만들어낸 이야기였다.

그런데 자신이 그런 여인에게 끌린다는 것이 이해가 되지 않는 일이었다.

"미안하오. 나 때문에 이런 곳에서 일하게 되었으니."

양만추는 탐탁지 않은 표정이었다.

"이 일이 왜 공자님 때문입니까?"

"용봉지연 때문에 이곳에서 일하게 되었으니 그것이 저 때문이지 않겠습니까."

뜻밖이었나 보다. 그 말에 양만추의 얼굴에는 비로소 푸근한 미소가 머물렀다. 마냥 철부지 소공자인 줄로만 알았는데 그 마음 씀씀이가 따뜻하기 그지없지 않은가.

"말 한마디라도 훈훈한 정이 느껴집니다."

"내 가주님께 청을 드려 이곳을 벗어나 내각에서 일할 수 있도록 도와드리겠소."

양만추와 천아라는 여인은 호연웅의 뜻밖의 배려에 난처해했지만, 호연웅은 고개를 끄덕이고는 제 갈 길을 가듯 오솔길로 향했다.

그러나 떠나는 발걸음에도 그녀의 모습이 뇌리에서 사라지지 않는 것은 어쩔 수 없는 일이었다.

양만추와 헤어진 뒤 그들이 시야에서 멀어지자 허공이 일렁거리며 돼지를 끌어안은 맹가량이 나타났다.

"휴! 헉헉!"

"왜 그래?"

“냄새 때문에 숨을 참았더니… 머리가 지끈거리네요.”

“좀 전에 그 시비 봤지?”

“어휴! 당연히 봤죠.”

“맹 공의 눈에도 괜찮아 보이던가?”

“네에?”

이게 무슨 망언이란 말인가? 괜찮다니? 그 용모가 차마 거론하기 낯 뜨거울 정도였는데 이 반응은 또 뭐란 말인가.

소공의 특이한 안목은 예전부터 직감했지만, 막상 체험하게 되니 맹가량은 당혹스러울 뿐이었다.

“게을러 보이던데요.”

소공이 묻는 말에는 이미 원하는 대답이 들어 있었으니 그조차 눈치 못 챌 맹가량이 아니었다.

“쩝, 다 좋았는데 아쉽다.”

호연웅 역시 아쉬움이 절절하지만 아니라는 것을 안다. 그냥 맹가량의 대답을 통해 위로를 받을까 물어본 것뿐이었다.

“그런데 가주전은 어느 길로 가지?”

“사경에 근접한 시간입니다, 소공.”

“어?”

호연웅은 뒤늦게 시간이 늦었음을 깨달았다. 천재지변이나 경천동지가 아닌 이상, 이 시각에 가주전을 방문한다는 것은 경우에 없는 일이긴 했다.

그런데 뜻밖의 의문이 떠올랐다.

사경에 인접한 시간에 배속되어 이동하는 시비라? 게다가 그를 안내하는 자가 세가의 호법이라니.

이 또한 경우에 맞지 않는 일이지 않은가.

고귀함이 느껴지던 시비의 걸음새와 맞물려 떠올리니 어떤 비밀이 숨겨져 있는 것이 분명했다.

"맹 공, 임무가 있다."

"하명하십시오."

"일섭과 이섭을 돼지치기 처자의 호위로 투입한다."

"네에?"

"아니야. 그 둘이 아니라 은형일조 전부를 투입한다."

"둘도 많은데 다섯이나요?"

"그리고 아침 일찍 가주전에 기별을 넣어 모용가주와의 독대를 청하게."

"꼭두새벽부터 무슨 일인가?"

침의에 가벼운 장삼을 걸친 모용사헌이 침소에서 나서며 건넨 말이다.

가벼운 묵례로 인사를 마친 호연웅이 모용사헌이 권하는 맞은편 자리에 앉았다.

"담당 시비를 바꿨으면 합니다."

모용사헌의 얼굴이 이른 아침부터 굳었다. 눈도 뜨기 전에 찾아온 일이 겨우 시비를 바꿔달라니.

“현 시비가 실수라도 저질렀는가?”

“그렇진 않으나 희망하는 시비가 생겼습니다.”

“그게 누군가?”

“엊저녁 돈사로 배속을 받은 시비입니다.”

모용사헌의 얼굴에 의문이 가득했다.

“자네가 그걸 어찌 아는가?”

“우연히 마주쳤는데, 저 때문에 그곳에서 생활해야 한다고 들었습니다. 그 때문에 도의적인 책임을 느낍니다.”

“그 아인 그곳을 벗어날 수 없네. 더군다나 자네의 시비라니 용인할 수 없는 일이네.”

“어떤 사연인지 알 순 없을까요.”

“사연이라니? 그 아인 단지 세가의 체면을 고려해 외진 곳으로 배정된 것뿐이네.”

“저로 말미암아 남들이 피해보는 것을 원치 않습니다. 제 시비로 보내주시죠.”

“막무가내로 고집을 부린다고 될 일이 아니네.”

“어떤 내막이 있는지는 상관치 않겠습니다. 저로 말미암아 피해를 보는 경우가 없도록 제 시비로 거두겠습니다.”

“그 일은 자네 때문이 아니라 그 아이 본인이 가진 문제라 더는 밝힐 수 없으니 그리 알고 물러가게. 그리고 자네 처소에는 새로운 시비를 보내도록 하겠네.”

“그럼 제 처소를 그곳으로 옮겨도 되겠습니까?”

쾅!

"왜 쓸데없는 고집을 부리는가!"

씩씩거리며 책상을 치고 일어선 모용사헌이 호목을 부릅
떴다.

"진정 그 시비를 위하겠다면 모른 척 덮어두게. 그것이 그
아이를 돕는 길이네."

더는 호연웅도 고집을 부릴 수가 없었다.

숨겨진 내막이 자신의 예상을 넘어서기 때문이었다.

이미 은형일조가 시비의 호위로 나선 이상 큰 어려움은 없
을 것이다.

"역시 내막이 심각하군요. 더는 묻지 않고 덮겠습니다."

호연웅이 떠난 대청에 호법 양만추가 허겁지겁 들어섰다.

"호 공자가 독대를 청했다는 이야길 들었습니다."

"이미 돌아갔네. 어떻게 된 일인가?"

"어제 사경 무렵에 은밀히 돈사로 이동하는데 그곳에 호
공자가 있었습니다."

"그래서 연웅이 그 아이의 정체를 알아챘단 말인가?"

"그럴 일은 결단코 없었습니다. 다만 좀 이상한 것이, 평소
와 다르게 남을 배려하는 따뜻한 심사가 느껴졌습니다."

"연웅 그 아이가 남에게 피해를 준 일도 있던가?"

"사실 그런 적도 없었으나 가끔 철모르는 행동으로 주변을

당혹케 한 경우는 종종 있었지요."

"그런가. 낯선 세상에 첨 와본 것이니 만사가 새롭겠지. 그런데 아무래도 그 아이가 이번 일을 짐작한 듯하네. 다행히 모른 척 덮어둔다고는 했지만 설아에게 알려질까 염려되네. 하니 각별히 조심하여야 하네."

"더욱 깊은 곳으로 숨기는 것은 어떨까요?"

"그것은 위험을 자초하는 일이네. 은밀할수록 그들은 더욱 의심을 품고 파고들려 할 것이네."

"빌어먹을 놈들."

"이만 물러가도록 하게."

양만추도 떠난 텅 빈 대청에서 모용사헌이 깊은 사색에 들었다. 지난밤에 찾아온 그 여인에 대한 단상을 떠올리는 것이었다.

'어쩌다 이런 참혹한 경우가 생겨났단 말인가.'

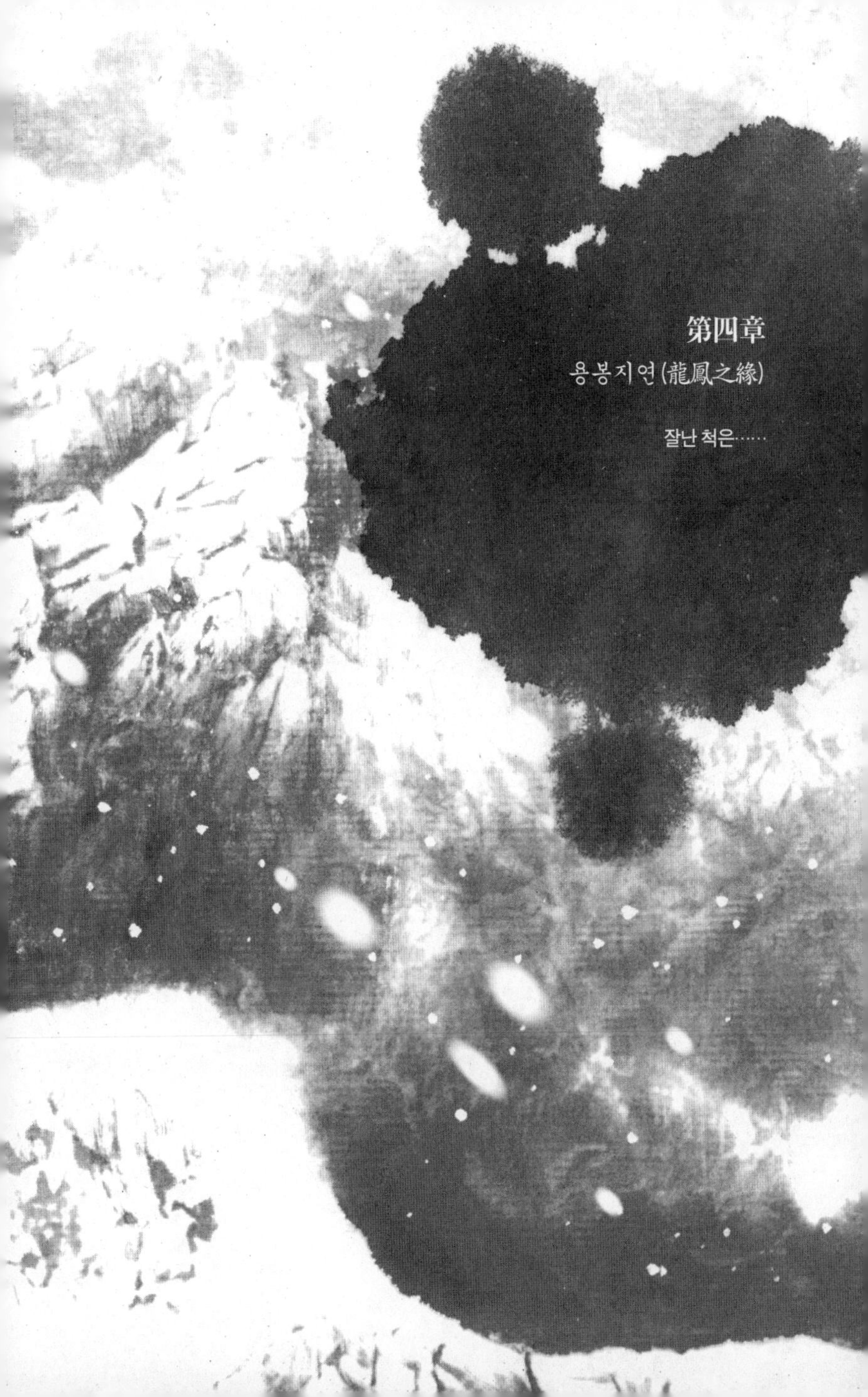

第四章
용봉지연(龍鳳之緣)

잘난 척은……

용봉지연(龍鳳之緣)

잘난 척은……

　모용세가로 들어서는 서남로에 때아닌 진풍경이 펼쳐졌
다.

　길목마다 사람이 넘쳐 났고, 군중은 열화와 같은 함성으로
외지에서 찾아드는 선남선녀들을 환호했다.

　가히 신풍이라 할 만했다.

　중원을 대표하는 다섯 봉황과 일곱 신룡이 이끄는 바람은
중원을 관통하고 요녕의 심양까지 불어닥쳤으니, 이는 모용
세가에서 개최하는 용봉제전 때문이었다.

　단지 용봉이 초빙되는 자리라고 어찌 젊은 그들만이 그 자
리에 모이겠는가.

명문정파는 물론이요, 중소 방파들까지.

중원에 명망있는 무가나 문파는 속속들이 몰려들었으니, 무림명숙과 용봉지연의 주역인 오봉칠룡, 그리고 신진후학들과 하객에 구경꾼들까지, 모용세가가 넘쳐 나는 인파로 몸살을 앓고 있었다.

모용세가에서 요란하게 폭죽이 울렸다.

파바바방! 파바방! 파방!

용봉지연의 시연을 알리는 폭죽이었다. 이어 웅장한 징 소리가 울리고 환호성과 함께 용봉지연의 주역들이 모습을 나타냈다.

"천검문의 일대제자 홍문룡 사진이야!"

"거참, 사내답게 생겼군."

"저, 저기! 화산파의 매화룡 고자건일세!"

"어허, 미장부로다. 훤칠한 것이……."

"오오! 드디어 첫 봉황이 나타났네. 종리세가의 금지옥엽 연봉황 종리연일세."

모용세가 이곳저곳에서 모습을 나타내는 오봉칠룡의 용태에 군웅의 찬사는 끊임없이 울렸다.

군웅이 웅성거리고 환호하는 소리는 호연웅의 처소인 영빈각에도 들려왔다.

시끌벅적한 그 소음에 마음이 들뜬 맹가량이 호연웅을 재촉했다.

“언제까지 동경만 바라보고 계실 겁니까? 이제 웬만하면 그만 채비하시고 나서시죠.”

“보채지 말고 기다려 봐.”

연회색 무복에 은은한 자색이 감도는 비단 장삼을 걸친 호연웅이 전신 동경을 바라보며 인상을 찌푸렸다.

동경에 비친 자신의 모습이 해괴했다.

날개는 아니더라도 부슬부슬한 털은 온데간데없고 무슨 색인지도 알아보기 어려운 흐리멍덩한 색깔이 영 마음에 들지 않았다.

“쳇, 근동에서 제일가는 솜씨가 뭐 이래?”

아무리 명장이 만든 의복이면 뭣하랴. 제 눈에 들지 않으니 밖으로 나서기도 민망한 일이었다.

호연웅의 투정에 맹가량도 덩달아 눈살을 찌푸렸다.

“모용 낭자가 사기 친 거 아닐까요?”

“그러게 말이야. 때 빼고 광내야 한다고 침을 튀기더니 이 꼴을 하고 나서란 거야?”

맹가량이 조심스럽게 운을 띄웠다.

“저… 은형호위와 장포를 바꿔 입으시는 건 어떨까요?”

“그럴까?”

한편, 모용세가 연무장에서는 귀빈들이 하나둘 착석하여 행사의 주최자를 기다렸다.

모용가주의 개회사를 기대하는 것이었다.

잠시 후, 가주전이 열리며 미색 장포에 금룡이 수놓아진 의복을 입은 모용가주가 모습을 나타내자 군중의 우렁찬 환호가 쏟아졌다.

손을 흔들어 답례한 모용가주가 연단에 올라섰다.

"먼 여로에도 이렇게 모용세가를 찾아주신 무림 동도와 하객들에게 깊은 감사를 전합니다. 교류와 화목을 통해 무림의 안정을 찾자는 취지로 시작된 용봉지연이 올해로 삼 회째가 되어 이 행사를 시작한 지도 벌써 육 년이라는 세월이 흘렀습니다. 삼봉사룡이 어느새 오봉칠룡이 되었고, 이제는 용봉지연보다는 무림대제전이란 명칭이 어울릴 만큼 명숙들의 참석도 늘어나니 개최자로서 기쁘기 한량없는 일이라 아니할 수 없습니다. 더불어……."

어찌 보면 개회사요, 달리 보면 수면제나 다름없는 길고 따분한 연사가 이어졌다.

그런 모용사헌의 긴 연설이 이어지고 있을 때, 연단 좌측으로 비켜난 보도를 따라 적포와 청포를 두른 두 사내가 모습을 나타냈다.

그들은 호연웅과 맹가량이었다.

"맹 공, 물이 좋은데?"

"그러게 말입니다."

여차하다간 질질 침이라도 흘릴 기세였다.

그들은 물오른 활어를 찾는 철새처럼 번뜩이는 눈매로 매섭게 좌중을 훑어나갔다.

그때 연단 상좌에 앉아 있던 모용설이 그들을 발견하고는 눈썹을 치켜떴다. 연사가 이어지는 와중에도 기웃기웃 둘러대는 그 모습이 한눈에 들어오기 때문이었다.

'저치들이 정말? 저 옷은 또 뭐야? 내가 미쳐요, 정말.'

개회사가 한창인지라 자리를 뜰 수도 없고, 새빨갛고 새파란 원색을 보며 모용설이 인상을 찡그렸다.

'하아! 도대체 저 옷은 어디서 구한 거야?

그러나 모용설의 살기 어린 시선에도 호연웅과 맹가량은 물 만난 고기처럼 좌중을 누빌 뿐이었다.

"소공, 조오기… 어떻습니까?"

맹가량이 손가락을 짚어 한곳을 지목했다.

꽃단장에 치성을 드리고 울긋불긋한 화려한 색상으로 몸단장한 여인들이 떼로 몰려 있었다. 그녀들은 용봉지연에 부푼 마음을 안고 몰려든 주변 홍루의 기녀들이었다.

그녀들의 희망은 강호칠룡의 용안을 한 번만이라도 보는 것. 군중 사이에서 그들을 찾는 기녀들의 시선은 분주했다.

"오호! 역시 맹 공이야. 화려한데?"

"그럼, 길을 열겠습니다."

맹가량이 막무가내로 인파를 헤집어 길을 열었다. 그 뒤를 호연웅이 따랐고, 곧이어 기녀들에게 도착하자 진한 분향이 코끝을 찔렀다.

그 향이 어찌나 진한지 정신이 아찔할 정도. 그 향기에 게슴츠레해진 맹가량이 넋두리를 흘렸다.

"으음, 이 향기… 극락왕토가 따로 없도다."

"어머? 이분은 누구셔?"

어디서 코맹맹이 소리가 들렸다. 그러나 느닷없이 파고들어 실없는 소리를 뱉어내는 맹가량이니 기녀들의 시선이 고울 리 없었다.

웬 치한이냐는 그 눈빛에 맹가량이 뻘쭘하여 어색한 헛기침을 뱉었다.

"어허험, 우리는 이번 행사의 주역들이지."

"어머! 강호칠룡인가 봐! 까아약!"

순식간에 맹가량의 곁으로 기녀들이 몰려들었다. 그러나 그 용모를 보고는 얼른 고개를 돌렸다.

개뿔, 어디서 이런 상판으로 강호칠룡을 사칭하느냐는 표정. 그러나 뒷전에서 빙그레 미소 짓는 사내는 달랐다. 하얗게 드러나는 고른 치열에 달콤함이 묻어나는 미소. 그녀들이 흠뻑 빠져들었다.

아아아!

게다가 그 지긋한 시선엔 사지가 녹아내리는 것 같았다. 기녀들이 호연웅의 곁으로 몰려들었다.

심지어는 몸을 더듬는 여인들까지 있었다.

"어머! 이 피부 좀 봐. 나보다도 더 고우시잖아."

"어머머, 이 팔뚝 단단한 것 좀 봐!"

"어허허! 살살 만져라."

교태 넘치는 음색에 기녀들의 손길이 급격히 노골적으로 변해가자 아찔한 맹가량이 그 사이에 껴들어 그 손길들을 밀쳐 내기에 바빴다.

"이봐, 만지지 말고 말로 해, 말로."

"치, 정말 웃기셔? 그런데 칠룡 중 어떤 용이시죠?"

기녀들에게 파묻혀 흐뭇한 미소를 짓던 호연웅이 손가락을 들어 자신을 지목했다.

"나?"

"그럼 공자님이시지 저기 우락부락한 분이겠어요?"

몰려드는 손길은 좋은데 막상 질문에는 마땅히 응대할 대꾸가 없었다.

강호칠룡도 처음으로 듣는데 무슨 용이냐니.

"음… 빙룡?"

주변이 싸하게 얼어붙었다.

빙룡? 강호칠룡 중에 그런 용이 있던가?

그들의 용모를 본 적은 없으나 화류계에 몸담은 여인으로서 강호칠룡의 무용담을 모르는 기녀는 없었다.

그 신출귀몰한 활약상을 들으며 몸 달아하던 날이 몇날 며칠인데 생판 들어보지도 못한 빙룡이라니.

게다가 빙룡이라는 별호는 촌스럽기까지 했다.

홍문룡, 매화룡, 백비룡, 청천룡……. 이 얼마나 그럴듯한 별호들이던가.

그런데 빙룡이라고?

싸늘한 콧바람이 빙룡보다 더 차갑게 스치며 수많은 시선이 일시에 호연웅을 외면했다.

돌변한 냉대에 당황한 것은 호연웅과 맹가량이었다.

도대체 강호칠룡이 뭐란 말인가.

아쉬움에 때늦은 입맛을 다셔보지만 냉랭한 찬바람은 돌아설 줄 몰랐다.

'강호칠룡이 뭐 하는 작자들이야?'

호연웅과 맹가량이 고민 같지도 않은 고민으로 머리를 싸매고 있을 때, 모용가주의 긴 연설이 끝나고 오봉칠룡이 호명되기 시작했다.

이는 용봉지연의 관례로 용봉의 용모를 군중에게 알리고 가문과 문파의 위상을 드높이기 위한 행사의 일환이었다.

"먼저 백리세가의 설봉황 백리향 낭자십니다!"

열화와 같은 함성과 박수 소리가 터졌다.

호연웅도 백리세가라는 말에 연단으로 시선을 돌렸다.

"……."

"하아아!"

호연웅의 무덤덤한 반응과 달리 맹가량의 입에선 탄성이 흘렀다.

저들이 누구기에 다들 이렇게 열광하는가 싶었다. 심지어 맹가량조차도 초점이 풀린 눈으로 연단을 주시하고 있었다.

'저게 예쁜 거야?'

호연웅이 보기엔 허연 인형이 까닥까닥 손을 흔들 뿐이었다. 게다가 호리호리한 저 몸매는 바람만 불어도 날아갈 것 같지 않은가. 저런 몸으로 북해에서 생활한다는 것은 꿈도 꾸지 못할 일이다.

'에이.'

눈만 버렸다. 불현듯 돼지우리의 그 여인이 떠오르는 것은 또 무슨 조화인지. 그녀의 튼실하던 덩치가 눈앞에서 아른거렸다.

이어 봉황들이 연이어 호명되며 연단으로 올랐다.

남궁세가의 남봉황 남궁상아, 하북팽가의 북봉황 팽수련, 종리세가의 연봉황 종리연, 적도문의 흑봉황 주가청.

이 꽃이나 저 꽃이나 호연웅의 눈에는 가녀리고 연약한 것이 한결같이 부실해 보였다.

저렇게 말라서 추위나 제대로 견딜 수 있을지.

'쯧쯧.'

호연웅이 그 광경에 혀를 끌끌 차는데 연단에서 귀를 번뜩이게 하는 소리가 들렸다.

"다음은 칠룡을 소개하겠습니다!"

'옳지. 너희가 그 잘난 칠룡이란 말이지?

봉황에 이어 칠룡이 호명되자 모용세가는 또 다른 함성으로 시달려야 했다.

"무당파의 속가제자 백비룡 위지강 공자이십니다."

"끼아아악!!"

여인들이 내지르는 괴성은 땅에서 칼날이 솟구치는 것 같았다. 함성인지 비명인지 모를 그 소리에 비위가 상하는데, 별것도 아닌 소개 따위에 이토록 몸부림을 치는지 도무지 알 길이 없었다.

'생긴 것을 따져도, 흠, 제법 생기긴 생겼네. 체격을 따져 보아도, 흠, 제법 단단해 보이긴 하네.'

"제갈세가의 비천룡 제갈호영 소협이십니다."

또다시 이어지는 괴성. 그 사이에 끼어 있자니 고막이 윙윙거릴 정도였다.

이어 청성파의 청천룡 진학, 흑사련의 흑검룡 냉하전, 당문세가의 사천룡 당세민, 천검문의 홍문룡 사진, 화산파의 매화룡 고자건까지 강호칠룡이 일일이 호명되자 귓속에서 징징거리는 징 소리가 남아 호연웅의 뇌두를 흔들었다.

"아이고, 맹 공, 우리 처소로 돌아가자."

"앞장… 서겠습니다."

맹가량도 얼이 빠지긴 마찬가지였다. 물 좋은 곳을 찾아 기세등등하게 등장했던 그들이 돌아섰다.

전의가 당당했던 출병과 달리 그들은 패잔병처럼 풀이 죽은 모습으로 되돌아가고 말았다.

처소로 돌아온 호연웅이 쓰러지듯 침상에 누웠다.

맹가량도 침상에 드러누워 윙윙거리는 귓속을 달랬다.

"그 여자들, 미친 거 아냐?"

"미친 게 분명합니다."

말은 그렇지만, 맹가량의 판단에 강호칠룡은 헌헌장부들이라 할 만했다.

시원시원한 이목구비에 당당한 풍채, 게다가 깊고 그윽한 눈빛까지, 같은 남자가 보더라도 흠모가 일어나는 용모이긴 했다. 그러나 어쩌랴. 그의 소임은 주군의 기분을 살펴야 하는 신세이거늘.

"그런데 소공에 비해선 강호칠룡도 영 보잘것없어 보였습니다. 그런데 왜들 그렇게 난리 발광들을 하지요?"

귀에 착착 감기는 사탕발림이었다. 그 말에 위안을 받았는지 호연웅이 침상에서 일어났다.

"우리 돼지우리에나 놀러 갈까?"

"네에? 좀 있으면 소개 연회가 있을 터인데."

"이미 다 봤는데, 뭐. 가자."

"앞장… 서겠습니다."

그때 벌컥 문이 열리며 모용설이 씩씩거리며 들어섰다.

"가긴 어딜 가요!"

"아! 깜짝이야! 이 여자는 어떻게 경우가 없어!"

"허, 누가 할 소리를."

"뭐야? 또 무슨 일로 문을 박차고 들어선 게야?"

"소연회에 참석해야 하니 어서 옷이나 갈아입으세요."

호연웅이 고개를 저었다.

"오봉이 어쩌고 말들이 대단하기에 눈여겨봤더니 별것도 없더구먼. 난 안 가."

"그래서 지금 어디를 가시겠다는 거죠?"

"바람이나 쐬려고."

"그렇게 오대미인을 울부짖더니 막상 자리가 만들어지니까 딴짓을 하시겠다고요?"

모용설이 발끈하여 대드니 모른 척하기도 마뜩찮은 일이었다. 사실 이번 행사가 자신 때문에 이뤄진 것이 아니던가.

"그게 또 그런가?"

호연웅이 한풀 수그러들자 모용설이 쐐기를 박았다.

"그 의복부터 갈아입으세요. 그리고 소연회는 교분을 쌓는 자리지 용모를 평가하는 자리가 아니라고요."

"좋아, 일단 가보긴 하지."

호연웅이 모용설을 따라 연회장이 마련된 영빈각 후원에

나타났다. 연회장은 선남선녀들로 넘쳐 나고 있었다.

"히야! 사람들 많네?"

사람들이 북적북적하자 호연웅은 분위기에 휩쓸렸고, 도란도란 이야기를 나누는 선남선녀들을 보며 기분이 우쭐해질 즈음 귀에 거슬리는 소리가 들려왔다.

"저건 뭔가? 적포염왕의 흉내라도 내겠다는 건가?"

호연웅을 두고 하는 말이다.

모용설의 만류에도 끝끝내 고집하여 입고 나온 호연웅의 붉은 장삼이 사람들의 입에서 오르락내리락했다.

온아하고 기품이 있는 의복들 사이에서 유독 시뻘건 적포를 걸쳤으니 한눈에도 두드러져 놀림감으로 주목받기 충분한 셈. 이곳저곳에서 비아냥이 들려왔다.

"호호! 용봉지연에 마침내 적룡이 등장하는군요. 아니, 적포룡인가요?"

"실성하지 않고서야 저런 복장이라니."

이곳저곳에서 동시다발로 쏟아지는 조롱을 호연웅은 하나하나 뇌리에 저장한 뒤 한마디로 일축했다.

'촌스런 것들.'

뭐라고 구시렁거리든 호연웅이 보기에 안목이 없는 것은 저들이었다. 자신이 걸친 적포야말로 진하고 강렬한 것이 진정 사내의 기상을 표현하거늘.

그러나 그것은 호연웅만의 생각일 뿐 연회장에 모인 신진들은 이내 고개를 돌려 호연웅을 외면했다.

아무리 화목과 교류를 위한 용봉지연에도 사귈 자와 가릴 자는 구분되는 법. 그들에게 호연웅은 어울릴 상대가 아니었다.

그런 눈치도 모르고 말이라도 나눠볼까 기웃기웃하는 호연웅에게 모용설이 다가왔다.

"여기서 뭐 하세요? 갑자기 사라져서 놀랐잖아요."

모용설의 등장에 외면하던 시선들이 다시 호연웅에게 몰려들었다.

"교분을 쌓으라고 해서 여기 있지 않소."

의문이 담긴 시선들. 모용세가의 소공녀와 무슨 관계일지 호기심 가득한 그 시선을 의식한 모용설이 은근하게 속삭였다. 입가엔 찝찝함이 가득한 미소를 머금고.

"이것… 봐요. 용봉도 몸통이 있고 꼬리가 있어요. 어울린다고 다 같은 용봉이… 아니라고요."

"뭔 소리요?"

모용설은 방긋거리며 뒤로는 호연웅의 적포를 끌어당겼다.

"어어, 왜 이러시오."

"호호! 저 좀 잠깐만."

의아함이 그득한 눈초리들을 뒤로하고 호연웅을 끌고 온 모용설이 따지듯이 물었다.

"왜 이렇게 눈치가 없어요?"

"교분을 나누라더니 왜 또 타박이오?"

"은근슬쩍 사라져서 그런 곳에 파묻혀 있으면 어떡해요."

"그럼 어디에 있으라고?"

"용이라고 다 똑같은 용이 아니잖아요. 물론 저들 중에도 사귈 만한 사람들이 있긴 하지만 오늘은 첫날이니 진정한 용봉들을 만나야지요. 그들을 소개해 드릴 테니 절 따라오세요."

그리고 모용설이 향한 곳은 영빈각 외곽의 홍연정(鴻淵亭)이라는 연못이었다.

그곳엔 연못을 뒤덮은 연꽃 사이로 진정 용봉이라 할 인재들이 따로 모여 한담을 나누는 중이었다.

"이쪽은 북해에서 오신 호연웅 공자입니다."

모용설이 환한 웃음을 지으며 그들에게 호연웅을 소개했다. 서로 간에 가벼운 목례가 이어지고 용봉들이 한 사람씩 자신들의 신분을 밝혔다.

"반갑소. 난 매화룡 고자건이오."

"무당파 위지강, 무림에선 백비룡이라 합니다."

"천검문의 홍문룡 사진이오."

그 외에도 청성파의 청천룡 진학과 남봉황 남궁상아, 북봉황 팽수련, 설봉황 백리향이 그곳에 있었다.

오봉칠룡 중에 삼봉과 사룡이 모인 자리. 그들 중 홍문룡 사진이 호연웅에게 물었다.

"모용 소저와 어떻게 되는 관계요?"

홍연정에 들어설 때부터 호연웅에게 은근히 기분 나쁜 눈빛을 던지던 그다. 그 말투가 왠지 추궁하는 것 같아 언짢았지만 사실 모용설과의 관계를 뭐라고 정리하여 말하기도 모호했다.

'정말 무슨 관계지? 그냥 아는 사이?'

뭐라고 딱 잘라낼 수가 없어 머뭇거리는데 호연웅을 대신하여 모용설이 나섰다.

"호 공자님은 모용세가의 귀빈이십니다."

"그럼 우리는 귀빈이 아니라는 말이오?"

"물론 사진 공자님을 비롯해 용봉지연에 초빙된 모든 분이 저희 모용세가의 귀빈이시죠. 하지만 호 공자님은 용봉지연에 관계없이 귀빈인 점이 조금 다를 뿐입니다."

모용설의 대답에 호연웅이 흐뭇한 미소를 지었다.

'어라? 이것 봐라?'

그렇게 아옹다옹해도 은근히 챙기는 씀씀이가 살갑게 느껴지기 때문이었다.

"본가(本家)는 어디십니까?"

이번에 호연웅에게 물어온 자는 무당의 위지강으로, 그는 우뚝 솟은 덩치가 맹가량과 비교해 절대 작지 않을 만큼 단단한 체격을 지니고 있었다.

"내 출신이 궁금하시오?"

호연웅이 위지강을 향해 물었으나 대답은 엉뚱하게 홍문룡 사진의 입에서 흘렀다.

"유유상종이라 하지 않소. 사람은 그에 어울리는 신분이 있는 것이니 서로 비슷해야 교(交)라도 나누지 않겠소."

말속에 뼈가 있고 비수가 숨어 있다. 좀 전부터 삐딱한 것이 심사에 거슬렸는데 홍문룡의 눈빛을 보니 그 이유를 알 수 있었다.

그것은 질투였다.

'이 자식, 고집쟁이를 좋아하는군.'

슬쩍 모용설을 흘려보니 그녀가 은근히 입술을 깨무는 것이 곤란스러운 안색이었다.

'짝사랑이구먼.'

사실 남녀상열지사에 끼어드는 것은 모양새도 빠지고 도의가 아니었으나 어쩐지 녀석에게 모용설은 어울리지 않았다.

괜히 아깝다고 할까?

호연웅의 얼굴에 비릿한 냉소가 걸렸다.

"내 본가는 한마디로 얼음 천국이오. 앞마당엔 고래가 뛰어놀고 뒷마당에선 백곰이 재주를 부리는, 달리 말하면 고결한 영혼이 뛰어노는 순백의 세상이라고 할까? 그곳이 바로 내 본가요. 하! 생각만 해도 가슴이 시원해지네. 그래서 말인데,

중원엔 얼음 침상 같은 것은 없소? 피부가 철썩철썩 달라붙는
그런 얼음판이면 딱인데 말이오.”

순간 홍문룡 사진의 얼굴이 핼쑥하게 변했다. 북해에서 왔
고 얼음 침상을 운운할 정도면 머리에 떠오르는 것은 한 가지
뿐이었다.

“혹시, 본가가… 북해빙궁?”

그러나 호연웅은 턱도 없다는 표정.

“아휴, 빙궁은 더워서 사람이 살 곳이 못 되지.”

빙궁이 덥다는 말에 창백하던 사진의 혈색이 빠르게 제 색
을 찾아갔다.

“하하, 호 공자는 중원 말이 서투시군. 그건 더워서가 아니
라 추워서라고 하는 것이오. 빙궁이 덥다니… 하하하!”

“땀띠는 더울 때 나는 거 아닌가?”

홍문룡 사진이 침을 꿀꺽 삼켰다.

어디까지 믿어야 할지 감이 안 잡히기 때문이었다. 만에 하
나라도 그가 북해빙궁과 연관이 있다면 빙궁의 소공자란 말
이 된다.

그렇다면 괜히 벌집을 쑤신 꼴이 아니던가.

삼대 천외천 중에서도 가장 독심이 강하다는 빙궁임을 감
안하면 어떤 트집을 잡아 물고 늘어질지 모르는 일이었다.

‘정말 빙궁이란 말인가?’

그때 이어진 호연웅의 이야기가 사진을 안도시켰다.

“암튼 난 빙궁보다는 좀 더 시원한 곳에서 왔고, 뭐 그게 중요한 게 아니지. 이왕지사 한자리 했으니 술이나 한잔 나눠봅시다.”

빙궁이 아니라는 호연웅의 말에 사진의 창백했던 안색은 빠르게 안정을 찾아갔다. 빙궁만 아니라면 그의 간담을 서늘하게 할 것이 북해에는 없기 때문이다. 하나 그보다 더한 존재가 있다는 사실을 그는 몰랐다.

호연웅이 의자에 걸터앉자 서 있던 그들도 자리를 잡고 앉았다.

뒤늦게 나타난 자가 좌중을 휘어잡으니 주객이 전도된 상황. 하나 누구도 그것을 의식하지 못했다.

“자! 한잔 듭시다!”

호연웅이 술잔을 들어 분위기를 이끌었다.

다들 호연웅의 주도에 휩쓸려 술잔이 건네지고 서너 배의 술잔이 돌았을 때쯤 호연웅은 그들의 면면을 살폈다.

오봉칠룡이라고 칭송이 자자하더니 그럴 만하다는 생각이 들었다.

연단에서 얼핏 보았던 용모보다 훨씬 더 강건한 것이 심지 또한 굳어 보였다. 그러나 달리 생각해 보면 우월하다는 권위의식이 팽배해 교만스럽다고 할까.

봉황들 역시 용모는 모용설과 비슷한 수준이었으나 도도한 것이 가까이하기엔 왠지 꺼림칙한 면들이 있었다.

겉으론 탐스럽지만, 한입을 베어 물면 썩은 속살이 씹힐 것 같은 그런 느낌이랄까?

이곳에 있고 싶은 생각이 순간 싹 달아났다.

그래서 마지막 잔이나 나누고 일어나려고 하는데, 매화룡 고자건이 거칠게 비운 술잔을 호연웅의 면전에 떡하니 내려놓고 비릿하게 웃었다.

"술 한 잔 따라주고 싶은데 받을 의향이 있으시오?"

뭔가 뜻이 숨겨진 웃음이었다.

"권주를 마다하면 도리가 아니라 배웠소."

호연웅은 그 숨긴 의도가 무엇일까 궁금했다.

그래서 스스럼없이 그 잔을 받았는데, 마시고 난 호연웅의 얼굴에 의문이 떠올랐다.

"어떻게 한 것이오?"

주향이 변해 있었다, 쌉싸래하고 청량하던 주향이 새큼한 주향으로. 분명히 같은 술이었건만.

"신기변환(神技變換)이라 하오. 주흥을 즐겨보고자 사문의 비전을 살짝 비튼 것이오."

"매화삼십육신검형(梅花三十六神劍形)의 변환이군요?"

모용설이 말했다. 그녀도 옆자리에 앉아 있었기 때문에 호연웅의 잔에 흐르는 그 향기를 맡은 것이다.

은은한 매화 향이 코끝을 살살 간질이는 것은 좋았으나 고자건의 의미심장한 미소가 좋지 않은 쪽으로 흘러가는 것 같아 그녀가 나선 것이었다.

"그렇소. 강호의 신진들이 교류하는 자리에 술과 재담뿐이라면 재미가 있겠소?"

"무재(武才)를 논해보자는 말씀이신가요?"

"역시 모용 소저는 혜안이 있으시군요. 맞습니다."

모용설의 직감이 맞았다. 고자건은 호연웅에게 시비를 걸고 있었다. 무재라는 평계를 빌미로.

"첫 대면부터 그런 자리는 곤란하지 않을까요?"

모용설은 호연웅이 염려되어 어떡하든 말려보고 싶었다.

그런데,

"재밌겠네."

호연웅이 덥석 승낙하고 말았다.

무림의 종주인 구대문파 내에서도 촉망받는 후기지수를 상대로 뭘 어쩌겠다는 것인지. 모용설의 안색이 창백해지는데, 호연웅은 한술 더 떠서 그들을 도발하고 있었다.

"내게 다른 술을 건네줄 분은 또 없소?"

호연웅은 도발로도 모자란지 흐뭇하게 웃기까지 했다.

모용설의 얼굴에 우려가 떠올랐다.

'실성한 거 아니야?'

상대도 가려가면서 시비가 붙어야지, 미친개가 호랑이도 문다는 말처럼 제정신인가 싶어 모용설의 안색은 시커멓게 변해갔다.

"이번엔 내가 한 잔 올리겠소!"

이번엔 백비룡 위지강이 나섰다.

위지강의 양팔이 탁자 위에서 유려하게 움직였다. 물결이 흘러가듯 두 팔을 휘젓는 그 동작은 일견 부드러워 보였으나 그곳엔 극강의 기운이 내포되어 있었다.

무당의 진산절기라는 태청강기였다.

위지강이 휘두르는 손짓에 따라 술잔이 둥실 떠올라 원을 그리며 돌았다. 그리곤 점차 소용돌이처럼 변해가며 눈이 따르지 못할 속도로 가속되기 시작했다.

휘리리릭! 턱!

점차 속도를 증가하던 술잔은 갑자기 허공에 우뚝 멈췄다.

하나 그 속에 든 죽엽청은 여전히 눈이 따르지 못할 속도로 회전하는 중이었다.

"드실 수 있겠소?"

이번엔 위지강의 도발이었다. 그 얼굴은 과연 자네가 이 술잔을 받을 능력이 있는지를 묻고 있었다.

그러나 호연웅은 대수롭지 않게 그 술잔을 잡았다. 그러자 술잔을 쥔 그의 손끝에서 연기가 피어났다.

모용설이 그 광경에 눈을 질끈 감는데.

쩡!

때아니게 빙호에 얼음판이 깨지는 소리가 들렸다.

그때 술잔에서 덩어리로 얼어붙은 죽엽청이 허공으로 톡

튀어 올랐고, 그것을 호연옹이 볶은 콩을 받아먹듯 입으로 받아 와그작거리며 씹었다.

"음! 시원해."

위지강의 표정이 심각했다.

설마하니 그 잔을 받아낼 줄이야.

위지강이 펼친 수는 유능제강(柔能制剛)의 논리에 따른 태극구공(太極求功)으로, 부드러운 듯 보이나 그곳엔 만근의 거력이 숨겨진 무당 절기였다.

그걸 스스럼없이 집어 단숨에 얼려 버리다니.

"다음은 누군가?"

호연옹이 그들에게 보내는 조소였다. 겨우 이 정도 기량으로 무재를 논하고자 했는지를 묻는 것이었다.

이번엔 홍문룡 사진이 나섰다.

벌떡 일어선 그는 탁자의 볶은 콩을 쥐어 그중 하나를 연못으로 튕겨 보냈다.

볶은 콩은 연잎을 뚫고 연못으로 사라졌고, 이어 한 마리의 잉어가 펄떡이며 수면을 박차고 튀어 올랐다.

펄떡이는 잉어를 향해 볶은 콩이 연달아 튕기어졌다.

툭! 툭툭! 툭!

볶은 콩에 적중된 잉어는 마치 돌멩이가 튕기듯 허공에서 툭, 툭 튕기더니 호연옹의 면전까지 날아와 털썩 떨어져 내렸다.

껌벅껌벅.

잉어는 아직도 살아 있어 아가미를 뻐끔거렸다.

홍문룡 사진의 능글맞은 목소리가 들렸다.

"내 듣기로 북해에선 생식을 즐긴다 하던데 준비한 안주가 입에 맞을지 모르겠소."

"싱싱한 것이 아주 좋네."

비릿한 미소를 지은 호연웅의 손길이 잉어를 스쳐 가자 그곳에 하얗게 서리가 내리고 곧 얼어붙으며 잉어가 퍼덕거림을 멈췄다.

이어 두 번째 손날이 스치자 껍질이 종잇장처럼 벗겨지며 붉은 속살을 드러냈다.

호연웅이 씨익 웃었다.

그리고 보인 신기!

호연웅의 손날이 도마에 칼질하듯 허공에서 움직였다. 그러자 움직임에 따라 잉어는 포가 떠지며 날아가 소반 위에 일정하게 정렬하여 다시 한 마리의 잉어 형태를 만들어냈다.

"이제 좀 먹음직하군."

호연웅이 손바닥을 펼쳐 먹어보라고 권했다.

입을 쩍 벌린 홍문룡 사진이 회가 쳐진 잉어와 호연웅을 번갈아 살폈다.

"부, 북해빙궁이 아니라더니……."

"맞소. 난 빙궁 사람이 아니오."

호연웅이 고개를 돌려 모용설에게 말했다.

"그만 가지. 재미없네."

얼떨떨해 있던 모용설도 호연웅의 말에 정신을 차렸다.

이쯤에서 물러설 때였다. 더 있다가는 자칫 큰 싸움으로 번질 우려가 있었다.

황급히 일어선 모용설이 호연웅과 함께 홍연정을 떠났다.

첫날의 용봉지연을 마치고 다음날이 되었다.

모용설이 아침 일찍부터 호연웅의 처소로 찾아왔다.

"호 공자님!"

문밖에서 들리는 모용설의 목소리에 호연웅과 함께 있던 맹가량이 고개를 갸웃했다.

좀처럼 없는 행동에 웬일인가 싶었다.

툭하면 발길질로 문을 차고 들어서던 그녀가 아닌가.

"이른 아침부터 어쩐 일이십니까?"

"호 공자님 기침하셨나요?"

"무슨 일이오?"

방 안에서 들려온 호연웅의 목소리에 손가락으로 슬쩍 침을 발라 귀밑머리를 붙인 모용설이 조신하게 문을 열고 들어섰다.

"오늘 일정을 알려 드리려고요."

"용봉지연인가 그거 관심없소."

“관심이 없어도 꼭 참석해야 합니다.”

“이제 나하곤 무관한 행사이니 그들끼리 잘 놀라고 하시오.”

“오늘은 여인들만 참석하는 사냥입니다.”

“거, 오봉이니 하는 것도 다 사기더구먼. 난 됐소. 당신이나 많이 잡아오슈.”

“오봉들의 간청으로 이뤄진 일정입니다. 그리고 다른 두 봉황도 만나보셔야 하지 않겠어요?”

사실 모용설의 내심은 호연웅이 사냥을 따라가든 안 가든 반반의 기대가 있었다.

오대봉황과 견주어 꿀림이 없는 용모도 자신있었고, 자신의 뛰어난 활 솜씨를 호연웅에게 드러내고 싶었다.

호연웅이 빤히 보는 앞에서 오봉황의 콧대를 눌러주고 싶은 것이 그녀가 이곳까지 한걸음에 달려온 이유였다.

하나 호연웅은 끝까지 고개를 저었다.

“그들과 어울릴 바에는 낮잠이나 즐기겠소.”

당혹스러워지는 모용설이었다. 한번 고집을 부리면 쉽게 수긍한 적이 없는 그였다. 어떡하든 데려가야 하는데 마땅한 방법이……

“혹시 멧돼지라고 아세요?”

“멧돼지?”

호연웅이 시큰둥하게 대답했다.

"반점에서 식사할 때 가장 맛있어하던 요리 있잖아요."

"동파육?"

"맞아요. 그 요리의 재료가 바로 멧돼지거든요."

"그거 돼지라고 했잖아."

"맞아요. 멧돼지는 돼지의 사촌인데, 야생에서 자라 거친 털도 자라고 긴 이빨도 있는 데다가 진정한 동파육은 바로 멧돼지로 만들어야 제 맛이거든요."

"에휴! 불쌍하다!"

"네?"

"그 귀여운 놈들을 잡아먹겠다니."

"네? 제가 잘못 들었나요? 돼지가 귀여워요?"

"그럼. 얼마나 앙증맞은데."

도대체 뭐가 앙증맞다는 것인지 모르나 호연웅을 반드시 사냥에 데려가야만 했다.

"그러면 저기 벽면에 붙은 그 짐승은 어떠세요?"

모용설이 가리키는 족자는 맹호도였다.

부리부리한 눈매에 으르렁거리는 이빨이 천하를 호령하여 당장에라도 울부짖음이 들릴 것 같은 맹호도.

"이걸 잡으러 간다고?"

"산중의 제왕이라는 대호(大虎)예요. 그건 어떠세요?

"맹 공, 뭐 하나, 짐 안 챙기고."

하늘을 향해 울울창창하게 뻗은 잣나무 사이로 햇살이 쏟아졌다. 산중으로 들어갈수록 녹림은 짙어졌고, 위를 우러르면 하늘은 높은 수림에 가려져 그 모습을 감추고 있었다.

푸드득!

꿩 한 마리가 풀숲에서 허공을 향해 날았다.

그때 누군가가 당긴 화살이 허공을 가르며 날아오르는 꿩에 박혔다.

피잉! 푸드덕!

꿩은 풀썩 풀숲으로 떨어지고, 한 하인이 득달같이 달려갔다. 잠시 후, 그가 들고 나오는 꿩에는 하얀 깃털이 달린 화살이 꽂혀 있었다.

하얀 깃털은 설봉황 백리향의 것이었다.

백리향이 하인에게 건네받은 꿩을 하늘 높이 치켜들자 작은 박수 소리가 산중에 울렸다.

사냥에 나선 자들은 모두 스물다섯 명으로, 오대봉황과 모용설을 따르는 호위와 하인이 각각 세 명씩이라 그 인원이 제법 되었다.

그들 중에서 호연웅이 단연 주목을 받았다.

시뻘건 적포를 걸친 호연웅은 홍연정 소모임에 참석했던 삼봉의 입소문을 타고 이미 사냥 행렬에선 중심이 되어 있었다.

욱일승천하는 사룡의 콧대를 납작하게 누르고 재미없다며

유유히 떠났던 사내.

그 모습이 삼봉의 방심을 사정없이 흔들어놓았고, 이번 사냥이 요청된 것이다. 그러니 이번 사냥은 호연웅의 환심을 사기 위한 삼봉의 경쟁장이나 마찬가지였다.

방긋한 웃음으로 박수에 화답한 백리향이 애마를 몰아 호연웅에게 다가갔다.

"첫 사냥물을 호 공자님께 드리겠어요."

애교 섞인 목소리에 호연웅이 고개를 돌렸다.

그러나 호연웅의 표정은 억지로 끌려온 흔적이 역력해 심드렁했고 따분함이 가득했다.

호연웅이 불쑥 내밀어진 새 한 마리를 바라봤다.

왠지 불쌍하다.

하지만 저것이 요리로 탈바꿈하면 행복하다. 호연웅의 손길이 번개보다 빠르게 꿩을 낚아채 사라졌다.

"음, 잘 먹겠소."

백리향이 방긋이 웃었다.

"그 자리에 저도 함께할 순 없을까요?"

노골적인 유혹이었다. 거기다가 뇌쇄적인 눈빛까지 더하니 천생 요물이 따로 없다. 그 눈빛에는 강철도 녹아내릴 듯했으나 백리향이 모르는 게 있었으니 그것은 바로 호연웅의 기호였다.

그 눈빛을 접한 호연웅이 눈을 질끈 감았다.

‘어우.’

그런데 눈에 콩깍지가 끼면 모든 것이 좋아 보인다고 했던가. 호연웅이 질색하는 표정을 백리향은 엉뚱하게 받아들였다.

‘호호! 생각보다 수줍음이 많으시네?’

오히려 그녀의 눈빛은 더욱 짙어졌다.

그런 여우 짓을 지켜보는 모용설의 심정은 타들어가는 것 같았다.

‘아우, 저 불여시.’

애초의 계획과 다르게 사냥물도 번번이 놓치고 옆에서 살랑살랑 꼬리 치는 봉황들을 보고 있자니 죽을 맛이었다.

자신도 모르게 눈에서 불길이 뿜어지고, 말고삐를 움켜쥔 그녀가 사냥을 안내하는 촌로에게 넌지시 말했다.

“유명곡(幽明谷)으로 들어가죠, 송로.”

송로라는 노인이 화들짝 놀라 고개를 돌렸다. 그는 모용설을 바라보며 고개를 저었다.

“위험합니다, 아씨!”

“천주산을 손바닥 꿰듯이 알고 있으면서 송로는 그 소문을 믿어요?”

“산에서 일어나는 일에 과장은 없습니다.”

모용설이 잠시 주저했다. 지금처럼 가끔 사냥물이 나타난다면 자신의 솜씨를 과시할 기회가 없었다.

'어떡한다?

"좋아요. 송로의 말을 따르겠어요. 하지만 좀 더 큰 짐승들이 필요하니 그런 곳으로 자리를 옮겨줘요."

그녀의 눈빛에 절절함이 엿보였다. 무엇을 위한 것인지는 모르나 세월이 전하는 연륜은 그녀가 큰 고민에 빠져 있다는 것을 느끼게 했다.

이번엔 송로가 망설였다.

"큰 짐승을 잡으시겠다면 결국 갈 곳은 유명곡 인근밖에는 없습니다. 하지만 그곳으로 들어가지 않겠다는 약조만 해주신다면 노복이 그곳으로 모시겠습니다."

"좋아요. 인근에도 큰 짐승이 출몰한다면 굳이 들어갈 이유가 없잖아요."

일행은 점점 깊은 산중으로 들어섰고, 잠시 후에는 모두 말에서 내려야만 했다.

수풀이 우거져 건마가 진입하기가 곤란하기 때문이었다.

그렇게 도보로 어느 정도를 이동하자 눈앞에 음산한 기운을 뿜어내는 시커먼 계곡이 나타났다.

앞장서던 송로가 우뚝 멈춰 돌아섰다.

"이곳은 천주산에서 제일가는 사냥터입니다. 간혹 큰 짐승이 출몰하니 조심하시고, 특히 제 뒤편으로 보이는 계곡에는 절대 들어가시면 안 됩니다. 저곳은 독충들의 서식지라 매우 위험합니다. 그럼 이 앞에 펼쳐진 사냥터에서 맘껏 사냥을 즐기십시오."

독충이라는 말에 모두가 질겁했다. 외형부터가 속을 알 수 없을 정도로 녹음이 우거졌고 흐릿한 안개가 감도는 것이 보기에도 발걸음이 꺼려졌다.

그런데 유독 눈빛이 밝아지는 여인이 있었다.

적도문의 흑봉황 주가청이 성큼 나서더니 계곡을 향해 발걸음을 잡았다.

"아가씨, 이곳은 위험합니다."

"괜찮아요. 너희는 여기 있거라."

미처 말릴 사이도 없었다. 주가청은 자신의 여시위들마저 남기고 경공을 펼쳐 나무와 나무 사이를 건너뛰며 유명곡으로 사라졌다.

"어허!"

망연자실한 송로의 곁으로 모용설이 다가왔다.

"송로, 어쩌죠?"

"글쎄요, 저도 어찌해야 좋을지……."

모용설의 시선이 주가청의 여시위들에게 향했다.

여시위들이 고개를 흔들었다. 원체 고집이 센 상전이기에 그녀들도 어쩔 수 없다는 표정이었다.

다시 봉황들에게 도움의 손길을 바랐으나 그녀들은 독충이라는 말에 질겁하여 딴전을 부리기에 바빴다.

눈을 마주치지 않으려고 애쓰고, 애꿎은 전통을 들었다 놨다 했다. 먼 산으로 시선을 돌려 못 들은 척하기도 했다.

남은 사람은 하나.

모용설의 시선이 호연웅을 찾았다.

그는 이 상황에도 바닥에 쪼그려 앉아 열심히 땅을 헤집고 있었다. 뭔가 신기함에 열중하는 모습. 그런 그가 땅속에서 무언가를 끄집어 올렸다.

"이게 뭐지?"

그를 본 봉황들이 기겁하며 물러섰다.

호연웅의 손끝에 대롱대롱 매달린 것은 지렁이였다.

"이게 뭐냐고?"

지렁이를 쥔 손을 봉황들에게 내밀자 그녀들이 후다닥 물러섰다.

"꺅! 저리 치우세요!"

"그, 그건 지렁이라고, 낚시할 때 미끼로 쓰는 벌레예요."

호연웅이 갸우뚱했다.

"미끼? 겨우 요걸로?"

북해에서 미끼라 하면 최소한 자신의 팔뚝보다도 컸다. 그런데 겨우 요만한 걸로 고기를 낚아?

그때 호연웅에게 다가선 모용설이 말했다.

"저기, 호 공자님."

"응? 뭐요?"

"유명곡으로 들어간 주 낭자가 염려되네요. 그녀를 데려다 주실 순 없나요?"

"들어가지 말라고 해도 펄쩍펄쩍 뛰며 잘도 들어가던데 뭘 또 데려오나?"

"저곳은 몹시 위험해요. 만약 그녀에게 무슨 일이 생기면 모용세가가 곤란해집니다."

"아, 진짜. 저렇게 수풀이 우거졌는데 어떻게 찾나? 뭔 흔적이라도 있어야 찾지?"

호연웅이 고개를 절레절레 흔들었다.

아니나 다를까, 짙은 녹림은 들어서는 순간 그 흔적이 사라져 버릴 것이다.

모용설의 눈빛이 불안에 휩싸였다. 괜히 이곳을 거론하여 피해자가 생겨나지 않았는가.

"무슨 방도가 없을까요?"

"그냥 둬. 알아서 나오겠지."

송로도 애가 타는지 모용설을 돕고 나섰다.

"저곳은 유명(幽明)이라 합니다. 즉, 저승이라는 뜻입니다. 저대로 그냥 두면 큰일이 납니다."

그 말에 주가청의 여시위들이 벼락같이 유명곡을 향해 치달려 갔다.

그 모습에 호연웅이 눈을 치켜떴다.

"어라? 저 여자들까지 왜 저래?"

“아가씨들, 무작정 들어가시면 안 됩니다!”

송로까지 애가 타게 부르지만, 그녀들은 유명곡을 향해 사력을 다해 달렸다.

“참 나, 그러게 맹 공을 데려오자니까, 혼자만 가야 한다고 해서 사람을 이렇게 귀찮게 하나.”

호연웅이 툴툴거리며 일어섰다. 그는 손에 쥔 지렁이를 은근슬쩍 봉황들에게 튕겨 보냈다.

“꺄아악!”

봉황들이 화들짝 놀라는 사이, 한걸음에 유명곡까지 날아간 호연웅이 혀를 빼 물고 웃으며 돌아섰다.

그리곤 그곳에서 괴이한 현상이 일어났다.

계곡을 따라 흐르는 계류가 돌연 허공으로 치솟았다.

마치 폭포가 역류하는 광경이었다. 이어 한없이 올라간 계곡물이 얼어붙으며 솔솔 눈가루를 흩날렸다.

보고도 믿지 못하는 괴현상에 사람들의 표정이 경악으로 물들었다.

처음엔 진눈깨비가 내리더니 점점 눈발이 거칠어지며 눈보라를 휘날렸다.

마치 꿈속의 한 장면을 보는 것 같았다.

그때, 저 멀리에서 호연웅의 목소리가 들렸다.

“아! 이 여자들은 그새 어디까지 사라진 거야?”

모용설이 고개를 흔들어 정신을 추슬렀다. 도대체 저 사내

때문에 혼미해질 정도로 놀란 게 몇 번이던가.

어제, 그리고 오늘 또다시. 예전에도 몇 번을 깜짝깜짝 놀라게 하더니…….

설경은 호연웅이 만들어낸 것이 분명했다.

주가청과 그 여시위들을 보호하기 위해 눈을 만들어 뿌리는 것이었다. 설경이 이뤄지면 그 족적을 쫓아 쉽게 그녀들을 찾아낼 것이고, 독충들 또한 급격한 추위에 움츠러들어 활동하지 못할 것이다.

과연 이것이 사람의 힘으로 가능한 일인지.

그렇다고 눈앞에서 벌어진 일을 부정할 수도 없었다.

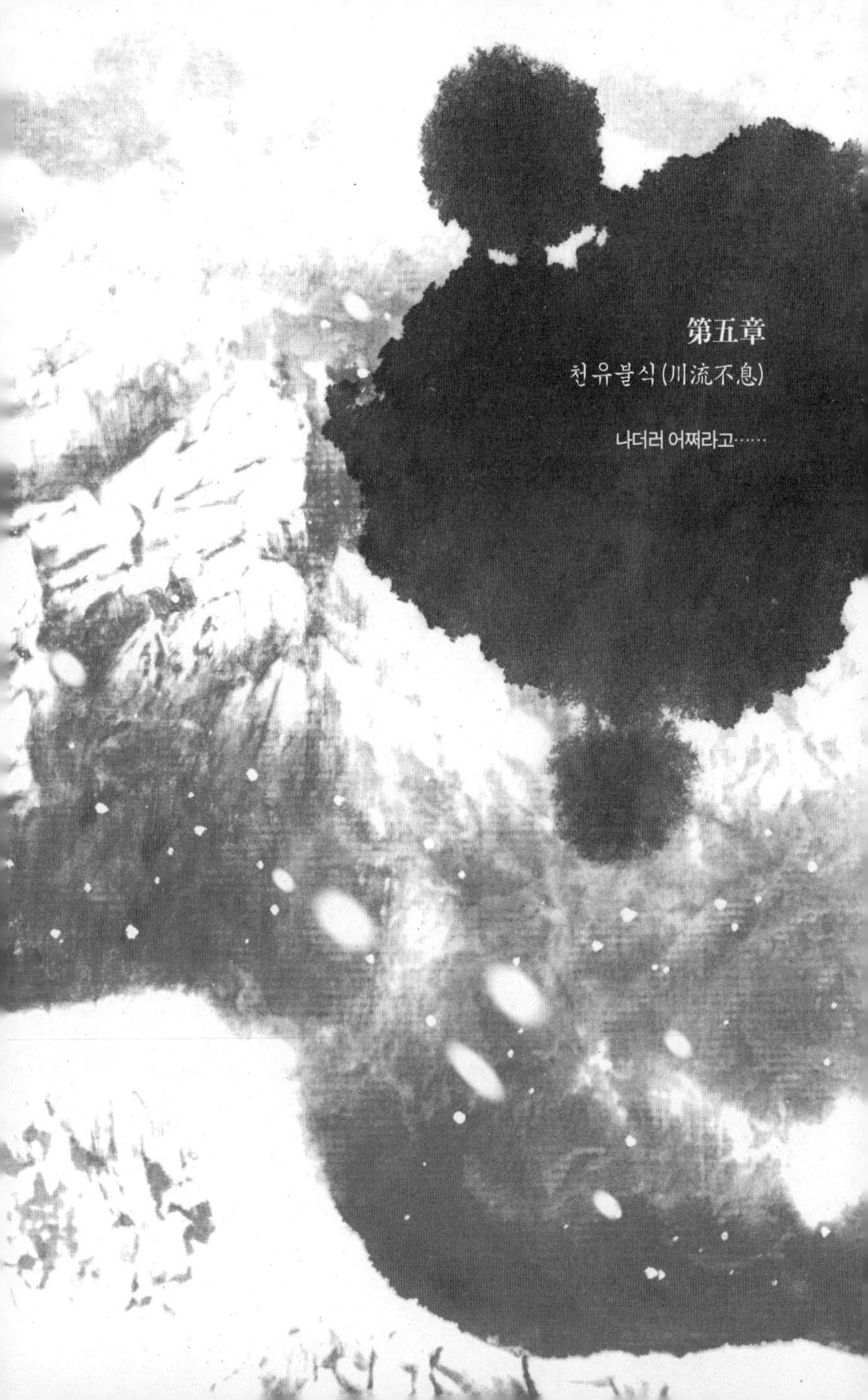

第五章
천유불식(川流不息)

나더러 어쩌라고……

천유불식(川流不息)

나더러 어쩌라고……

    유명곡에 흰 눈이 수북하게 쌓여갔다. 그 눈길을 헤쳐 나가는 호연웅의 표정이 밝았다.

    이것이 얼마 만에 느끼는 고향의 풍취이던가.

    하지만 온통 설경에 빠진 유명곡에서도 호연웅이 원하는 흔적은 쉽게 드러나지 않았다.

    계곡이 원체 깊고 험하기 때문이었다.

    그렇다고 해도 이토록 종적이 묘연할 수도 없는 일. 어디로 사라졌을까를 떠올리던 순간 호연웅은 아차 싶었다.

    자신이 만들어낸 눈가루가 그 흔적을 뒤덮고 있다는 사실을 떠올린 것이다.

‘이런, 멍청하기는……’

서둘러 한빙기(寒氷氣)를 거둬들이자 눈보라가 그치며 눈이 부시도록 맑은 햇살이 비쳐 들었다.

“아!”

온 천지가 은가루를 뿌려놓은 듯했다.

수풀에 매달린 눈꽃에서 뿌려지는 빛은 북극과는 또 다른 비경. 호연웅은 마치 혼백이 빨려드는 것 같았다.

‘진정 아름답구나.’

그리고 얼마 지나지 않아 호연웅의 바람대로 눈 속에 선명하게 찍힌 발자국들이 드러났다.

‘찾았다!’

발자취를 찾아 달리는 호연웅의 발걸음이 바빠졌다.

그러나 반가움도 잠시, 언제부턴가 발자국이 점점 희미해지며 또다시 흔적이 사라지고 말았다.

‘참 나, 가지가지로 성가시게 하는군.’

이건 또 무슨 일인가 싶어 속에선 열불도 나지만 귀신이 곡할 노릇이었다. 땅으로 꺼진 것도, 하늘로 올라가지도 않았을 터. 감쪽같이 사라지고 말았다.

주위를 두리번거리던 호연웅이 마침내 원인을 찾아냈다.

나뭇가지에 수북해야 할 눈송이가 뜻밖에도 털려 나간 가지가 많았다. 그것은 그녀가 나무를 타고 이동했다는 증거.

호연웅이 뜨거운 김을 뿜어내며 흑봉황의 흔적을 찾아 다시 움직이기 시작했다.

　"이것 봐, 그만 헤매고 다니시지."
　호연웅이 눈꽃이 가득한 전나무 가지를 올려다보며 말했다. 그곳에 주가청이 걸터앉아 있었다.
　하늘만 올려다보며 찾아다니느라 고개가 뻣뻣할 정도였다. 그런 호연웅을 주가청은 천연덕스럽게 굽어보며 말했다.
　"이 일이 어떻게 된 일인지 아시나요?"
　"무슨 일 말이오?"
　"갑자기 쏟아진 눈보라지 뭐겠어요."
　주가청의 목소리엔 의아심이 가득했다. 하나 호연웅의 대답이 온전할 리 없었다.
　"그것을 내가 어찌 알겠소."
　"그것참, 신기한 일이지 않아요? 그리고 웬만하면 올라오시죠. 눈이 내렸어도 독물들이 있을지 몰라요."
　"그것보다는 이쯤에서 돌아갑시다."
　"혹시 독혈(毒穴)이라는 말을 들어보셨나요?"
　"그게 뭐요?"
　"풍수지리에 따르면 명혈(名穴)과 길지(吉地)가 있는데, 그 중 독혈은 삼대명혈 가운데 하나로 땅속에서 독기가 응축되어 온갖 독물이 모여드는 곳을 말해요."
　"그래서?"

“이곳 어딘가에 그 독혈이 존재할 거예요.”

“그래서 어쩌겠다는 거요?”

“무슨 말인지 이해가 안 가세요? 한마디로 봉 잡았다는 말이죠.”

“봉?”

“어이구! 횡재라고요, 횡재!”

“사람에게 해로운 독물이 횡재란 말이요?”

“독혈을 찾는 독물들은 영물과 다를 바 없어요. 그리고 그곳에서 반드시 잡아야 할 독물이 있었는데, 그만 폭설이 내려서 찾을 길이 막막해졌어요.”

“어험, 거참 애석하겠구려.”

“혹시 저와 같이 그곳을 찾을 생각은 없으신가요?”

주가청의 말에 호연웅이 피식 웃었다.

명색이 오대봉황이라 옥이야 금이야 자란 줄 알았더니 횡재를 운운하는 게 어쩐지 속물답지 않은가. 그런 솔직담백함이 그렇게 나쁘지만도 않았다.

“그러나 지금은 그 독혈보다 사람들부터 먼저 찾아야 할 것이오.”

“저 말고 또 누가 있나요?”

“바로 당신 호위녀들이 이곳에서 사라졌소.”

사라진 일행을 기다리는 모용설과 봉황들은 여전히 믿기

지 않는 표정으로 유명곡을 바라보고 있었다.

“모용 소저, 그가 정말 북해빙궁의 사람이 아닌가요?”

남봉황 남궁상아였다. 짙푸른 녹림이 삽시간에 저토록 황홀한 설경으로 변해 버렸으니 그녀는 아직도 꿈을 꾸는 듯한 표정이었다.

그녀의 물음에 모용설이 고개를 돌렸다.

“그분의 본가는 북해빙궁이 아니라 그보다 더 북쪽으로 올라가야 하는 것으로 알고 있어요.”

어느새 모용설은 호연웅을 그분이라 부르고 있었다.

모용설에게 향하는 봉황들의 시선이 얇아졌다.

그분이라니?

“호 공자님과는 어떤 관계시죠?”

이 순간 봉황들의 유일한 관심사는 그것이었다.

관심이 없는 듯 딴전을 부리던 백리향도 그 순간만큼은 귀를 쫑긋 세웠다.

“손님과 주인의 관계였어요, 지금까지는.”

“뒷말이 묘하시네요?”

남궁상아의 이어지는 질문에 모용설의 봉옥이 붉게 변했다. 그리고 뻔뻔한 대답이 흘렀다.

“남궁 소저는 저런 남자를 놓치고 싶겠어요?”

당당한 선포였다. 그 말에 남궁상아도 지지 않고 답했다.

“그럼 우린 경쟁자가 되는 거네요?”

"글쎄요? 둘만 되어도 좋겠는데, 그게 그럴 것 같진 않네요."

모용설의 시선이 사냥에 나선 봉황들에게 향했다.

도둑이 제 발 저리다고, 움찔한 백리향과 팽수련, 그리고 종리연이 서둘러 그 눈빛을 피했다.

고고한 학처럼 자라나 아쉬움을 모르는 그녀들이다.

그러나 지금 그 내면에선 경쟁심이 샘물처럼 솟아나고 있었다.

그때 유명곡에서 움직임이 일어났다.

숲이 흔들렸다. 그리고 나뭇가지에 쌓였던 눈가루가 우수수 떨어져 내렸다.

"돌아오시는 것 같아요!"

그녀들의 얼굴이 밝아졌다.

흑봉황과 그 호위들의 염려는 이미 뒷전으로 물러난 상태였다. 관심사는 오로지 호연웅뿐이었고, 은근히 끓어오르는 경쟁심이 설렘을 부추기고 있었다.

그러나 설렘도 잠시, 유명곡에서 그 형체가 드러나는 순간 그녀들은 경악했다.

크르르!

그것은 황소를 방불케 하는 거대한 대호였다.

그를 본 송로의 안색이 하얗게 질렸다.

"마령호!"

천주산의 제왕. 유명곡 어딘가에 존재하지만 정체를 드러내는 법은 없었고, 간혹 화전민촌을 급습해 사람을 물고 사라진다는 그 식인호였다.

"아씨! 피, 피하셔야 합니다!"

피한다고 피할 수 있는 상황도 아니었다.

섣불리 등을 보이고 돌아섰다간 사나운 저 발톱에 한순간 갈가리 찢겨 나갈 것이다.

무가의 여식들답게 그녀들의 대응도 침착했다.

모용설이 전통에서 화살을 빼 들자 그를 따라 봉황들도 활대에 살을 올렸다.

서서히 겨눠지는 활시위가 마령호에게 향했다.

크아아아항!

마령호의 포효에 눈 덩어리가 무너져 내리고 산천초목이 벌벌 떨었다. 어째서 마령(魔鈴), 마귀의 방울이라 불리는지를 여실히 전하는 포효였다.

한걸음에 삼 장의 거리를 휙휙 날아 마령호가 달려들었다.

슝! 슈슝! 슝! 슝!

시위를 당긴 봉황들의 화살 역시 마령호를 향해 쏘아졌다.

그런데 허공을 격하고 삼 장을 건너뛰며 달릴 줄 알았던 마령호가 두 번의 도약 이후 지면을 따라 달려들었다.

애꿎은 화살만 허공으로 날려 버린 셈.

크아항!

목전에서 울리는 포효에 정신이 빠져나가는 것 같았다.

모용설과 봉황들의 손놀림이 바빠졌다. 마음이 급하니 화살을 집는 손놀림도 덜덜 떨렸다.

이미 지척에 다다른 마령호가 앞발을 세워 모용설을 덮쳤다. 저 발톱, 저 무게에 짓눌린다면 사지가 터져 나갈 것이다.

모용설이 머리를 숙여 도약한 마령호의 배 밑으로 굴렀다. 아찔하게 위기를 넘겼으나 다음이 문제였다.

헛손질한 마령호가 되돌아 달려든다면 채 일어서기도 전에 그녀의 육신은 너덜너덜해질 것이다.

모용설이 연이어 구르며 재빨리 검을 뽑아 함께 굴렀다.

재도약해 덮칠 마령호의 목덜미를 꿰뚫기 위해서였다.

그러나 마령호는 모용설을 지나쳐 그대로 백리향에게 달려들었다.

푹! 푹!

그때 날린 백리향의 화살과 다른 하나가 마령호의 몸에 박혀들었다. 하지만 마령호는 그 충격에도 기민함이 변하지 않았다.

커다란 앞발이 휘둘러져 백리향의 가슴을 스쳤다. 황망한 와중에도 발걸음을 물러서 간신히 앞발질을 피했으나 그녀의 옷자락이 밭고랑처럼 갈라져 속살을 드러냈다.

너덜너덜해진 옷자락 사이로 깊게 파인 가슴골이 출렁이며 흔들렸다.

목숨이 경각인 상황에서 백리향의 얼굴이 하얗게 경색이 되어갈 때 마령호의 목덜미에 한 자루의 보검이 날아들어 박혔다.

크앙!

마령호가 검이 날아온 곳으로 그 거대한 동체를 돌렸다. 그곳엔 바닥을 구르고 일어선 모용설이 있었다.

단걸음에 삼 장을 도약한 마령호가 모용설에게 덮쳐들었다. 벌어지는 마령호의 아가리는 한입에 그녀를 삼켜 버릴 기세였다. 그때 유명곡에서 정신을 깨우는 외침이 울렸다.

"안 돼!"

그는 호연웅이었다. 그의 움직임은 섬전보다도 빨랐다.

부다다다다!

마치 양쪽에 달린 다리가 수십 개로 보이는 괴현상을 보이며 그가 달려왔다.

"건들지 마! 내 거야!"

죽음을 직감하고 눈을 질끈 감았던 모용설이 그 말에 눈을 번쩍 떴다.

순간 죽음이 임박했다는 위기감보다도 가슴이 뭉클했다. '내 거야!' 라는 그 말이 뇌리에서 웅웅 울렸다.

우당당탕!

단걸음에 달려든 호연웅이 마령호의 목을 껴안고 이 장 밖으로 굴렀다.

호연웅과 뒤엉켜 흙바닥을 뒹굴던 마령호의 발톱이 허공을 긁었다. 이미 목덜미는 호연웅에게 제압당한 상태였다.

식인호의 숨통을 누르며 사력을 다하는 호연웅과 감격에 겨운 모용설의 눈빛이 마주쳤다.

그 눈빛을 의식한 호연웅이 씨익 웃으며 말했다.

"이건 내 거야!"

"……."

모용설의 얼굴이 썩은 똥 빛으로 변했다.

'그럼 나는?'

그때 가슴이 뭉클해지는 호연웅의 목소리가 들렸다.

"너도 내 거야!"

미운 정도 정이라고 해야 하는지.

어느새 모용설은 호연웅에게 흠뻑 빠져들고 있었다.

'너도 내 거야!' 란 그 한마디에 눈시울이 붉어진 모용설이 고개를 돌렸다.

'망할 자식!'

"어이, 모용 낭자, 이거 내가 가져도 되겠지?"

호연웅에게 목덜미를 붙잡힌 마령호는 숨이 넘어갈 듯 깔딱거리고 있었다. 그 말에 모용설의 입에서도 본심과 다른 퉁명스런 대답이 흘렀다.

"당신이 잡았으니 알아서 하세요."

호연웅이 손바닥을 털며 일어서자 아직은 숨이 붙은 마령호가 꿈틀거렸고, 그를 본 봉황들이 비명을 질렀다.

"악! 아직 살았잖아요!"

"길러보려고 잡았는데 그럼 죽이나?"

그 말에 백리향이 기겁하고 나섰다.

아직도 마령호로 인해 철렁했던 가슴이 삭여지지 않았는데 이런 흉물을 기르겠다니.

"이런 괴수를 기르겠다니 지금 제정신이세요?"

그녀의 말에 고개를 돌렸던 호연웅의 눈빛이 순간 게슴츠레해졌다.

한눈에 들어오는 깊게 파인 가슴골.

그를 바라보는 호연웅의 눈빛은 행복이 충만했다.

그 눈빛에 백리향이 화들짝 놀라 가슴을 가리며 돌아섰다.

찢어진 옷자락이 생각보다 커서 자신의 가슴이 훤하게 드러났다는 사실을 뒤늦게 깨달은 것이다.

"뭘 보는 거죠?"

"거, 보기보다 꽤 실하구려."

얼굴이 두꺼운 줄은 알았지만 이토록 뻔뻔할 줄은 몰랐다.

봉황들의 눈빛에 경멸의 빛이 떠올랐다. 비록 자신이 당한 일은 아니나 같은 여자로서 동정이 일어남은 당연한 도리였다.

호연웅을 파렴치범으로 몰아가는 웅징의 눈초리였으나 그녀들은 은근히 백리향과 자신의 가슴을 겨누어보고 있었다.

"왜들 그러나? 뭐, 틀린 말 했나?"

모용설이 한숨을 푹푹 쏟아냈다.

어쩔 수 없는 인간, 정말 구제불능이 따로 없다.

그 뒤 유명곡에서 흑봉황과 그 여시위들이 모습을 나타낸 덕분에 어색하던 분위기는 그런대로 해소되었다.

어정쩡한 모습으로 나타난 주가청이 일행에게 공손하게 고개를 숙이며 사죄했다.

"저 때문에 소란이 있었군요. 미안해… 어머머, 세상에!"

주가청을 놀라게 한 것은 바닥에 널브러져 거품을 게워내는 대호였다.

그것도 황소보다 더 큰 호랑이라니.

"이거 돈 좀 되겠는데요?"

주가청의 그 말에 봉황들의 눈빛이 또 변했다. 저 마령호 때문에 벌렁거리는 가슴이 아직도 펄떡이거늘.

겨우 한다는 말이 돈이 되겠다고?

쏴붙이기도 뭐하고 두고 보자니 찜찜한 상황에서 호연웅이 또다시 껄떡거리고 나섰다.

"좀 전에 계곡을 빠져나오다 쓸 만한 미끼를 건졌는데 그런 것도 돈이 되려나."

주가청이 무슨 말이냐는 듯 되물었다.

"쓸 만한 미끼요?"

"지렁이 말이오. 요건 제법 커서 북해에서 써도 좋을 것 같은데, 한번 봐주실 수 있겠소?"

주가청이 질색하며 고개를 저었다.

"됐어요."

"어허, 가는 게 있으면 오는 게 있어야지. 난 당신과 그 가
솔을 구하러 저 눈밭을 뒹굴고 왔는데 그것도 못하나?"

주가청의 대답은 듣지도 않고 호연웅이 불쑥 바지춤으로
손을 집어넣어 주물럭거리며 바지 속을 돌아다녔다.

"요게 어디로 도망쳤지?"

그 광경에 봉황들이 기겁하며 몸서리를 쳤다.

'세상에, 지렁이를 바지 속에?'

"아! 찾았다!"

바지춤을 누비던 호연웅의 손이 쑤욱 뽑혀 나왔다.

"아아! 이게 무네."

손가락을 물고 대롱대롱 매달린 것은 한 마리의 뱀이었다.

그를 본 주가청이 경악했다.

"칠점염왕사(七點閻王蛇)!"

그녀의 말에 모용설과 다른 봉황들도 놀랐다.

칠점염왕사는 독물만 잡아먹고 산다는 살무사다.

맹독을 지닌 동물 가운데 가장 독성이 강한 영물로, 뿜어내
는 독기가 강해 다가서기도 어렵다는 맹독사였다.

속설에는 물리면 칠 보를 걷기 전에 독성이 발작한다는 단
혼칠보사보다 그 독성이 백 배는 강한 영물이라 했다. 주가청

이 독혈에서 반드시 잡고자 하던 그 독물이 칠점염왕사었다.

봉황들의 놀란 얼굴을 물끄러미 바라보던 호연웅이 두 눈을 끔벅거리더니 스르륵 무너지듯 쓰러졌다.

                    *   *   *

영빈각 호연웅의 처소.

맹가량이 똥마려운 강아지처럼 안절부절못하며 방문 앞을 서성거렸다.

호연웅이 사고를 당한 지 이틀이 지났고, 아직 그는 깨어나지 못하고 있었다.

맹가량으로선 믿기지 않는 일이었다.

범인이라면 즉사했을 극독이라고 말은 하지만 소공은 만년빙옥보다 더 단단한 신체에 무쇠도 씹어 먹을 존재였다.

그런 그가 아직도 실신 상태라는 것은 상상 밖의 일이었다.

더구나 그렇게 만든 것이 새끼손가락보다 조금 굵은 짐승이라는 것 또한 황당했다.

그때 허공의 일부분이 갈라지며 은형십오위의 육섭이 빠끔히 고개를 내밀었다.

"저기… 주공께선 아직 차도가 없으신 겁니까?"

"야! 정신 사나워! 들어가!"

그 말에 허공이 조용히 닫혔다.

잠시 후 방문이 열리며 한 의원이 침구 통을 한가득 안아 들고 문밖으로 나섰다.

맹가량의 눈빛을 접한 의원이 고개를 설레설레 저었다.

이로써 여덟 번째 의원이 고개를 흔드는 셈이었다.

인근에 의원이란 의원은 죄다 불러왔다.

명의라는 자도, 동네 의방에서 고름이나 짤 줄 아는 자라도 의원 행색을 했으면 모조리 불러왔으나 한결같이 고개만 저을 뿐이었다.

이제는 인근에서 불러올 의원도 없었다.

궁여지책으로 북해에서 가져온 쓸 만한 약을 모두 갈아 소공의 입속에 흘려 넣어도 차도가 없었다.

그곳에 들어간 영약만 해도,

해구신이 오십 개,

심해 상어의 영단 열 개,

북극곰 쓸개 열 개,

사향 중에는 전설이라 불리는 백로사향이 두 개.

그 정도면 송장도 벌떡 일어설 것인데 좀처럼 눈을 뜰 기미가 없으니 그 초조함에 맹가량은 숨이 넘어갈 지경이었다.

그나마 다행이라면 아직은 숨은 쉬고 있다는 것.

그때 모용설이 한 근엄해 보이는 노도사와 함께 급하게 영빈각으로 들어섰다.

"호 공자님은 어떠세요?"

맹가량이 고개를 저었다. 그가 슬쩍 눈짓으로 그녀 옆에 선 노도사를 가리켰다.

누구시냐는 뜻이다.

"적도문의 봉공이신 흑야노사이십니다. 가주님은 아직 안에 계시지요?"

맹가량이 고개를 끄덕였다. 소공이 쓰러진 이후 모용가주는 한시도 그 곁을 떠나지 않고 지극정성으로 간호에 열중하고 있었다.

처음엔 모용가주가 직접 진기를 주입해 독상을 밀어내려고 시도했으나 독기보다 더 독한 냉기에 그만 수염에 고드름이 얼리며 그는 물러서고 말았다.

그 뒤 부랴부랴 의원을 불러 진료했으나 모두 손을 놓고 물러서기는 마찬가지였다.

모용설이 급하게 흑야노사를 모시고 내실로 향했다.

맹가량 역시 그 뒤를 따랐다.

"아버님!"

모용설의 목소리에 모용가주가 고개를 돌렸다.

흑야노사를 본 그가 고개를 숙였다. 이는 배분이 높은 선배에 대한 예우였다.

"참으로 어려운 발걸음을 해주셨습니다."

"아니오, 모용가주. 우연히 가까운 곳에 있어 서두를 수 있었소이다."

"환자의 증상은 전해 들으셨는지요."

"오는 동안 들었소이다. 칠점염왕사에게 물리고 이틀이나 생명을 보존하고 있다니 실로 놀라운 일이오."

흑야노사는 의원은 아니었으나 독공에 관해선 일가견이 있는 전대고인이었다.

지금은 적도문의 봉공으로 노후를 의탁하고 있으나 이십 년 전만 해도 그는 정사를 넘나드는 호쾌한 성품으로 시대를 풍미하던 절대고수였다.

흑야노사가 서둘러 이공(耳孔)의 열을 재고, 안구를 들춰보며 호연웅의 용태를 살펴 나갔다.

손, 발, 손톱까지 살피고 목 언저리에 맥을 짚어 진기의 흐름을 살펴본 그가 돌아섰다.

고개를 갸우뚱하는 것이 뭔가 이상하다는 표정.

"정말 칠점염왕사에 물린 것이 확실하오?"

"그 자리엔 제가 있었습니다, 노사님."

모용설이 확신을 심어 이야기했다.

"그렇다면 체내에 독기가 스며들어 안색이 변색하여야 당연하거늘, 어찌 혈색이 넘치는 것이 양기가 충만하다 못해 폭발할 지경이란 말인가?"

흑야노사의 말에 맹가량이 찔끔했다.

그리고 보니 북해에서 가져온 영약들이 전부 양기가 충만한 것들이라 이것저것 잡다하게 섞다 보니 그럴 수도 있었다.

그 때문에 변색이 이루어지지 않고 혈색이 충만하다면 결국 자신의 조제가 성공했다는 말이 아닌가.

그것은 소공을 구한 것은 자신이란 말이 된다.

중원에 들어가면 반드시 쓸 것이라 아끼고 아끼던 것들을 손을 벌벌 떨어가며 조제한 보람이 있었다.

한데 맹가량의 그런 마음과 달리 흑야노사의 얼굴은 점점 일그러져 갔다.

결국 맹가량은 자신의 공로를 꺼내지도 못했다.

잘한 일이라면 인상을 쓸 일이 없을 것이니 잘한 짓인지 못한 짓인지 가늠이 안 되기 때문이었다.

그저 눈치만 살필 뿐이었는데.

그때 버럭 눈을 뜬 호연웅이 아랫도리를 부여잡으며 신음을 흘렸다.

"아! 깨어났다!"

호연웅의 곁으로 그들이 몰려들었다.

그 표정들 또한 다양했다. 모용설은 감격했고, 모용가주는 안도했으며, 흑야노사는 우려했고, 맹가량은 안타까워 어쩔 술을 몰라 했다.

"으으윽!"

호연웅이 아랫도리를 부여잡고 침상을 굴렀다.

그 얼굴빛이 처참할 정도.

주변에선 탄성이 흘렀다.

"왜 그러는가?"

"호 공자님!"

호연웅이 벌떡 일어나 주위를 살폈다.

염려가 가득한 시선들이 쏟아졌다. 무얼 찾는지 두리번거리던 그가 돌연 밖으로 쏘아져 나갔다.

"따라오지 마! 따라오지 말라고!"

한걸음에 사 장이 넘는 거리를 쭉쭉 내달리며 허공에다 소리를 질렀다.

"너희도 따라오지 마!"

허공에 일렁이던 물결이 순식간에 사라졌다.

휘이익―

정신없이 내달리던 호연웅이 녹림이 우거진 수풀 속으로 몸을 던졌다. 그리곤 허겁지겁 바지춤을 끌렀다.

띠융!

터질 듯한 아랫도리가 용수철처럼 튀어나왔다. 이어 시원한 물줄기가 허공으로 솟구쳤다.

쏴아아―!

이보다 통쾌한 순간이 있으랴.

눈물이 찔끔 나오고, 십 년을 참아온 듯한 배설의 쾌감에 부르르 온몸을 떨었다. 한데 화살처럼 쏘아지는 오줌 줄기를 보며 이것이 무슨 일인가 싶었다.

아무리 피가 끓는 청춘이라도 이건 과하지 않은가.

속설에 오줌발이 담벼락을 뚫고 요강이 구멍 난다고 하지만 웃자는 소리일 뿐 가당키나 한 것인가.

한데 그런 우스갯소리가 눈앞에서 실현되다니.

호연웅이 자신의 손가락을 살폈다.

아직 아물지 않아 뺑 뚫린 두 개의 이빨 자국. 그는 고개를 갸우뚱했다.

'이게 그렇게 약발이 센 놈이었나?

스스로 알 수 있었다.

손가락으로 스며든 독기는 몸 안의 냉기 때문에 퍼져 나가지 못하고 아직도 손가락 안에 머물고 있다는 사실을. 그런데도 이 정도의 증상이라면…….

만약 몸속으로 퍼졌을 때는 어떤 일이 벌어질까?

초야를 치르기 위해 이부자리로 들어서는 여인이 떠올랐다. 속살이 비치는 나삼에 수줍은 웃음, 그리고 그 이후에 광경을 떠올리니…….

상상만으로도 몸서리 쳐지는 일이었다.

부르르 떨리는 손끝에 힘을 주자 아물지 않은 상처에 이슬 같은 방울이 맺혔다.

칠점염왕사의 독액이었다.

파르스름하니 청량한 빛깔에 매큼한 듯 신선한 꽃향기가 풍겼다. 이까짓 것이 사람을 일순간에 혼절하게 하였으니 그저 우스울 뿐이다.

슬며시 힘을 풀어보자 손가락에 맺혔던 독액이 상처 속으로 사라졌다.

독액은 언제든지 원할 때마다 뽑아낼 수가 있었다.

그리고 몸속에 북두무상신공(北斗武常神功)의 한빙기가 존재하는 한 독액은 손가락에 머물러 있을 것이다.

손가락이 찌릿하다는 것이 조금 걸리기는 했다.

하지만 이것이 정력에 영향을 미친 것이라면 이보다 더한 보배가 또 있겠는가. 자고로 정력은 원기요, 원기가 넘쳐야 활력이 있고 몸에 힘이 넘쳐 난다.

이런 정력제를 언제든지 뽑아 베풀 수 있다면 이는 신신(腎神:정력의 신)과 다를 바가 없었다.

북해에선 물개 사냥을 나설 때 신신에게 제를 올려 당신의 영험한 능력을 만인에게 베풀겠다는 기원을 올린다. 즉, 자신은 이제 그런 신신의 경지에 도달한 것이다.

호연웅의 얼굴에 뿌듯한 미소가 번졌다.

그가 뽑아내는 오줌발은 여전히 잦아들 줄 몰랐다.

*   *   *

"찾았소."

"그곳이 어디요?"

이곳은 만한반점. 괴도삼랑이 동상에 걸려 쫓겨났던 그곳

이다. 반점은 이미 영업을 마친 상태였고 내부에서는 세 사람
이 모여 긴밀한 논의가 이루어지는 중이었다.

그들 중에 흑야노사가 있었다. 그가 말했다.

"모용세가에서 돼지치기로 숨어 있었소."

"그 아이가 그런 일을 하며 숨어 있었다니."

"그런데 문제가 생겼소."

"어떤 문제요?"

흑야노사가 초로인과 중년 사내를 번갈아 훑어보며 목청
을 낮췄다.

"신비인들이 그 아이를 지키고 있었소. 그 기운이 은밀한
것이 쉽사리 넘볼 상대들이 아니었소."

초로인이 입술을 악물었다.

"으음, 모용가주가 대련회(大連會)와 척을 지려고 작심이라
도 한 것인가."

"그것은 아닐 겁니다."

이번엔 중년 사내가 나섰다. 그는 대련회의 요녕회주인 신
기공자(神技公子) 문도수란 자였다.

요녕의 관리자로서 모용세가의 일거수일투족을 꿰뚫고 있
는 그는 모용세가엔 흑야노사의 이목을 피할 만한 무사가 없
다는 것을 확신하고 있었다. 있다면 호법 양만추 정도일 것이
다.

"단정은 금물입니다. 모용가주가 그 아이의 진정한 신분을

모를 수도 있는 일이고, 만약 알더라도 호위까지 붙이며 위험을 감수할 정도로 대범한 인사가 아니기에 드리는 말입니다.”

“그럼 그들이 누구란 말인가?”

“지금부터 알아봐야지요. 감히 대련회에 적대하는 그놈들의 정체를 밝혀내야지요.”

대련회는 강호 전역에 걸친 초거대 규모의 친목 단체였다.

대련회(大連會)!

그 설립 취지는 뜻밖에 간단했다.

교류를 통한 신분의 수직 상승.

사문과 세가에서 비주류로 밀려난 자들이 모여 하나의 친목 단체를 만들었다.

대외적인 친분과 영향력을 바탕으로 소속된 곳에서 입지를 세워보려는 목적으로 출발했다. 그리고 그들의 사교와 교류는 곧 절대적인 영향력을 발휘하기 시작했다.

사문과 세가에서 일어난 난감한 사안들에 대해 그들이 나서 척척 난관을 해결하니 그들은 금방 주류에 편입될 수 있었다.

혼자라면 불가능했을 일이나 외부의 협력이 있기에 가능했다.

실제 그들은 대련회의 지원을 통해 성장했고, 소속된 곳에서 중추적인 실세로 변모해 갔다. 그렇게 대련회는 이십여 년의 세월 동안 기하급수적으로 확대되어 나갔다. 작금에 이르러 모든 대소 문파와 세가들이 대련회와 연관되었으며, 현 무림의 대소사가 대련회의 총회를 거쳐 이루어진다고 해도 과언이 아닌 상태였다.

게다가 대련회의 상층부를 이루는 열두 명의 수뇌는 그 실체가 안개에 가려져 있었고, 총회주는 그들조차도 누군지 모를 정도로 은밀한 조직이었다.

"야적!"

요녕회주 문도수가 점소이를 불렀다. 문 앞을 지키던 그가 한걸음에 달려와 머리를 조아렸다.

"부르셨습니까."

"지금 곧 모용세가로 비영들을 급파해라. 특히 농장 인근에 은신한 자들이 누군지 그 정체를 밝혀내라."

"알겠습니다."

"그리고 괴도삼랑은 지금 어디에 있느냐?"

"그들은 며칠 전 시비가 벌어져 큰 부상을 당했습니다. 하여 당장은 운신할 수가 없습니다."

"부상을 당했다고?"

"그렇습니다. 그것도 이곳에서 벌어진 일입니다."

"그들과 시비를 벌였던 자들이 누구냐?"

"정체를 알 수 없었는데, 모용세가의 재녀와 함께 온 자들입니다."

야적의 말에 흑야노사가 눈을 부릅떴다.

"흑, 짙은 눈썹에 실없어 보이고 제법 반반한 청년과 칠 척에 이르는 거구가 아니던가?"

"맞습니다. 어딘가 좀 모자란 듯 보였고, 그들 중 거구가 혼자서 괴도삼랑을 상대했습니다."

야적의 말에 문도수가 발끈했다.

"그런 자를 어째서 보고하지 않았지?"

괴도삼랑이 절정은 아니나 일류는 넘어섰고, 또한 그들의 연수합격은 만만한 공부가 아니었다.

그런 그들을 혼자서 처리할 정도라면 그는 주목할 대상이라 할 수 있었다.

"신분을 조사하는 중이었습니다. 그런데 북쪽에서 왔다는 것 외에는 어떤 근거도 찾지 못해 보고가 지연되고 말았습니다. 송구합니다."

흑야노사가 혀를 끌끌 차며 말했다.

"허허, 어쩐지 수상쩍은 놈들이라 했더니."

"흑야노사께서 아는 바가 있으십니까?"

흑야노사가 찜찜한 얼굴로 목청을 가다듬었다.

"어험! 시비가 붙었다는 거구는 호위에 불과하네. 진정한 괴물은 그놈이 따르는 소공이라는 잔데, 솔직히 나도 믿기지 않는 일이 벌어졌다네."

"그것이 뭡니까?"

"칠점염왕사에 물리고 이틀 만에 훌훌 털고 일어났다면 믿어지는가?"

"허!"

"흐음."

문도수의 눈빛이 침잠하게 변해갔다.

그와 마주한 초로인의 눈빛도 깊어졌다. 감찰사자로서 그의 직감은 예리했다.

그 직감이 지금 적신호를 보내고 있었다.

"아무래도 상부에 지원을 요청하는 것이 좋겠네."

문도수가 얼굴을 찡그렸다. 지역을 책임진 수좌로서 이는 자존심이 용납지 않는 일이었다.

"지원이 올 때까지 기다리다 다시 종적을 감추면 그땐 감찰사자께서 책임지시겠습니까?"

第六章
불기이회(不期而會)

뜻하지 않게 우연히……

불기이회 (不期而會)
뜻하지 않게 우연히……

호연웅의 얼굴이 벌겋게 달아올라 있었다. 그는 벽면을 바라보며 알 수 없는 말을 중얼거렸다.

"태제의 후사는 태천, 태고, 태명이고… 태천의 후사는 사천, 염천이며… 사천의 후사는 사고조, 사후랑이며……."

선조들의 아호였다.

선대 십이조부터 줄줄이 내려오는 계보를 따라 웅얼거리고 또 웅얼거렸다.

아랫도리에 불끈거리는 기운을 잠재우기 위한 수단이었다. 태산처럼 솟은 그것은 좀처럼 가라앉을 줄 몰랐고, 후끈후끈한 열기를 뿜어냈다.

“후아… 후아……!”

또다시 정신이 흐트러지자 불같은 양기가 용솟음치기 시작했다.

“제, 젠장, 태제의 후사는 태천, 태고요…….”

악다문 입술에 뻘뻘 땀을 흘리는 그 모습을 맹가량이 문틈으로 엿보고 있었다.

그는 알고 있었다.

소공이 무엇 때문에 면벽 수련에 들었는지.

‘체내에 독기를 빼내는 것이야.’

안타까웠다. 자신이 사냥에 따라갔었다면 소공이 저런 곤경에 빠지지는 않았을 것 아닌가.

모든 것이 자신의 불찰이고 무책임했기 때문이다.

‘내 탓이야, 내 탓이라고.’

그의 자책처럼 맹가량의 탓인 것은 맞았다. 다만 칠점염왕사가 아닌 다른 것이라는 것이 문제였지만.

‘소공, 반드시 이겨내야 합니다.’

자신이 감춰왔던 약재들이 그렇게 무용지물일 줄 알았다면 한꺼번에 쏟아붓는 게 아니었다.

다급한 마음에 서두르다 보니 그때는 정신이 없었다. 아쉬운 마음에 슬그머니 주머니를 뒤져 보니 달랑 해구신 하나가 뒹굴고 있을 뿐이다.

‘그래도 하나는 건졌네.’

그때 맹가량 뒤통수 쪽에 공간이 조용히 열리며 하나의 얼굴이 쑥 튀어나왔다.

“뭘 보십니까?”

“헉!”

“왜 그렇게 놀라세요?”

“노, 놀라긴, 네 녀석이 돼지우리는 지키지 않고 이곳엔 왜 나타난 거야?”

얼굴을 내민 자는 은형십오위의 맏이인 일섭이었다.

“보고 사안이 있습니다.”

“뭔데?”

“돼지우리의 동태를 살피는 자들이 있습니다.”

“슬쩍 해가려고 나타난 거 아니야?”

“한둘이 아닙니다. 그리고 돼지가 아니라 시비를 노리는 것 같습니다.”

“그 여자는 왜?”

“잡아서 족쳐 볼까요?”

맹가량이 턱 언저리를 벅벅 긁었다.

“고것들, 수상하네?”

그 순간 방문이 벌컥 열리며 호연웅이 튀어나왔다.

다다다다!

쏜살같이 내달리는 그가 소리쳤다.

“오지 마! 쫓아오지 마!”

호연웅의 눈빛에서 혈광이 피어나고 있었다.

한편, 다른 장소에서도 혈광이 피어나는 눈빛으로 한 장소를 주시하는 자들이 있었다.

그 눈빛에 예리한 기광이 흘렀다.

검은 무복에 두건을 쓴 그들은 대련회의 요녕지부에서 급파된 비영들이었다.

“상황이 어떤가?”

목소리의 주인은 만한반점 점소이 야적이었다. 두건으로 얼굴을 가린 그의 눈빛이 형형하게 빛을 냈다.

그 물음에 한 흑의무인이 답했다.

“별다른 징후 없이 시간만 흐르는 중입니다.”

“흑야노사의 말에 따르면 놈들은 한둘이 아니라고 했다. 기척이 느껴지는 곳이 있었더냐?”

“십 장 이내까지 근접했으나 느껴지는 기운은 없었습니다. 혹여 흑야노사에게 노안이 온 것은 아닐는지요?”

잠시 숙고하던 야적이 무겁게 고개를 끄덕였다.

기척도 드러내지 않는 자들을 상대로 무작정 시간만 보낼 수는 없는 일. 뭔가 결단이 필요했다.

“좋다, 비영들을 모아라.”

“하면?”

“일시에 저곳을 친다. 만약 놈들이 있다면 어딘가에서 튀어나오겠지.”

포권으로 대답을 대신한 흑의무인이 사라졌다. 이어 수풀 스치는 소리가 들리며 비영들이 속속 야적의 곁으로 모여들었다.

“스무 명, 이상없이 집결하였습니다.”

야적이 흑의무인들을 바라보며 덤덤하게 말했다.

“일비대는 계집을 납치하고 이비대는 엄호를 맡는다. 만약 놈들이 나타난다면 그중 한 놈은 반드시 생포해야 한다. 준비되었는가?”

흑인무인들은 양손을 마주 잡는 읍으로 대답을 대신했다.

“가자!”

그들이 창공으로 치솟았다. 까마귀 떼가 창공에 수를 놓듯 하늘에 검은 그림자를 채우며 그들은 돈사를 향해 몰려들었다.

파라라라락! 파라락!

한 번의 비상 뒤 다시 지면을 딛고 솟구치려는 찰나, 한 적포인이 홀연히 나타나 그들의 앞을 가로막았다.

그는 호연웅. 그의 붉디붉은 적포가 바람에 휘날렸다.

“니들은 뭐니?”

등장에 비해선 채신머리없는 질문이었으나 비영들을 긴장시키기엔 충분했다.

야적의 손짓에 따라 비영들이 분산하며 검을 뽑아냈다.

그 움직임이 일사불란했고, 다년간 숙달된 몸놀림들이었다.

차차창! 창창창!

"너는?"

야적의 눈빛이 흔들렸다.

적포인이 누군지 알기 때문이다.

흑야노사에 따르면 저자는 절정을 넘어서는 무인이다. 더욱이 그의 호위가 괴도삼랑을 때려잡는 것을 직접 목격하지 않았는가.

"너, 점소이잖아? 두건까지 쓰고 뭐 하냐?"

야적의 표정이 싸늘하게 변했다. 두건을 착용한 자신을 한눈에 알아보다니, 그 쓸데없는 눈썰미 때문에 녀석은 생을 단축하게 될 것이다.

"아하! 돼지 훔치러 왔구나? 그런데 야밤에 살금살금 와야지 이건 너무 대범하잖아?"

야적이 검파에 손을 올려 슬그머니 검신을 밀었다. 쾌검식을 펼치기 위한 준비 과정이었다.

"저 여인을 보살피는 자가 그대였소?"

야적의 시선이 돼지우리를 나서던 시비에게 향했다.

그녀를 확인한 호연웅이 씩 웃었다.

"너, 여자 보는 눈이 있구나?"

“······?”

“나도 저 여인에게 관심이 있거든.”

웬 쓸데없는 소리인가 싶어 야적이 손등을 까닥여 수하들에게 신호를 보냈다.

그 신호에 따라 비영들이 대형을 갖추며 다가서자 호연웅이 조용하게 그들을 다그쳤다.

“아서라. 그러다가 다친다.”

“물론, 한둘은 다칠지 모르나 넌 죽는다. 쳐라!”

파공음이 허공을 갈랐다. 이어 강맹한 궤적을 그리며 검들이 쏟아지듯 몰려들었다.

검신에 스며 있는 내력 또한 만만치 않았다.

밀착된 거리라서 피한다 해도 옷자락이 잘려 나갈 만큼 그 기세가 예리했다.

스슥! 스스슥!

호연웅의 신형이 폭풍처럼 몰아치는 검신의 사이를 누볐다. 바람결이 흐르듯 그 숲을 헤치고 나왔을 때는 그가 입은 적포의 이곳저곳이 갈라져 나풀거리고 있었다.

“다들 칼질 하나는 제대로 배웠군.”

“요행은 한 번으로 족할 것이다. 쳐라!”

야적의 지시에 따라 더욱 강맹한 기운이 섬전처럼 몰려들었다. 우주전횡(宇宙專橫)이라는 연수합격의 절초였다.

허공을 가로지르는 위력에 만물이 너덜거린다는 초식. 아직 이 절초의 그늘에서 살아난 자는 없었다.

피융! 핏! 핏!

살갗을 예리는 위력도 문제지만 그 빠르기가 미처 눈으로 좇기가 버거울 정도로 빠른 쾌검식이었다.

눈앞에선 무수한 빛살이 스쳐 가는 것 같았다.

적수공권의 호연웅이 맨손으로 그 예리한 검신들을 쳐내기 시작했다. 한데 서걱거리며 육신이 갈라지고 육혈이 난무해야 마땅하거늘 검과 맨손이 부딪치자 청명한 소리가 창공에 울렸다.

까깡! 빠가강! 빠강!

하얗게 서리가 내린 검들이 두 동강이 되어 날아갔다.

검을 쥔 비영의 손아귀에도 냉기가 몰려들어 검파와 손바닥이 한 몸처럼 달라붙었다.

검을 쥘 때 파지법은 계란을 감싸듯 부드럽고 유연하게 손목과 손바닥의 진동으로 검을 휘두르는 것이 기본이다. 그런데 친친 밧줄로 감싸놓은 것처럼 짝 달라붙어 유연함이 사라지니 그 검을 휘두르는 움직임이 목각 인형과 다를 바가 없었고, 부러진 검에 억지스러운 검초가 이어졌다.

호연웅은 그 사이를 흐르는 바람처럼 누볐다.

빠캉! 빠바캉!

반 토막이 났던 검들마저 부러져 나가고, 스무 명의 비영 가운데 절반이 바닥을 나뒹굴었다.

호연웅의 시선이 그들을 훑었다.

온전하게 검을 든 자는 점소이가 유일했다. 대다수 비영들은 온몸에 서리가 내려 입술을 덜덜 떠는 중이었다. 한빙기가 체내에 침투되었으니 적어도 석 달 열흘은 온천에서 몸을 풀어야 결빙이 일어나는 신체를 제어할 수 있을 것이다.

"더 해볼래?"

야적의 눈빛이 흔들렸다.

스무 명이 한 명을 상대하는 데도 역부족이라니. 그렇다고 신분이 드러난 이상 물러설 수도 없었다.

야적의 신형이 셋으로 갈라졌다.

환영분시술(幻影分示術). 과거 환영문이란 살수 집단의 비기다. 실체와 허상이 뒤섞여 상대의 이목을 흐리게 하는 비술이었고, 야적이 꺼낼 수 있는 마지막 승부수였다.

피웃!

좌우와 전방에서 세 개의 동체가 동시에 쇄도해 들었다.

셋 가운데 두 개는 허상. 실체를 찾아야 한다.

호연웅은 좌우에서 접근하는 동체를 택했다. 그가 쌍수를 좌우로 펼쳤다. 그러나 그 선택은 허상이었다.

전방에서 달려든 실체가 정수리로 검을 뽑아 올렸다. 일 검으로 천지를 가른다는 일도양단.

야적의 입가에 섬뜩한 미소가 떠올랐다.

'넌 끝났어!'

하지만 그것은 그만의 생각일 뿐 현실은 달랐다.

어느 틈엔가 코끝까지 다가선 호연웅이 야적을 보고 빙그레 웃었다.

하늘 높이 쳐든 야적의 검이 부르르 떨었다.

게다가 어느 사이에 뽑았는지 모르나 큼지막한 곤봉이 야적의 복부를 쿡쿡 찌르고 있었다.

"더 이상 까불면… 알지?"

쿡쿡!

곤봉은 당장에라도 야적의 복부를 꿰뚫으려고 기세를 드러냈다. 휑하게 구멍 난 자신의 몰골이 뇌리에 떠올랐다.

고개를 끄덕인 야적이 손에 힘을 풀었다. 더는 어찌해 볼 도리가 없는 상대였다.

쨍그랑!

대검이 바닥을 뒹굴자 호연웅이 야적의 두건을 걷어내고 그의 양쪽 뺨을 토닥거렸다.

그때마다 뼛속을 파고드는 냉기가 스며들자 야적이 눈을 부릅떴다.

"으으윽!"

이어지는 고통은 맨정신으로는 참아내기 어려운 극통이었다. 한데 그의 두 손은 자신의 뺨을 토닥이고 있었다. 그럼 지금도 아랫배를 쿡쿡 찌르는 곤봉은 무엇이란 말인가?

그때 호연웅이 말했다.

"가서 애들 말고 어른들 모셔 와라. 알았지?"

야적은 좀 더 일찍 상대와 자신들의 격차를 깨달아야 했다. 그랬다면 이렇게 정신없이 추위에 떨며 쫓겨나지는 않았을 것이다.

으드드드……

그들은 세상에 태어나 가장 혹독한 추위를 맞이하고 있었다, 햇볕이 창창한 한낮에.

하얗게 서리가 내린 검은 무복이 쫓겨나는 그들의 몰골을 더욱 초라하게 했다. 그나마 죽은 자가 없으니 다행이라면 다행일 것이나 몸 안에 냉기를 빼내려면 그 고통은 죽음을 방불케 할 것이다.

호연웅이 그들을 바라보며 속삭이듯 말했다.

"배후를 찾아내라."

허공이 일렁거렸다. 그리고 사라졌다.

호연웅이 망연해 있는 시비를 향해 발걸음을 옮겼다.

그녀는 슬픔으로 가득 차 있었다. 어쩌면 절망인지도 모른다. 그 눈빛이 삶을 상실한 듯 공허해 보였다.

"무슨 일인지 알 수 있겠소?"

그녀가 천천히 눈을 감았다. 묻지 말라는 뜻이다. 그 눈짓 한 번에도 세월의 고난이 묻어나고 있었다.

"감춰서 될 일이 아니오. 말을 해야 도울 수 있소."

"그저 죄송스러울 따름이며, 저 때문에 공자님께서 큰 봉변을 당하실 것 같아 염려됩니다."

용봉지연에 임박해 용모가 추하다는 이유로 돈사로 배속받을 때 그 원인이 자신에게 있다던 호연웅의 말을 그녀는 잊지 않았나 보다.

"원래 귀할수록 가치가 높은 법이오. 그대에겐 용모를 넘어서는 기품이 있으며 훌륭한 마음 씀씀이를 느낄 수 있었소. 하여 도울 만하다 여겨 도운 것이니 너무 마음에 담아둘 것 없소."

그녀가 흔들렸다.

허망하던 눈빛이 제자리를 찾아갔으나 호연웅을 주시하는 또렷한 두 눈은 영문을 모르겠다고 말하고 있었다.

"절 놀리시는 건가요?"

"가끔 실없다는 소리는 듣지만, 마음에도 없는 말을 뱉어내지는 않소. 그대는 충분히 아름답소."

가끔이 아니라 매번 실없다는 소리를 들어서 문제지만 그녀가 그것을 알 리가 없었고, 그녀는 호연웅의 말에 담긴 진심은 느낄 수 있었다.

그녀 천아영은 생각했다.

세상에 자신의 용모를 보고도 이런 말을 전할 남자가 또 있을까? 단언컨대 없다.

그만큼 그녀는 자신의 용모가 추하다는 것을 알았다.

하지만 듬직함이 느껴졌다. 왠지 의지하고 싶은 마음도 슬며시 일어났다.

　그러나 이 남자는 혼자다. 호위라고 거느리는 사람이 있기는 했으나 둘만의 힘으로 그녀의 적과 대응하기에는 한 줌의 모래알과도 같았다.

　괜히 자신의 일에 끼어들어 보았자 생만 단축하게 될 것이다. 그러나 이면에는 다른 생각도 떠올라 천아영을 힘들게 만들었다.

　방금 사내가 보여준 신위는 대단했다.

　그 무위가 놀라우니 없는 것보다는 나을 것이라는 생각이 떠올라 그녀를 더욱 힘들게 했다. 사실 그가 나서서 도와준다고 해도 변할 것은 없었다.

　오히려 이 남자의 죽음만 재촉할 것이다.

　천아영이 부르르 떨었다.

　"전 누구에게나 외면받는 추녀입니다. 공자님의 마음을 받을 수 없습니다."

　천아영의 말은 무거웠다. 또한 그녀를 바라보는 호연웅의 시선도 무거웠다.

　"추녀라? 자신을 정말 그렇게 생각하오?"

　"세상엔 귀하게 자라 꽃보다 더 우아하고 고아한 여인들이 많답니다. 저 같은 돼지치기와는 차원이 다른 분들이요. 전 제 분수를 압니다."

　호연웅의 눈빛이 더욱 무거워졌다.

"미(美)를 구분하는 시선은 두 가지뿐이오. 하나는 공통적인 아름다움, 누구나 예쁘다고 생각하는 가치를 말합니다. 또 다른 하나는 취향입니다. 공통적이지 않은 지극히 개인적인 관점. 내 취향은 그대가 미인이라 말하고 있소."

차가운 바람이 두 사람을 스쳤다.

호연웅도 스스로 닭살이 돋는 말에 오한이 들었고, 허공에 숨어 있던 은형십오위도 그 말에 부르르 몸을 떨었다.

호연웅도 그들의 반응을 느꼈다.

고얀 것들.

하나 소인들이 어찌 창룡의 웅대한 뜻을 알리오. 호연웅이 어색한 헛기침을 흘렸다. 그리고 쐐기를 박았다.

"허허험, 내가 그대를 지켜주겠소."

천아영의 어깨가 잘게 흔들렸다. 그녀는 감격에 겨운 마음을 숨기지 못했다. 자신의 처지만 아니라면 그 마음을 받아들였을 것이다.

천아영(千娥英).

상계의 대부라 불리던 금천세가의 차녀로 그 미모와 기지는 소아 시절부터 강호에 칭송이 자자했었다.

그러나 부친이 의문의 병사를 당하며 그녀에게 암운이 드리워졌다.

금천상단의 엄청난 재산을 놓고 피바람이 불었다.

풍문에는 강남의 절반이 금천상단의 것이다. 그 정도는 어림도 없다. 적어도 그 두 배는 될 것이라는 말이 떠돌았으니 가히 그 재산의 규모가 어림짐작되는 일이었다.

골육상잔(骨肉相殘)!

후계 구도를 놓고 벌어진 혈육 간의 칼부림에 소가주였던 그녀의 오라비는 천참만륙이 되었고, 그녀는 계모의 꾐에 빠져 쇄혼독에 중독되었다.

간신히 목숨은 구했으나 중독의 후유증은 무서웠으니 그렇게 곱디고왔던 용모가 세상에 다시없을 추물로 변해 버리고 말았다.

그리고 그녀에게 남겨진 일은 한 가지뿐이었다.

선친과 오라비의 원한을 갚는 일. 이 년여 동안 강호를 떠돌며 선친과 교분을 나누던 가문과 문파를 찾아 도움을 청했다. 그러나 모두가 고개를 저을 뿐이었다.

그들이 거절한 이유는 원수들의 배경에 대련회라는 거대한 존재가 있기 때문이었다.

그녀에게 남은 것은 없었다.

도와줄 사람도, 힘도, 재물도.

이제는 얌전히 끌려가 죽음을 맞이하든지, 평생을 유랑으로 떠돌며 숨어사는 것뿐이었다.

천아영이 고개를 저었다.

"말씀, 감사합니다. 하지만 전 떠나야 합니다. 저 때문에 공자님께 피해가 가는 것을 원치 않습니다."

호연웅이 얼굴을 벅벅 긁었다.

능란한 언변으로 반쯤은 녹인 것 같은데 최종적인 순간에 삐걱거리고 있었다.

'햐! 잘 안 넘어오네.'

딱히 그녀가 마음에 드는 것은 아니었다.

하지만 그녀에겐 사람의 마음을 잡아끄는 묘한 구석이 있었다.

그것은 자신이 농담처럼 던진 오향진미를 추종해서도 취향이 별나서도 아니었다. 아니, 딱 하나가 있다면 자식 하나는 숨풍숨풍 잘 나을 것 같았다.

"같이 갑시다. 내가 당신을 지키겠소."

천아영은 당황하는 기색이 역력했다.

대체 이 남자가 왜 이러는지 그 이유를 알 수가 없었다. 자신이야 든든한 호위가 생기는 것이니 마다할 이유는 없었다. 그렇다고 그를 죽음의 문턱으로 끌고 갈 수도 없는 일. 그녀의 고심이 깊어졌다.

"저는 삼상각에 들러 업무 인계와 그동안 일한 품삯을 지불받아야 합니다. 하니 반 시진 뒤 삼상각에서 뵙는 것으로 하시죠."

호연웅이 고개를 끄덕였다.

"나도 짐 정리를 해올 테니 그때 봅시다."

"이 은혜, 구천에 들어서도 잊지 않겠습니다."

"어허, 젊디젊은 처자가 구천이라니."

"그럼 이만."

천아영이 팩 돌아서 뛰었다. 그녀가 돼지우리로 사라진 뒤 호연웅도 웃으며 돌아섰다. 그리고 혼잣말을 중얼거렸다.

"어디로 가는지 따라가 봐."

허공에서 응답이 들렸다.

"알겠습니다. 그런데 언제부터 병장기를 패용하셨습니까?"

불쑥 솟아오른 적포 자락을 보고 물어오는 것이었다.

자신의 아랫도리를 슬쩍 훑어본 호연웅이 쓴웃음을 지었다.

"그런 게 있어. 뭘 꼬치꼬치 알려고 그래?"

도대체 이놈은 어떻게 된 것인지 하루 온종일 치솟아 가라앉을 줄 몰랐다. 시간이 지나니 그런대로 적응은 되었으나 걷기도 불편하고 어정쩡한 것이 여간 어색한 게 아니었다.

게다가 가끔 불끈거리는 기운은 정신이 아찔할 정도였다. 그때마다 배뇨를 분출하여 해소를 해보지만, 언제까지 이어질지 막막한 일이었다.

그때 다시 진땀이 솟아오르는 그 진통이 찾아왔다.

"어! 따라오지 마! 따라오지 말라고!"

호연웅이 또다시 외진 수풀을 향해 달렸다.

배뇨의 쾌감을 만끽하고 털털거리며 돌아온 처소에는 반갑지 않은 손님이 진을 치고 있었다.

문 앞에서 서성이는 그녀를 보고 호연웅이 말했다.

"무슨 일로 오셨소?"

호연웅의 물음에 흑봉황 주가청이 환하게 웃었다.

"쾌차하셨다는 말을 듣고 축하하려고 왔어요."

"누가 아프기라도 했나?"

"이틀이나 혼수상태였는데……. 그리고 칠점염왕사에 물리셨던 분이 어쩜 이렇게 말짱하실 수 있죠?"

"그럼, 골골거리기라도 해야 한단 말이오?"

"그런 뜻이 아니지만, 너무나 대단한 일이라서."

"잠깐만! 일 좀 보고 이야기를 나눕시다. 맹 공!"

호연웅의 부름에 내실에서 부스럭거리는 소리가 들리며 맹가량이 밖으로 나섰다.

"부르셨습니까, 소공."

"짐 싸!"

"네? 짐을 싸라고요?"

맹가량이 왕방울만 한 눈을 껌벅거렸다.

"그래. 떠날 거니까 간단한 것들만 싸."

"용봉지연은 어떡하시고 떠납니까?"

"중차대한 인류지대사에 그게 대수야? 얼른 짐 싸."

용봉지연은 보통 칠 일간 이어지는 것이 정례였고, 아직 이틀이나 남아 있었다. 그리고 인륜지대사를 용봉지연에서 찾아야지 어디로 떠난다는 말인가.

"정말 떠나는 겁니까?"

"그렇다니까!"

똑같은 물음에 짜증이 일어났다. 그런데 주가청까지 덩달아 나섰다.

"저도 따라갈게요."

게다가…….

"저도 같이 가요."

"저도요."

언제 나타났는지 모용설과 백리향까지 끼어들었다.

'어라? 이 여자들이 떼거리로 약이라도 먹었나? 왜 이래?

호연웅이 그녀들을 보며 단호하게 얘기했다.

"안 돼! 댁들은 내 취향이 아니거든."

모용설에겐 마음이 조금은 흔들리지만 주가청과 백리향은 절대 아니었다.

'어딜 함부로 따라나서려고 그래? 여자들이 말이야.'

그 표정이 워낙 강경하니 주가청과 백리향이 살짝 당혹스러운 표정이 되었고, 호연웅의 취향을 아는 모용설은 어이가 없어 고개를 저었다.

"호 공자님이 찾는 여인은 존재하지 않아요. 세상엔 그런 용모를 가진 여인이 없다고요."

"아니, 난 벌써 찾았어."

"네?"

찾았다는 말에 모용설이 깜짝 놀랄 때 불쑥 허공이 갈라지며 한 인영이 튀어나와 말했다.

"그녀가 떠났습니다."

"악!"

"아악!"

돌연한 출몰에 그녀들의 비명이 창공을 울렸다.

호연웅의 표정도 무겁게 가라앉았다. 허공을 가르고 나타난 그는 은형십오위의 일섭이었다.

"혼자 보내진 않았겠지?"

"사섭과 오섭이 따랐습니다."

"이분은 누구시죠?"

모용설이 홀연히 허공을 가르고 나타난 인물을 물어왔다.

살수비전의 은형술이 있다는 이야기는 들었으나 막상 허공을 가르고 그 모습을 드러내는 광경은 심장을 철렁하게 하였다.

그러나 호연웅은 그 질의에 화답할 여가가 없었다.

"은형이조를 보내 인원을 보강하라. 그리고 맹 공은 어서 떠날 준비를 해."

일섭이 다시 허공에 뛰어들어 모습을 감추고 맹가량이 내실로 튀어 들어가자 비로소 호연웅이 돌아섰다.

"당신들도 이만 돌아가지."

"그럴 순 없어요. 따라가겠어요."

모용설이 당당하게 자신의 뜻을 밝혔다. 이대로 이 남자를 이곳에서 보내면 다시는 만나지 못할 것이란 불안감이 엄습했다.

아무 때나 산새처럼 훌훌 떠나갈 남자라는 것은 알았지만 이렇게 급하게 떠날 줄은 몰랐기에 그 안타까움이 더욱 큰 것인지도 모른다.

"저 역시 당신을 따르겠어요."

"저도요."

주가청과 백리향까지 덩달아 나섰다.

도대체 자신을 얼마나 알고 지냈다고 스스럼없이 쫓아가겠다는 말을 하는지 호연웅은 어이가 없었다.

그런데 그 모습이 도도하고 당당한 것이 쉽게 굽혀들 것 같지 않았다.

호연웅은 때아닌 여난에 당혹스러웠다. 모용설이라면 모를까, 그녀들과는 말 몇 마디 나눈 것이 전부였다.

그런데 이런 억지가 또 어디에 있는지.

호연웅이 미간을 좁혔다. 긴한 얘기를 나눌 때 나타나는 그만의 버릇이었다.

"오해없이 내 이야기를 들어주었으면 좋겠소. 온실에서 자란 화초는 온실에 있을 때만 그 자태를 드러내는 법이오. 그

화초가 척박한 벌판에 옮겨진다면 며칠이나 버틸 수 있을 것 같소? 내 고향이 그런 곳이오. 나에겐 더없이 마음 푸근한 곳이지만 온실의 화초가 감당하기엔 너무나 험난하오. 나는 혼인을 하고자 중원을 찾았소. 그 배우자를 찾기에도 마음이 바쁘오. 내가 꺾지도 못할 꽃과 한가하게 풍류나 즐기는 것은 더더욱 원치 않소. 그대들이 내가 갈 길을 막아서지 않았으면 좋겠소.”

모용설과 그녀들의 표정이 바뀌었다.

교묘하게 퇴짜를 맞았지만, 그 진솔함에 흠뻑 빠져들었다.

‘멋있다.’

그것이 그녀들의 솔직한 심정이었다. 자존심도 상했지만, 마땅히 반박할 말도 없었다. 스스로 생각해도 온실에서 자란 화초가 맞았다. 만약 온실을 벗어나 광활한 벌판에 버려진다면 아마도 견뎌내지 못할 것이다.

그러기에는 가진 것이 너무나도 많았다.

더더군다나 바짓가랑이를 붙잡고 매달리기엔 그녀들의 자존심이 용납하지 않았다. 혼자였다면 모를 일이나 지금 곁에는 경쟁자들이 시퍼렇게 눈을 뜨고 있지 않은가.

참으로 매정한 사내였다.

여자의 심정을 이리도 모르다니.

하지만 그 말이 옳다는 것을 느끼기에 물러설 수밖에 없었다. 하늘이 맺어준 짝이라면 언젠간 다시 만나게 되리란 믿음을 가지고.

"어느 쪽으로 갔느냐?"

호연웅의 물음에 허공이 갈라지며 사섭이 모습을 드러냈다.

"억새밭으로 향했습니다."

"오섭이 따르고 있나?"

"그렇습니다. 은형이조도 억새밭으로 이동했으니 지금쯤은 합류했을 것입니다."

"그리로 가자."

이곳은 천주산 자락으로 억새밭이 펼쳐진 고원으로 올라가는 소로였다. 천주산 서북쪽에는 십오만 평에 달하는 억새벌판이 있었다.

억새는 지붕으로도 얹고 약재와 가축 사료로도 요긴하기에 인근 촌민들에겐 유용한 자원이었다.

그 때문인지 소로는 숲길임에도 잘 다듬어져 있었다.

산길을 거슬러 오르자 억새밭이 한눈에 펼쳐지며 장엄한 광경을 드러냈다.

좌아아아.

바람을 타고 흐르는 억새의 흔들림이 물결처럼 흘렀다.

"저게 억새란 것인가?"

"맞습니다. 인근 가옥의 지붕에 얹혀 있는 것이 바로 이 억새입니다.”

시원시원하게 뻗은 줄기에 하얀 솜털을 달고 있는 것이 눈가루처럼 여겨져 마음에 쏙 드는 광경이었다.

“좋구나. 그녀는 어디로 갔지?”

“비표가 동북향으로 향했습니다. 앞장서겠습니다.”

사람보다 한 줄 이상은 높이 자란 억새밭은 아늑하고 푸근한 느낌을 전했지만 한 치 앞을 내다보기 어려웠다.

후두둑! 후둑!

억새들이 넘어졌다. 그 메마른 소리는 듣기에 좋았지만 이동 속도가 몹시 더뎠다.

뒤따르던 맹가량이 일섭을 향해 목청을 높였다.

“야야! 그래서 언제 여기를 치고 나갈래?”

맹가량은 어깨에 둘러멘 목궤를 내려 세 토막의 장창을 꺼내 들었다.

그것은 고래잡이용 작살인 경섬창이었다.

일반 고래잡이용 작살보다 얇고 날렵한 그것은 맹가량이 북해를 누비며 숱한 고래들을 잡아 올린 그의 애병이었다. 삼단으로 나뉜 창을 연결하자 일 장 길이의 경섬창이 제 모습을 찾았다.

“이 장 밖으로 물러서 소공을 모시고 따라오너라. 동북향이랬지?”

“그렇습니다.”

붕붕! 부우웅!

맹가량의 경섬창이 커다란 궤적을 그리며 돌았다.

그 궤적을 따라 억새가 허공을 날았다. 그 모습이 마치 날개를 단 눈가루가 허공에 흩날리는 것 같았다.

칠 척의 거구가 뿜어내는 용력이 남달랐다. 빼곡했던 억새밭이 금방 휑한 길을 드러내고 있었다.

"무식하게 힘만 세요, 힘만."

호연웅이 한마디를 던지며 휑하게 뚫린 그 길을 뒤따를 때, 앞서 가던 맹가량이 우뚝 멈췄다.

"왜 그래?"

호연웅의 물음에 맹가량이 고개를 돌렸다.

"핏자국이 있습니다."

맹가량의 말처럼 주변엔 선혈이 낭자했다. 덩어리진 선혈의 흔적으로 보아 누군가는 엄중한 부상을 당했을 것이다.

"은형들인가?"

"저희의 것은 아닙니다."

허공이 갈라지며 그곳에서 은형이조의 육섭이 밖으로 나섰다. 그가 포권으로 예를 올렸다.

"그녀를… 송구합니다. 그분의 뒤를 쫓던 자들이 있었습니다."

육섭은 자신의 말실수를 깨닫고 급히 정정하여 말했다.

"그들을 생포해 그 배후를 알아내려고 했으나 스스로 목을 갈라 자결하고 말았습니다.”

“그 여자는 괜찮고?”

“미행당하는 사실도 모르고 계십니다.”

“그녀는 지금 어디 있나?”

“아직 억새밭을 통과하지는 못했습니다. 동북방으로 이동 중에 계십니다.”

“시신에서 발견된 단서는 없었나?”

“깨끗합니다.”

오랜만에 몸 안에서 전율이 일어나는 느낌이었다. 호연웅의 직감이 말했다, 대적이 나타났음을.

스스로 목숨을 끊어낼 수 있다는 것은 여러 사실을 유포하고 있었다.

그만큼 체계가 강화되고 은밀한 집단이란 것.

스스럼없이 자결을 택할 만큼 강직한 수하를 둔 그 수좌는 결코 호락호락한 상대가 아니라는 것.

그리고 성과를 위해선 수단과 방법을 가리지 않으리라는 것 등이었다.

“서둘러라. 그녀가 위험하다.”

호연웅의 발걸음이 바빠졌다. 한걸음에 삼사 장을 날아가는 그의 뒤로 맹가량과 은형십오위가 따랐다.

그리고 그녀가 보였다.

아담한 보따리를 품에 안고 뒤뚱거리며 억새밭을 헤쳐 나가는 그녀가.

힘들게 억새를 밀어내는 그 모습이 안쓰러워 보였다.

억새밭에 푹 파묻혀 방향을 못 찾고 두리번거리는 것이 그녀는 정해둔 방향이 없음이 분명했다. 무작정 도망치는 것이었다.

호연웅이 그녀의 곁에 내려섰다.

"같이 갑시다."

천아영이 화들짝 놀라 주춤거리며 물러섰다.

"어, 어떻게……?"

"어디로 가는 것이오? 이 방향이오?"

호연웅이 그녀가 향했음 직한 방향으로 길을 만들었다. 그 손짓 한 번에 억새들이 우수수 드러누웠다.

"그렇게 놀랄 필요 없소."

다시 억새를 밀어내자 그 손짓에 따라 억새가 우수수 드러눕고 호연웅이 길을 헤쳐 나갔다.

미적미적하던 천아영이 그 뒤를 따랐다.

거침없이 길을 만들던 호연웅이 돌아섰다.

"시장하지 않소?"

천아영이 멀쑥하게 그를 바라봤다.

"정말 왜 저를 도우시려는 거죠?"

"좋아한다니까."

"그런 거짓된 얘기 말고 진실된 얘기를 해보세요."

“나하고 북해에 가서 삽시다.”

“그럴 순 없어요.”

“그럼 뭐, 계속 쫓아다녀야지.”

“누구에게 물어보아도 공자님과 저는 어울리지 않아요. 그만 절 괴롭히고 이쯤에서 돌아가시죠.”

“그런데 지금은 그럴 상황이 아니라서 말이오.”

호연웅의 시선이 억새밭 너머를 살폈다. 그곳에서 시커먼 연기가 솟구쳤다. 이어 날름거리는 불길이 치솟아올랐다.

“바람을 보니 곧 이곳으로 몰려들 것이오.”

바람은 불길보다 먼저 메케한 연기를 몰아왔다.

황급히 얼굴을 가린 천아영이 받은기침을 토해냈다.

연기는 점점 짙어졌고, 눈이 매워지기까진 촌각도 걸리지 않았다.

“콜록콜록!”

메운 연기에 쩔쩔매는 천아영을 호연웅이 안아 들었다. 그리곤 일수를 뻗어 주변의 억새를 모두 가라앉혔다.

“맹 공! 속도가 늦다! 서둘러!”

맹가량의 경섬창이 회전 속도를 올렸다.

부우웅! 붕붕붕!

호쾌한 파공성과 함께 억새가 창공으로 치솟아올랐다.

그 바람 덕분에 매연이 흩날리며 숨통을 틔웠고, 그제야 호흡을 찾은 천아영이 앙탈을 부렸다.

“절 내려주세요!”

“몸도 못 가누면서 어쩌려고. 얌전히 계시오.”

“무, 무거울 텐데…….”

호연웅에게 듬직한 신뢰가 쌓이는 만큼 수치심도 커지는 그녀였다.

남자에게 자신의 몸무게를 감추고 싶은 것은 여자의 본능이다. 스스로 그 무거운 무게에 얼굴이 붉어지는데, 거센 불길이 몰려들었다.

“아악!”

화르르륵! 화라락!

경섬창에 휩쓸린 불티가 바닥에 누운 억새에 옮겨 붙으며 불길이 솟구쳤다.

화염은 엄청난 식탐을 지닌 괴물이었다.

거침없이 주변을 집어삼키며 그 형태를 키워 나갔다.

미처 대응하거나 반응할 시간도 없이 화마는 거대하게 변해갔다.

서둘러 주변을 살폈으나 어디에도 활로는 없었다. 그 엄청난 식탐 앞에 망연자실할 뿐이었다.

‘젠장, 너무 만만히 봤어.’

자그마한 개울이라도 있었다면 상황은 달라졌을 것이다.

화염이 억새를 매개체로 화력을 키워 나가는 데 반해 호연웅의 한빙기는 그것을 증강할 매개체가 없었다. 작은 수로라도 있으면 어찌해 볼 텐데.

지금 급한 것은 수맥을 찾는 일이었다.

하지만 어디서 수맥을 찾을 것인가.

화염은 점점 다가섰고, 그 뜨거운 열기는 상상을 초월했다.

그때 허공이 열리며 은형십오위가 쏟아지듯 나타났다.

은형으로서도 불길은 피할 수가 없었다. 그들은 불길에 휩쓸린 장포를 서둘러 벗어 던졌다.

설상가상이라고, 천아영이 힘없이 고개를 꺾었다.

코끝에 미세한 숨결이 흐르는 것이 열기에 질식한 혼절이었다.

쩌저저정!

얼음 갈라지는 소리가 들렸다.

은형십오위가 모여 만들어낸 한빙기가 화염에 터져 나가는 소리였다.

호연웅 역시 한빙기를 풀어내 전신에 하얀 서리가 내렸지만, 화염을 제어하기에 무리가 따랐다. 매개체없이 내력만으로 화염을 극복하기엔 애초부터 불가항력이었다.

열기는 점점 더 강해졌다.

이대로라면 살갗이 벗겨져 나갈 것 같았다.

특히 천아영은 상태가 심각했다. 그녀의 피부는 벌겋게 달아올라 모락모락 증기를 피워 올렸다.

체내의 수분이 열기 때문에 빠져나가는 것이었다.

“전부 모여!”

호연웅의 신형이 제자리를 돌았다. 그 회전력에 지반이 파여 나가며 조금씩 밑으로 가라앉았다.

“돌파는 무리다! 은신한다!”

그 외침에 맹가량과 은형십오위도 땅속으로 파고들었다.

설잠공(雪潛功).

북해에서 사나흘씩 이어지는 빙풍을 피할 때 사용하는 비기였다. 예리한 알갱이를 동반하고 몰아치는 그 빙풍에는 살갗이 베여 나갈 정도였으니 설잠공은 북극빙성 무인들에겐 필수적인 무학이었다.

“흙을 덮어!”

마지막으로 호연웅의 음성이 들리며 불길은 그렇게 그들의 머리 위를 뒤덮었다.

이대로 위기를 모면하는가 싶었던 순간, 또 다른 사고가 일어났다.

혼절한 천아영의 몸에서 불길이 솟구쳤다.

원인을 알 수 없는 괴현상. 스스로 육신을 불태우는 자연발화였다.

“이런 제길!”

어쩐지 몸에서 증기가 피어나더라니 이런 현상이 벌어질 줄이야.

호연웅의 한빙기가 급하게 그녀의 몸속으로 스며들었다.

불길을 진화하기 위한 특단의 조치였다. 극양과 극냉의 기운이 그녀의 몸속에서 폭발하며 검은 진액이 모공을 타고 흘렀다. 게다가 피부까지 일그러져 갔다.

"안 돼!!"

호연웅의 외침이 토굴 속에 울렸다.

＊　　　＊　　　＊

"정신이 드시오?"

포근한 듯 정감 어린 목소리.

천아영이 눈을 떴다. 억새가 얹힌 낡은 천장. 어딘지 모를 복층 구조의 초옥이었고, 넓다란 공간엔 먹물 냄새가 진했다.

'이곳이 어디지?

몸을 움직이려 하자 살갗이 저며지는 것 같았다.

"흐윽."

"아직 움직이지 마시오."

호연웅의 목소리였다.

"이, 이게 어떻게 된 일이죠?"

"천운이라고 해둡시다."

천아영이 간신히 눈을 굴려 자신의 상태를 살폈다.

무엇인지 모를 진흙 같은 것이 그녀의 몸을 뒤덮고 있었다. 마치 늪지에서 막 건져 낸 듯한 몰골이었다.

짙은 녹색을 띤 그것은 이끼가 아니면 약초를 짓이긴 것처럼 보였다. 한데 끈적거리고 미끈거리는 것이 불쾌한 기분을 전했다.

게다가 온몸에 기운이 빠져나가는 것 같았다.

"이게… 다 뭐죠?"

"화기를 다스리는 치료요. 잠시 뒤면 괜찮아질 것이오."

영문을 모르는 천아영은 의아했다. 자신의 상처도 이해가 안 되지만 치료라면 의방이어야 할 텐데 이곳은 약재 향보다는 먹물 향이 진한 것이 의방이 아니었다.

무슨 일일까 곰곰이 떠올리던 천아영이 경악하며 눈을 치켜떴다.

녹밀(綠蜜)에 뒤덮인 자신은 나체였다.

끈적이는 덩어리에 그 모습이 가려졌다고는 하나 누군가는 의복을 벗겨냈을 터.

"당신이 제 옷을 벗겼나요?"

"내가 그랬으니 그를 타박할 것 없다."

천아영의 시선에 검버섯이 가득한 노파가 쑥 들어왔다. 쭈글쭈글한 그 얼굴이 빙그레 웃었다.

"눈에 불길을 뿜는 게 이제야 살았나 보구나."

"노고(老姑)께선 누구시죠?"

"네 목숨을 구한 노물이다. 지극정성으로 살려냈더니 한다는 말이 겨우 그 말이더냐."

“…….”

천아영은 여전히 자신의 상태가 어떠했는지를 체감하지 못했다. 혼절한 뒤에 일어난 일이라 그 부상이 얼마나 엄중했는지 모르는 것이다.

자연 발화로 일어난 화상.

그것은 천운이 뒤따랐기에 일어난 일이었다.

그녀의 몸이 비대했던 것은 체내에 해독하지 못한 쇄혼독이 몸이 붓는 부종을 일으킨 것이었다.

그 쇄혼독이 외부의 강한 열기에 반응하며 자연 발화를 일으켰다.

여차했으면 온몸이 녹아내렸을 것이다.

하지만 내부로 침투한 한빙기가 열기를 차단하며 그녀의 장기들을 보호해 주었다.

이는 천운이었고, 그 때문에 기연이 일어났다.

세 가지 증상이 중첩되며 연쇄반응으로 그녀에게 환골탈태가 일어났다.

쇄혼독과 자연 발화, 그리고 한빙기가 만들어낸 절묘한 화합이었다.

그러나 완전한 환골탈태가 아니기에 화상으로 악창이 생겨났다. 껍질이 벗겨지고 진물이 흘러 차마 눈을 뜨고 보기 어려운 상태였으나 마침 그 상처를 치료할 절묘한 장소를 일섭이 알고 있었다.

어찌 보면 그조차도 천운이라 할 수 있었다.

초옥은 입묵전(入墨廛)으로 문신을 뜨는 곳이었다.

인근 최고의 입묵공을 찾아내라는 맹가량의 지시에 따라 일섭이 십장생을 입묵했던 곳이기도 하다.

자신이 입묵했을 당시 입묵공이었던 노파가 치료해 주던 약재를 떠올린 것이다.

노파가 사용한 녹밀은 오이풀이라는 약재로 입묵한 뒤에 생기는 상처를 치료하는 데 특효가 있었다.

때마침 화재 장소와도 가까워 일섭은 자신의 경험을 살려 한걸음에 이곳으로 달려왔다.

그리고 신속한 치료가 이뤄졌으니 천아영의 탈피는 톱니바퀴가 굴러가듯 아귀가 짝짝 맞아떨어진 셈이었다.

세 번에 걸친 우연과 한 번의 인연으로 이루어진 탈피. 그 결과가 어떻게 나타날 줄은 상처가 치유되기 전까지는 아무도 알 수 없었다.

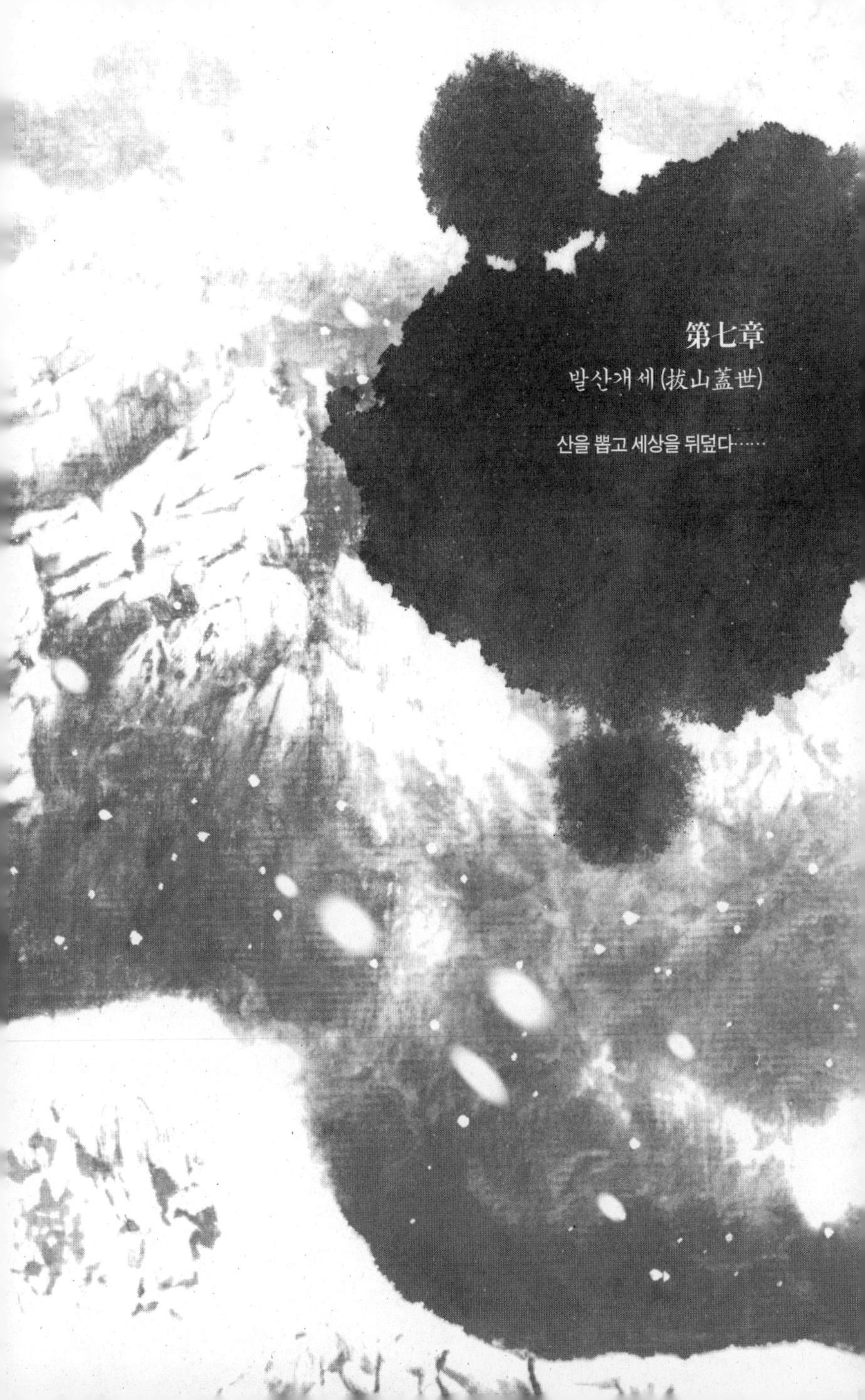

第七章
발산개세 (拔山蓋世)

산을 뽑고 세상을 뒤덮다……

발산개세 (拔山蓋世)

산을 뽑고 세상을 뒤덮다……

　　요녕의 성도 심양은 예부터 내려오는 전통적인 무관(武館)들이 산재했으며, 그 대다수가 호황을 누리고 있었다.

　　무관이 번창했던 것은 인접한 국경 탓에 고래부터 숱한 전쟁을 치르며 지역민들의 기질이 호전적이라는 것에도 이유가 있었지만, 요녕 땅에서 부흥한 수많은 왕조가 사라지며 배출했던 무장들의 후손이 그 명맥을 무관으로 이어나간 덕분이기도 했다.

　　그 대표적인 가문이 연나라를 세웠던 모용가문이고, 양가창법에 버금간다는 이명창법의 이명연무관과 당나라 무장 설인귀의 명맥을 이은 설가도연관 등이 대표적인 무관이라 할 수 있었다.

그런 전통적인 무관들 사이에서도 요즘 기치를 높이고 떠오르는 무관이 있었으니 그곳은 심양천도관이었다.

호연웅과 맹가량이 어둠 속에 웅크린 야수처럼 그 정문을 노려보고 있었다.

"심양천도관(沈陽天刀館)."

현판에 용사비등한 필체가 희미한 달빛에 드러났다.

"이곳이 분명하지?"

"억새밭에서 자결했던 놈들이 이곳의 무사들임을 재차 확인했습니다."

맹가량이 그들의 근거지를 찾아낸 것은 끈질긴 노력의 대가였다.

당한 치욕은 수배로 갚는 것이 북해의 전통. 감히 소공과 자신을 불길에 가둬 꼼짝없는 짚불 구이를 만들려 했으니 이는 결단코 좌시할 수 없는 일이었다.

입묵전에서 천아영의 치료가 이루어지는 동안에도 맹가량과 은형십오위는 그놈들을 수소문해 나갔다.

맹가량의 집요한 잔머리는 결국 억새 벌판에서 자결했던 자들을 떠올렸다.

육섭이 사전에 시신을 옮겼던 덕분에 시신은 온전했고, 그 시신의 인피면구를 떠 그들로 위장하여 주정뱅이 행색으로 근동을 떠돌았다.

"이봐, 자네 나 알아?"

"이런 주정뱅이 자식이? 내가 널 어떻게 알아, 이 자식아!"

주먹이 불끈불끈 쥐어지는 수모도 참아내며 만나는 사람마다 가릴 것 없이 엉겨 붙었다.

그리고 마침내 억새 벌판에 불질한 그놈들의 근거지를 찾아낼 수 있었다.

"일단 저 현판부터 떼어내."

호연웅의 지시에 맹가량이 담장을 차고 올라가 우악스럽게 현판을 뜯어냈다.

현판은 올려다볼 때보다 제법 큰 것이 이 장에 근접했다.

"허! 이거 제법 무겁습니다."

"원래 허세는 모양에 비례한 법이라지. 일단 그걸로 저 문부터 부숴!"

철문은 박달나무에 철판을 덧대어 징을 박은 것으로, 음산한 위압감을 전하고 있었다.

현판의 밑동을 거머쥔 맹가량이 철문을 때려 부술 듯 충차(衝車)처럼 맹렬하게 달려들었다.

칠 척의 거구가 뿜어내는 만근 거력이 철문에 그 용력을 과시했다.

꽈과과꽈앙!

현판이 철문을 파고들어 아름드리 빗장을 부쉈다.

웅장했던 굉음만큼이나 너덜너덜해진 철문이 그 격돌로

시커먼 아가리를 벌리며 전경을 드러냈다.

시원하게 펼쳐진 연무장, 박석(薄石)이 깔린 바닥 위에 도드라진 품계석이 두 줄로 늘어서 있었다.

마주 보이는 회랑까지는 얼추 삼십 장이 넘어설 대연무장이었다.

낙뢰를 방불케 하는 굉음에 전각에서도 소란이 일어났다.

병풍처럼 늘어진 전각들이 드문드문 유등을 밝히며 잠에서 깨어났다. 어느새 환해진 그곳에서 무사들이 쏟아져 나왔다.

"웬 놈이냐!"

맹가량이 우르르 몰려드는 그들에게 현판을 집어 던졌다.

쿠웅!

"이거 주인 나오라 그래."

쩍쩍 갈라져 속살이 삐죽거리는 현판을 서너 명의 무사가 달려와 집어 들었다.

그들의 인상이 벌레를 씹은 듯 변해갔다.

"목숨을 버리고 이런 짓을 벌였겠지?"

무사들 앞으로 얇은 침의를 걸친 중년인이 걸어나왔다.

흐트러진 머릿결이 잠결에 허겁지겁 나선 모양새였지만, 그래도 손아귀에는 도갑을 움켜쥐고 있었다.

그를 보고 호연웅이 물었다.

"그대가 주인인가?"

"네놈은 누구냐!"

"그대가 저지른 불장난에 내가 좀 뿔이 났거든. 그래서 그 보상을 좀 챙기려고 왔지."

천도관주 여관중이 주위를 살폈다.

마주한 저들 이외에 다른 동조자들이 있는지 그 흔적을 찾는 것이었다.

하지만 침입자는 단둘뿐. 그래서 더욱 긴장되었다.

호연웅이 뿜어내는 기세에서 내재한 거력이 느껴졌고, 단순히 숫자를 믿고 밀어붙일 상대가 아니라는 판단이 들었다. 노기가 들끓던 여관중의 눈빛이 조금씩 흔들렸다.

"이곳이 어디인 줄은 알고 함부로 나선 것인가?"

"얼마를 내놓겠소?"

"이곳이 어딘 줄 아느냐고 물었다!"

"그걸 내가 어떻게 아나? 모르면 가르쳐 줄 것이오?"

"어딘지도 모르고 뛰어들었단 말이냐!"

"이곳이 어딘지, 그 배후가 무엇인지는 중요한 일이 아니지. 중요한 것은 내가 기분이 나쁘다는 거야. 무슨 말인지 알아듣겠소?"

결국 여관중이 노기를 참지 못하고 폭발하고 말았다.

"이익! 천관의 무장들은 들어라! 지금 곧 저 육시랄 놈들을 분시(分屍)하여 연무장에 뿌려라!"

수많은 도병이 예기를 발하며 뽑혀 나왔다.

근 삼백에 달하는 자들이 뿜어내는 기파가 뜨뜻하게 연무
장을 데웠다.

그 열기에 호연웅이 살랑살랑 손부채를 부쳤다.

"자네들은 태생이 몹시 뜨거운가 봐?"

"쳐라!"

맹가량이 연무장을 시커멓게 메우는 놈들에게 달려나갔
다.

그 기세에 하늘도 떨었다.

보보마다 거대한 산이 움직이는 듯했고, 주먹을 떨칠 땐 노
도와 같은 바람이 일었다.

그리고 그의 양수에서 하얀 광채가 분산됐다.

한빙기가 분출되며 손 모양에 따라 형성되는 수강(手罡)!

거대한 외피가 덧씌워진 듯한 맹가량의 쌍수가 연무장을
휘저었다.

육중한 광채가 도병에 스칠 때마다 그 급격한 냉기에 천도
관의 무사들이 서리를 맞은 듯 움츠러들었다.

쩌정! 쨍! 째재쟁!

그것은 병기의 어울림이 아니었다. 커다란 강물이 순식간
에 얼어붙어 울리는 결빙과도 같았다.

종횡무진 활약하는 맹가량의 머리 위로 호연웅이 두둥실
떠올라 천도관주를 향해 계단을 밟듯 보보를 옮겼다.

그 광경에 천도관주가 경색했다.

“허, 허공답보!”

중원에서 무엇이라 부르든 그 경신술은 빙혼무흔(氷魂無痕)이라는 북극빙성의 절기였다.

천도관주의 머리 위에 둥둥 떠오른 호연웅이 그를 굽어보며 말했다.

“얼마를 내놓겠소?”

귀곡령 같은 울림이었다. 오싹한 소름이 등골을 스쳤다.

그리고 호연웅의 손끝에서 괴현상이 일어났다.

손가락을 타고 고드름이 자라나듯 결빙체가 솟아났다.

무엇인지 모를 그것은 천도관주의 이마를 향해 조용히 뻗어나갔다.

그 움직임이 빨랐다면 기겁하고 피했을 것이나 너무나 여유로운 그 움직임이 오히려 천도관주를 옭아맸다.

그의 이마 앞에서 결빙체가 성장을 멈췄다. 하나 손가락만 까닥해도 예리한 그것은 여지없이 이마를 관통할 것이다.

“목숨으로 보상하겠는가.”

이마에 스치는 싸늘한 냉기가 대뇌를 타고 식도로 흘러 심장을 서늘하게 얼렸다.

“아, 아니오. 돈으로⋯⋯. 모두 물러서라!”

늑대는 호랑이를 알아본다. 더는 넘을 수 없는 거대한 장벽이었다. 첫 대면에 느꼈던 예감이 적중한 것이다.

천도관주의 명에 오십이 넘는 무인들이 박석 위로 풀썩 무너지듯 넘어졌다.

죽지는 않았으나 이미 체내가 얼어붙어 숨 쉬는 것 말고는 스스로 움직이지 못하는 자들이었다.

그들을 바라보는 천도관주는 아찔했다.

조금 더 버텼으면 그 피해는 두 배로 늘어났을 것이다.

호연웅도 결빙체를 거둬들이고 천도관주의 면전으로 내려섰다. 그 표정에 변화가 없어 바라보는 천도관주의 심장을 더욱 철렁하게 했다.

"그대는 촌민들의 터전인 억새 벌판을 모조리 태워 근간을 어렵게 했소. 그 보상액이 제법 클 것이오."

"어, 얼마를 보상하면 되겠습니까?"

"천주산 일백이십 채 농가에 호구 당 은자 열 냥씩이오."

일백이십 채에 열 냥이라면 그런대로 보상할 만한 금액이었으나, 호구 당이라면 일가에 최소 네 명씩만 잡아도 그 금액은 네 배로 불어난다.

어쩌면 여섯 배가 될지 일곱 배가 될지 모르는 일. 대답을 망설이는데 호연웅의 목소리가 들렸다.

"모두 칠천이백 냥이오."

"허억!"

금자로 치면 삼백육십 냥에 해당하는 금액이니 천도관주의 얼굴이 하얗게 질렸다.

"이제 그대가 저지른 불장난이 얼마나 철이 없었는지 실감이 되시오?"

처참해진 천도관주가 손을 휘둘러 주위에 신호를 보냈다.

"다들 뒤로 물러서라."

거리가 벌어지자 천도관주가 협상안을 제시했다.

"배후를 발고하겠으니 보상액을 탕감해 주시오."

호연웅이 고개를 저었다.

"인근 농민들과 타협한 내용이니 그럴 수 없소. 그리고 그 배후도 조만간 응징이 이뤄질 것이오."

목숨을 건 제안이었으나 그마저 거절당하자 천도관주의 얼굴이 참혹하게 일그러졌다.

"보상액이 너무 큽니다."

"기한은 내일 정오까지. 먹계촌 입묵장으로 전표든 현금이든 알아서 가져오시오. 정오를 넘어서면 이 장원을 포함하여 그대들의 근간을 접수하겠소."

*　　　*　　　*

먹물이 가득한 다반(茶盤)에 바늘이 빠지며 파동이 번졌다. 경건함이 흐르는 까만 물살은 입묵의 시작을 알리는 조시(肇始)였다.

바늘이 다반을 떠나 살갗으로 파고들었다.

장인의 정성 어린 손길이 스칠 때마다 바늘 끝에선 핏물이

스며 나왔고, 그때마다 바늘 끝에 둘둘 감긴 명주실에서는 먹
물이 흘러내렸다.

입묵에 몰입했던 노파가 물러서 이마에 맺힌 땀을 닦았다.

"자네 몸은 돌덩이 같아서 바늘이 안 들어가."

호연옹이 어깨 너머로 노파를 바라보며 미소를 지었다.

"언제쯤이면 완성될까요?"

"워낙에 단단해서 사나흘은 더 걸릴 거야."

"이 일은 언제부터 하셨습니까?"

"한 오십 년은 얼추 되었지? 그런데 그걸 왜 묻는 게야?"

"그 솜씨가 비상해서 그럽니다. 외상에 쓰이는 약재도 그
렇고. 그나저나 천 낭자의 약초는 이제 갈 때가 되지 않았나
요?"

"왜? 또 홀딱 벗긴 몸이 보고 싶어서 그러는가?"

"어허, 듣겠습니다."

"어째 사내란 것들은 젊으나 늙으나 한결같은지 몰라."

"누구 사귀시는 영감이라도 있으세요?"

"됐어! 영감은 무슨. 나도 풋풋한 게 좋다고."

"네에? 하하하!"

호연옹의 호탕한 웃음이 초옥의 공간을 울릴 때 문이 열리
며 맹가량이 안으로 들어섰다.

"심양천도관에서 왔습니다."

"벌써 정오가 되었나?"

"아직 훨씬 못 미쳤습니다."

"그런데 벌써 와? 어지간히 급했나 보군."

"그런데 그게… 좀 그렇습니다. 아무튼 나와보셔야 할 것
같습니다."

"도대체 무슨 일인데?"

"천도관주가 시신으로 왔습니다."

두 눈이 휘둥그레진 호연웅이 벌떡 일어섰다.

외투를 걸치며 초옥 밖으로 나서자 상복을 입은 이십여 명
의 무인이 머리를 조아렸다. 그들이 끌고 온 듯한 수레에는
목관이 실려 있었다.

"어떻게 된 일이오?"

"피습을 당하셨습니다."

"누구의 짓인지는 밝혀졌소?"

"자업자득 아니겠습니까. 저희 사범들 또한 이번 일에 책
임을 통감합니다."

의외의 결과였다. 피습이라니.

그러나 이들 때문에 생활이 궁핍해진 촌민들의 원성도 외
면할 수 없는 일. 보상은 마무리를 지어야 한다.

"좋소. 그의 죽음엔 애도하나 보상은 어찌할 것이오?"

한 사내가 나서 두툼한 전낭 하나를 건넸다.

"이것이 현재 저희가 지급할 수 있는 전부입니다. 나머지
는 저희 사범들이 목숨으로 대신하겠습니다. 하지만 심양천

도관만큼은 명맥을 잇도록 선처해 주십시오."

호연웅의 표정이 차갑게 굳어갔다. 이 말은 자결하겠다는 말이 아닌가. 하나 그들의 각오는 비장해 보였다.

무엇이 이들을 이토록 모질게 담금질하는 것일까?

일개 무관이라 하기엔 너무도 석연치 않았다.

전낭은 대충 무게로 보아 백팔십 냥. 이 정도의 금자면 촌장과 합의했던 액수에는 거의 근접한 금액이었다.

호구 당 다섯 냥이었던 것을 그가 두 배로 부풀렸던 것이니.

호연웅이 짐작했던 바를 그들에게 던졌다.

"관주를 살해한 것이 그대들인가?"

아니나 다를까, 그들의 눈빛이 일시에 돌변했다.

한 걸음을 물러선 그들이 동시에 칼을 뽑아 자신들의 목에 올렸다.

그 결연한 행동에 확신이 들었다.

어떤 내막인지는 모르나 더 이상 피를 보는 것은 불필요한 일이었다.

"좋아, 시신은 한 구면 족하네. 보상은 이 정도에서 마무리하지. 그런데 그대들의 결연한 의지에는 약간의 호기심이 동하는군."

"……!"

따져 볼수록 이들의 결속력은 이해가 되지 않았다.

이는 무관이 아니라 결사조라 할 만하지 않은가. 억새밭에서 자결한 자들이나 저 사범이라는 자들이나.

"그렇게 긴장할 것 없소. 꼬드긴 그 배후야 곧 있으면 정체를 드러낼 것이고, 심양천도관의 일은 이쯤에서 덮어두겠소."

지금 그것을 들춰내는 일은 긁어 부스럼일 뿐이란 판단이 들었다. 호연웅이 순순히 양보했다.

"조만간 천도관주의 장례식에서 봅시다."

"일이 잘 마무리되어 다행입니다."

사내와 사범들이 천도관주의 시신이 실린 수레를 끌고 먹계촌을 떠나갔다.

이어 깊은 사색에 들어 있던 호연웅을 맹가량이 깨웠다.

"지독한 놈들입니다. 뒤를 캐보는 게 좋지 않을까요?"

"그럴까도 했는데 너무 비장해서 그만두기로 했어."

"왠지 석연치 않은데요."

"그래도 할 수 없지. 깊은 내막이 숨겨진 자들인데 스스로 껍질을 깨기 전까지는 그 정체를 밝혀내는 게 쉽지 않을 거야. 그리고 이섭과 삼섭은 아직 연락이 없나?"

그들이 돼지우리를 습격했던 자들의 미행을 떠난 지가 벌써 닷새째였다.

게다가 호연웅이 근거지를 변경했던 터라 중간 연락 정도는 반드시 있어야 정상인 상황이었다.

"아직 연락이 없었습니다."

"뭔가 심상치 않아. 만한반점의 점소이 행적과 그 주변을 수소문해 봐."

"알겠습니다."

"그리고 이 전낭을 촌장에게 전해줘."

호연웅은 맹가량에게 전낭을 건네고 초옥으로 들어섰다.

맹가량이 허공 어딘가에 있을 일섭을 불렀다.

"다 들었지?"

"네, 들었습니다."

"이섭과 삼섭의 행적을 추격해 봐. 자네 조원이니 나머지 조원들이 모두 가도 좋아."

"그럼 다녀오겠습니다."

어둡고 컴컴한 지하 밀실에 호롱불 하나가 밝혀졌다.

사방이 굳게 막힌 내실은 바람이라곤 한 점 없을 터인데 호롱불이 흔들렸다.

불을 밝힌 자가 뿜어내는 기파 때문이었다.

흔들리는 불빛에 정육처럼 늘어진 두 사내가 드러났다. 모진 고문에 시달린 듯 그들은 만신창이가 되어 있었다. 그들에게 불빛을 밝힌 자가 다가섰다.

그는 요녕회주 문도수였다.

"이제 말할 준비가 되었나?"

“……”

“……”

“제법 질긴 편이나 결국은 입을 열게 될 거야.”

고개를 숙였던 사내가 가까스로 얼굴을 들었다. 피범벅이
된 그는 은형호위 이섭이었다.

“제법 의기양양하다만 곧 네놈도 내 꼴이 될 것이다.”

문도수의 눈빛이 번뜩였다.

이섭이 말문을 열자 내심 반색하는 것이었다. 다년간 고문
에 종사하다 보면 하나의 진리를 깨닫게 된다.

얼마나 모진 고문을 가하든지 그 결과는 입을 통해 나온다
는 것. 그것이 비명일 수도, 원하는 정보일 수도 있으나 일단
은 말문이 트여야 결과를 얻게 되는 것이다.

그리고 말문이 열리면 취조는 일 보를 진행하는 것이며, 이
제는 한번 터진 물꼬를 살살 달래는 것이 관건이었다.

그렇게 끌고 가다 보면 원하는 정보는 그 속에 녹아서 진술
인지도 모르게 튀어나오게 된다.

문도수가 비릿한 웃음을 흘리며 반문했다.

“구조될 것이란 기대심이 있나 보지?”

“우리 대주가 좀 집요한 구석이 있거든. 넌 이곳을 벗어나
도 평생 밥을 먹든 똥을 싸든 맘 편할 순간이 없을 거야.”

“마치 저주의 주술처럼 들리는데?”

“맞아. 인간 자체가 저주 같은 위인이거든.”

“그렇게 독종이란 뜻이겠지? 그 저주 같은 인간이 궁금하군. 맹가량이란 자를 말하는 거겠지?”

“……”

“이봐, 우리 지난 이야기나 술술 털어놓으며 시간을 보내자고. 그게 쇠꼬챙이로 장부가 꿰뚫리는 것보단 낫지 않겠나?”

이섭이 팅팅 부은 눈을 치켜떴다.

“나도 하나만 물어보지.”

문도수가 고개를 끄덕였다. 모든 걸 얻으려고만 해서도 안 된다. 밀고 당기고, 작은 것을 던지고 큰 것을 취한다.

살을 주고 뼈를 취하는 육골단참의 병계 역시 고문에서는 유용한 활용술이다.

“뭐 피차 지난 이야기를 주고받자는 건데 나쁠 것도 없지.”

“왜 천 낭자를 죽이려 하지?”

“으흠, 그거야 죽일 이유가 있어서 그런 것이지만 자네들이 그녀를 구하려는 이유는 도통 알 수가 없더군.”

“풋!”

“그것참, 재밌군. 웃음이 나오나?”

“가만 생각하니 왜 구하려는 것인지 이유를 모르겠네.”

“이유도 없이 목숨을 걸어?”

“이유는 있으나 이해가 되지 않는 일이라.”

“말이 묘하군.”

슬슬 원하는 목표에 접근하고 있었다. 문도수의 눈빛이 밝
아졌다.

"주군께선 천 낭자의 용모에 반하셨네."

문도수의 표정이 썩은 벌레를 먹은 듯 변했다.

호연웅을 뒷조사하며 알아낸 사실은 여자를 고르는 안목
이 유별나게 높다는 것. 오대봉황조차 탐탁지 않게 여길 정도
이니 오죽하겠는가.

그런 자가 천아영의 용모에 반해?

미친개가 웃을 일이었다.

"날 농락했더냐."

"왜, 믿기지 않느냐? 나도 납득이 안 된다니까. 하하하!"

"어디 그 웃음이 얼마나 가는지 보자."

문도수가 문밖을 향해 외쳤다.

"들어오너라! 아직 매질이 부족하구나!"

석문이 열리며 들어서는 자들의 면면을 보며 이섭이 씁쓸
하게 웃었다.

한 번 보면 결코 잊을 수 없는 용모의 소유자들.

그들은 괴도삼랑이었다.

절뚝거리는 걸음새와 시퍼렇게 죽은 얼굴이 그들은 아직
동상의 후유증에서 벗어나지 못한 것이 분명했다.

아니나 다를까, 그들의 눈에서 독기가 쏟아졌다.

'젠장, 제대로 걸렸군.'

괴도삼랑의 말이 당랑이 못이 박힌 몽둥이를 쥐어 들고 은형호위들에게 다가섰다.

"네놈이 우릴 반병신으로 만든 놈의 수하라지?"

이섭이 당랑을 보고 웃었다.

"그 자식 참 더럽게 생겼네."

"뭐? 흐흐흐, 좋아."

손바닥에 침을 퉤퉤 뱉은 당랑이 몽둥이를 휘두르기 시작했다.

퍽!

퍼벅!

자고로 매질엔 장사가 없다고 했다.

때리고 또 때려도 죽지만 않는다면 그 누구라도 입을 열 것이라 자신하던 문도수였다.

그런데 느긋하게 타작을 지켜보던 그의 표정이 조금씩 변해갔다. 그렇지 않은 자들이 있음을 처음으로 알았다.

이토록 지독한 독종들이라니.

괴도삼랑도 때리다 지쳤는지 곤란한 안색을 했다. 그러나 뜨거운 콧김을 뿜어내는 것은 여전했다.

다시 손바닥에 침을 뱉고 몽둥이를 움켜쥔 순간 문도수가 그들을 저지했다.

"그만! 매질을 더 가하면 죽는다."

"어떡할까요?"

"오늘은 이만하고 상처나 치료해 줘라."

"알겠습니다."

문도수가 자리에서 일어섰다.

고문도 요령이다. 무턱대고 두들기다가 폭삭 주저앉으면 만사가 도루묵이다. 빗장만 부서지게끔 살금살금 부숴내면 언젠간 말문은 열린다. 상처에 딱지가 앉어지면 다시 매질은 이어질 것이다.

문도수가 점잖게 의복을 털어내며 자리에서 일어났다.

장시간 매질을 지켜봤더니 온몸에서 피 냄새가 진동하는 것 같았다. 그는 따끈한 차 한 잔에 피 냄새를 털어낼 생각이었다.

"따끈한 차가 그립구나."

시비에게 차를 대령하라 이른 문도수가 집무실에 들어서자 중늙은이 넷이 일어나 그를 맞이했다.

문도수는 의외라는 눈빛이었다.

"무슨 일로 네 분이 한자리를 하신 겁니까?"

그들은 심양천도관의 장로들이었다.

"천도관주가 죽었소."

"아, 그렇습니까? 사람이라면 뭐 누구나 한 번은 죽는 것 아닙니까? 그런데 어떻게 죽었습니까?"

　문도수는 자신의 집무 의자에 앉으며 대수롭지 않게 물었다.

　"도관에서 반란이 일어났소."

　"홍, 그거 재미있군요. 그래서 장로회에선 어쩌실 생각입니까?"

　네 명의 장로 중 가장 연로한 회색 장삼의 대장로가 나섰다.

　"이번엔 회주께서 우리를 도와주시오."

　"제가 왜 천도관 내분에 나서야 합니까?"

　"이게 다 회주의 부탁으로 그 괴물 같은 놈을 처리하다가 생겨난 일이 아니겠소."

　"제때 제대로 처리했다면 이런 일도 없을 것 아닙니까."

　"화염 같은 불길 속에서도 살아난 놈이오. 그 한계를 벗어난 놈을 우리가 어찌 잡겠소."

　문도수의 얼굴이 재미있다는 표정이었다.

　"좀 놀랍기는 했지요. 하지만 놈에게 행적이 노출되어 심양천도관이 드러난 것이 내 불찰이란 말이오?"

　"하면 사범들의 반란을 두고만 보겠다는 말씀이시오?"

　"쯧쯧, 아직도 머리들이 그리 아둔하니."

　"회주, 말씀이 과하시오!"

　"이미 도관의 모든 제자가 신임하는 그들이오. 내가 나서서 처리한다고 그들이 장로들을 따르겠소?"

"하면 어쩌면 좋겠소?"

"제거가 아니라 구속할 약점을 파고들라는 말이오."

문도수의 말에 장로들이 서로의 얼굴을 살폈다.

그가 말하는 약점을 알겠느냐고 서로 묻는 것이었으나 간파해 내는 자는 없었다.

"그 약점이라는 것이 무엇이오?"

문도수가 혀를 끌끌 찼다. 사냥 방식을 알려주면 알아서 처리해야지, 이건 사냥터까지 알려달라는 꼴이 아닌가. 명색이 장로라는 자들이 말이다.

"쯧쯧, 어찌 그리들 아둔하시오. 정녕 사범들의 출신이 어디인지 모른단 말이오?"

"능라원(綾羅院)!"

"그래, 머리를 쓰란 말이오, 머리를. 바로 그 능라원이 그들의 결속력이자 약점이란 말이오."

*　　　*　　　*

천아영은 깊은 잠에 빠져 있었다.

그를 바라보는 호연웅의 표정은 심각했다. 요즘 들어 그녀가 잠에서 깨어 있는 시간이 하루에 한 시진도 되지 않았다.

멀건 죽 한 사발을 입술에 떠주고 나면 이내 깊은 잠 속에 빠져들었다. 그래서 그런지 녹밀에 휩싸인 육체가 점점 말라가고 있었다.

'그래, 요즘 너무 못 먹어서 그럴 거야.'

"게서 뭐 하는 게야?"

노파가 심각한 호연웅을 보고 꾸짖듯이 물었다.

"뭐 하긴, 잘 자는지 보고 있잖아요."

"또 몰래 오이초를 걷어내고 속살을 보려는 건 아니지?"

"어허, 그건 상처가 잘 아무는지 보려고 했던 거죠."

"그런데 왜 그 부위가 가슴일까?"

"아, 그곳이 가장 솟아 있으니까 그렇죠. 나 참, 별걸 다……. 아! 노고께선 기력 회복에 뭐가 좋은지 잘 아시겠네?"

"왜, 이 늙은이가 염려되느냐?"

"하이고! 지금도 장정 서넛은 때려잡을 분이 웬 엄살이세요. 천 낭자가 점점 야위어가잖아요."

"아이고, 서방 없는 년 어디 서러워서 살겠나. 그 아이는 기력이 아니라 심상을 다스려야 해, 심상을."

"심상이요?"

"그래! 마음 심(心), 다칠 상(傷), 마음의 상처를 다스려야 하느니라."

그때 불쑥 허공이 열리며 육섭이 고개를 내밀었다.

"아아악! 이 낮도깨비 같은 놈들은 왜 자꾸 불쑥불쑥 나타나서 사람을 놀래 켜!"

육섭이 빙그레 웃으며 너스레를 떨었다.

"이제 적응이 되실 때도 되셨잖아요?"

"에이, 죽일 놈아, 때마다 심장이 벌렁벌렁하는데 뭘 적응
이 돼! 번번이 사람 놀래키지 말고 얼른 사라져."

"무슨 일인가?"

호연웅이 육섭이 나타난 이유를 물었다.

"모용 소저가 이곳으로 올라오고 있습니다."

"고집쟁이가? 어떻게 알고?"

"그것까지는……. 접근하지 못하게 저지할까요?"

"아냐. 그냥 둬."

"그럼, 물러가겠습니다."

육섭이 사라지자 노파가 호연웅에게 눈을 부라렸다.

"저놈들이 또 내 앞에서 튀어나오면 그땐 모조리 쫓아낼
것이다. 알아들었느냐?"

"노고, 저 잠깐만 나갔다 올게요."

"알아들었냐고!"

"네네, 알겠습니다."

호연웅이 서둘러 초옥을 벗어나 진입로로 향했다.

저 멀리 고갯마루 밑에서 모용설이 두 명의 호위를 거느리
고 먹계촌을 향해 올라오고 있었다.

씩씩하고 당찬 걸음이 역시나 그녀다웠다.

호연웅이 나무둥치에 걸터앉아 그 모습을 바라보며 빙그

레 미소를 지었다. 선머슴 같기는 하지만 그래도 여자라고 둔덕을 오를 때면 앞섶을 얌전하게 걷어내고 오르는 모습이 깜찍하게 느껴지기 때문이었다.

"어이, 고집쟁이! 웬일이야?"

앞만 보고 산길을 오르던 모용설이 고개를 들었다.

이어 호연웅을 발견하고는 호위들을 세워놓고 득달같이 달려왔다.

"도대체 이곳에서 뭐 하시는 거죠?"

"뭐 하긴? 도대체 여기 있는 건 어떻게 알았지?"

"천주산 인근의 태반이 모용세가의 소작농인데 그걸 모르겠어요?"

"아, 그랬구나. 그런데 이곳엔 왜 온 거야?"

왜 오긴 왜 왔겠는가.

뻔한 일이지. 그렇다고 그 말을 스스로 뱉어내기엔 민망한 일이었다.

뻘쭘하게 호연웅을 바라보던 그녀가 엉뚱한 말을 꺼냈다.

"정말 산불이 났을 때 그 참화 속에 계셨나요?"

"그건 또 어떻게 알았지?"

"억새 벌판에 갇혔었다는 그 이야기가 사실이군요."

모용설의 눈가에 이슬이 비쳤다. 그를 본 호연웅이 머쓱하여 뒤통수를 긁적였다.

"별것없었어. 이거 봐봐. 멀쩡하잖아."

자신을 염려하는 모용설의 표정에 호연웅은 코끝이 찐한
데 그녀의 표정이 돌연 바뀌었다.

"그 여잔 누구죠?"

"엉?"

"누군데 당신이 목숨을 걸고 구했냐고요."

"도대체 모르는 게 없네?"

모용설의 윽박지름에 호연웅이 실없이 웃는데 어디선가
쉰 목소리가 들렸다.

"이것아, 왔으면 들어와야지 게서 뭐 하는 게야!"

초옥 마당으로 나선 노파였다. 그녀를 본 모용설의 얼굴이
복사꽃처럼 환하게 피었다.

"할머니!"

모용설의 말에 뜨끔한 호연웅이 그녀와 노파의 얼굴을 번
갈아 살폈다. 그러고 보니 닮긴 닮았다. 미묘한 기분. 누군가
가 뒤통수를 사정없이 후려친 것만 같았다.

'세상 좁네.'

"아범은 어떻게 지내느냐?"

노파의 물음을 시작으로 모용설의 답변이 이어지며 동서
고금, 시대를 초월하는 여인들의 수다신공이 펼쳐졌다.

묵노라 불리는 노인의 이름은 송하련으로 젊은 시절 그녀
의 미모는 요녕이 들썩일 정도였다. 하나 그것보다 더욱 유명

한 것이 그녀의 독심이었는데 세인들은 그녀를 가리켜 철의 여인이라 불렀다. 오랜만에 해후한 조손 간의 대화는 끝 모르게 이어졌다.

모용가주가 용봉지연 개회에서 신공을 발휘해 청중을 잠재웠다는 이야기부터, 심지어 하인 누구누구가 측간에 빠져 냄새가 진동했다는 소소한 일상사까지 이야기는 구구절절 쉼 없이 쏟아졌다.

그 끊임없는 이야기에 호연웅이 질색하여 물러서는데 맹가량이 문가에서 손짓으로 그를 불렀다.

은근슬쩍 엉덩이를 뺀 호연웅이 밖으로 나섰다.

"어떻게 되었나?"

이섭과 삼섭을 찾아 나섰던 맹가량의 표정이 어두우니 뭔가 좋지 않은 일이 벌어진 것이다.

아니나 다를까, 맹가량이 침중함 음색으로 말했다.

"아무래도 변고가 생긴 듯합니다."

"행불인가?"

허공이 일렁거리며 은형일조가 모습을 드러냈다. 다섯 가운데 두 명이 빠진 빈자리가 휑하게 느껴졌다.

일섭이 말했다.

"그렇습니다. 만한반점 주변을 샅샅이 뒤졌으나 그 어떤 비문도 찾아내지 못했습니다."

호연웅의 얼굴이 참혹하게 변했다.

비문은 은형십오위 간의 약속이다. 표식을 통해 그 이동 경로나 진행 상황을 전달하는 것이었다.

그런데 그것이 없다면…….

"지금 당장 천도관주의 장례식장으로 간다."

第八章
취설강림(吹雪降臨)

무신의 강림이 이러할까……

취설강림 (吹雪降臨)

무신의 강림이 이러할까……

　고루거각(高樓巨閣).

　높고 크게 지은 집이라는 뜻으로, 심양천도관의 웅장한 정문을 바라보고 있으면 절로 떠오르는 말이다.

　그곳에 조등(弔燈)이 걸려 처량하고 슬픈 빛을 흘리고 있었다.

　어느 누가 말하던가.

　든 자리는 몰라도 난 자리는 안다고.

　그 때문인지 지난밤 철문이 부서져 휑하니 열린 정문에는 천도관주의 비명횡사를 조문하는 사람들이 넘쳐 나고 있었다.

그곳에 호연웅과 은형을 푼 은형호위들이 나타났다.

행불된 두 명과 천아영의 호위로 먹계촌에 남겨진 다섯 명을 제외한 여덟 명의 은형호위였다.

호연웅과 맹가량이 나란히 정문을 바라보고 서자 그 좌우로 은형호위들이 늘어섰다.

그들의 출현에 음울함이 감돌던 정문에 돌연 긴장감이 흘렀다.

아닌 게 아니라, 싸움닭처럼 깃털을 세우고 기세를 드러내니 누구라도 그 행태에 위축되지 않겠는가.

불난 집에 부채질하는 것도 아니고 상가에 시비를 걸고자 하는 행색이라니.

조문객들의 시선이 당연히 그들에게 쏠리고 웅성거림이 번져 갔다. 그러자 무슨 일인가 싶었던 천도관 무인이 밖으로 나섰다가 호연웅을 확인하고는 화들짝 놀라 부리나케 안으로 사라졌다.

그를 본 호연웅의 눈에서 불길이 뿜어졌다.

"이제 시작이다."

"네!!"

우렁찬 대답이 울렸다.

"한시도 눈을 떼지 마라. 수상한 징후가 포착되는 자를 찾아라. 배후는 분명히 이곳에 있다."

잠시 후 사라진 무인의 기별을 받은 천도관의 인영들이 떼를 지어 몰려나왔다.

검은 띠를 머리에 두른 그들 가운데는 먹계촌을 방문했던 사범들도 있었다. 그중 한 사범이 바짝 긴장한 기색으로 다가와 읍을 올렸다.

"무사범 전상도라 합니다. 안으로 드시지요."

호연웅이 고개를 저었다.

"미안하외다. 난 조문을 온 것이 아니오."

"그럼 무슨 일로……. 보상은 이미 합의하지 않으셨습니까."

"보상이 아니라 내 가신들이 그대들의 배후에 납치되었소. 하여 심양천도관의 책임자에게 고하시오, 일각 안으로 그 배후를 이 자리에 대동하지 않으면 심양천도관은 멸문할 것이라고."

무사범 전상도의 안색이 하얗게 변했다.

으스스 머리끝에서 시작된 전율이 온몸으로 흘렀다.

"이, 이런 미친."

"일각이라 했소."

매몰찬 음색, 망언이 아니다. 전상도가 후다닥 돌아섰다. 지금도 시간은 흐르고 일각일초가 아쉬웠다. 그의 마음이 급박해졌다.

"너희는 이곳을 지켜라!"

전상도가 내각으로 달렸다. 저자가 멸문을 선언한 이상 막아낼 길은 없었다. 이미 지난밤에 확인되었던 일이다. 그의 얼굴이 사색이 되어갔다.

그리고 반 각도 되지 않아 먹계촌을 찾았던 무사범들이 줄이 지어 달려나왔다. 그들 중 전낭을 건넸던 중년 사내가 가장 먼저 도착했다.

"귀공, 다 끝난 일을 가지고 어찌 트집을 잡으시오?"

"그대가 현 책임자인가?"

"그렇소. 내가 천도관의 대사범이오."

"조문객 가운데 천도관주의 배후가 있다. 그자가 누군지 지목하라."

불길을 뿜어내는 그 눈빛에 사범들의 살결이 떨렸다.

이대로는 위기를 벗어나지 못한다는 불길함이 그들의 뇌리를 스쳤다.

"내 목을 걸겠소. 우린 배후를 모르오."

"허튼소리! 일각의 절반이 흘렀다."

대사범 임지평의 눈빛이 흔들렸다.

"맹 공, 향불을 올려라. 향이 다 타고 나면 심양천도관을 지상에서 지운다."

"아아아⋯⋯!"

절망이 흘렀다. 이미 대적해 본 바 있으니 천양지차의 무공을 뼛속에 각인한 그들이다. 그 말이 허언이 아님을 알고 있다. 대사범 임지평이 사범들을 향해 외쳤다.

"뭣들 하는가! 어서 조문객들을 해산시키지 않고!"

그사이 맹가량의 발아래 향 하나가 꽂혔다. 모락모락 연기가 올랐다. 그 연기는 이승을 떠나는 혼령들의 흐느적거림처럼 보였다. 그 광경에 대사범 임지평이 몸을 떨었다.

"이럴 순 없소. 이럴 순 없소이다!"

"멸문은 그대의 선택이었다. 그 선택을 따라주마."

호연웅의 대응은 매몰차고 냉엄했다.

툭.

빨간 불길이 내려가며 스러진 재가 바닥으로 떨어졌다.

결코 들릴 리 없는 그 소리가 임지평의 귀에는 낙뢰처럼 들렸다. 향불에 타오르는 향연은 연기가 아니라 자신의 영혼이 타오르는 것 같았다.

그때 정문을 통해 조문객들이 쏟아져 나왔다.

"아악!"

"비켜! 비키라고!"

"아아악!"

곧 천지가 번복하는 재앙이 있을 것이란 이야기에 조문객들은 기겁하여 뛰쳐나왔다. 일시에 그들이 정문으로 몰려드니 아비규환이요, 아수라장이 따로 없다.

"눈을 떼지 마라! 기척이 수상한 자를 찾아라!"

호연웅의 목소리가 울렸다. 천지가 어수선한 상황에서도

조문객들을 주시하는 호위들의 눈빛은 번뜩였다.

정문으로 쏟아지는 조문객들 가운데 적개심이 가득한 눈빛 하나가 맹가량을 스쳤다.

그를 발견한 맹가량이 허공으로 솟구쳤다.

슉!

파라라라락!

성난 독수리가 가축을 덮치듯 날아든 맹가량이 쌍수를 휘둘러 그자를 제압해 갔다. 하나 상대도 만만치 않아 일 수에 다섯 합의 공방이 일어났다.

퍼버벙! 퍼벙!

의외의 반격에 맹가량이 주춤하자 신형을 돌린 상대가 뛰쳐나오는 조문객들 사이로 파고들었다.

쏟아지는 인파에 맹가량이 주춤할 때 비호같이 나타나 그자를 급습하는 자가 있었으니 호연웅이었다.

"어딜!"

호연웅의 일 권이 그자의 명치에 꽂혔다. 상대의 입에서 단말마가 흘렀다. 이어 비틀거리며 물러서는 그자의 뒷덜미를 맹가량이 낚아채어 메쳤다.

철퍼덕 퍼지는 소리 속에 우두둑 뼈가 부러져 나가는 소리가 들렸다. 이어 그자의 안면에 맹가량이 돌주먹을 연달아 박아 넣고 옆구리를 걷어차려는 순간, 호연웅이 그를 말렸다.

"그만!"

짧은 박투가 이뤄지는 동안에 정문은 더욱 난장판이 되어 있었다. 인파가 뒤엉키고 서로가 도망치려고 발버둥을 치다 부딪치고 밀치고 뒷사람에게 밀려 넘어지고 자빠지는 자들이 속출했다.

"시선을 떼지 마라. 저들 가운데에 배후가 있다."

은형호위들의 눈에서도 불길이 뿜어졌다.

바닥의 향불은 간당간당하여 마지막 연기를 피워 올리고 있었다. 호연웅이 망연한 사범들을 바라보며 손가락을 들어 생포한 자를 지목했다.

"저자가 누구냐?"

부르르 떨던 대사범 임지평의 입에서 체념이 흘렀다.

"본 관의 장로이시오."

"그자의 팔 한쪽을 부러뜨려라, 맹 공."

명령이 떨어지는 속도보다 빠르게 팔 한쪽이 부러져 나가고 장로의 처절한 비명이 울렸다.

"다시 묻겠다. 저자가 배후와 연관이 있는가?"

대사범 임지평이 고개를 끄덕였다. 그 눈빛이 참혹했다. 그때 향에서 피어오르던 연기가 발악하며 생을 다했다.

"왜 거짓을 고했지?"

임지평이 대답을 망설였다. 처음부터 알고 있으면서 이실직고하지 않았음을 묻는 것이다.

"그게… 토설할 수가 없었소."

"왜지? 이깟 거짓된 장례식이야 망가져도 상관없겠지만, 천도관만큼은 명맥을 이어가길 원하지 않았나."

"식솔들과 대모께서 저들의 인질이 되었소."

"저들이란 누구지?"

"본 관의 오장로요."

"그럼 배후는 누구지?"

"그건 모르오. 배후와 연결되는 선은 죽은 관주와 오장로 뿐이오."

호연웅이 대사범 임지평의 말을 되새기며 숙고했다. 사실 여부를 판단하는 것인데, 가족들이 인질이 된 상황에서 그의 반응은 충분히 인정할 만한 것이었다.

"떠나라. 가서 네 식솔들을 구하라."

임지평이 도갑을 움켜쥐며 돌아섰다. 이어 그는 하얗게 안색이 질린 사범들을 이끌고 어둠 속으로 떠나갔다.

"육섭은 조원들을 데리고 저들을 도와라."

은형이조 조장 육섭이 깜짝 놀란 얼굴로 나섰다.

"동료 구출이 우선입니다."

"우리 때문에 발생한 납치다. 저들의 가족들에게 피해를 줄 순 없다. 따라가 저들의 가족을 구하라."

"아직 이섭과 삼섭의 생사도 확인하지 못했습니다."

"나를 믿어라. 내가 그들을 구해 먹계촌으로 돌아갈 것이다. 가라."

머뭇거리던 육섭이 발걸음을 돌렸다. 이어 은영이조와 함께 사범들의 뒤를 쫓았다.

호연웅이 신음을 흘리는 장로에게 다가섰다.

"묻는 말에 대답이 없을 시 사지가 하나씩 부러질 것이다. 그다음은 근맥을 자르고 마지막으로 혀를 자른 뒤 살려줄 것이다. 그렇게 살아가고 싶다면 입을 다물어도 좋다."

심령을 흔드는 저음이었다. 혼백이 빨려 나가는 듯한 그 음색에 삼장로가 고개를 끄덕였다.

"배후가 누구냐?"

안색은 사색이 되었으나 섣불리 대답을 못해 망설이는데 맹가량이 돌연 장로의 정강이를 내려쳤다. 만근 거력이 실린 일수. 마른 장작이 부러지는 소리가 들렸다.

"끄읍!"

눈을 부릅뜬 장로가 고개를 흔들었다. 그 고통이 너무 크면 비명도 잦아진다고 했다. 자신의 다리 한쪽은 이미 덜렁거리고 있었다.

"다시 묻겠다. 배후가 누구냐?"

"요녕회… 주요."

신속했다. 질문보다 대답이 빨랐다. 불안함으로 가득한 눈빛이 사정없이 흔들렸다.

"그자는 어디에 있는가?"

"붕아… 산장(鵬阿山莊)이오."

"안내하라."

모골이 송연해지는 음색이었다.

반 시진 뒤, 음산함이 감도는 장원을 노려보는 눈동자들이
있었다.

"저곳인가?"

"그, 그렇습니다."

호연웅의 물음에 삼장로가 대답했다.

척추 어딘가와 한쪽 팔, 다리가 부러지고 처참하게 부푼 그
얼굴은 목불인견이 따로 없었다. 기가 죽은 그의 눈빛이 바르
르 떨고 있었다.

"맹 공과 난 정공으로 치고 갈 것이다. 은형일조는 후미로
잠입하여 이섭과 삼섭을 찾아내라."

"알겠습니다."

"이자는 어떡합니까?"

"풀어줘라."

"네에? 그러다가 소리라도 지른다면."

"그땐 다시 돌아와 죽일 것이다."

맹가량이 삼장로의 멱살을 풀고 말없이 일어섰다. 물에 풀
린 종이처럼 힘을 잃은 삼장로에게선 더는 저항감을 찾아볼
수가 없었다.

"가시죠, 소공!"

발걸음을 옮기던 호연웅이 돌아섰다. 그의 시선이 은형일
조를 훑었다. 그 눈빛엔 신뢰가 가득했다.

"너희를 믿겠다."

"반드시 구출하겠습니다."

그들의 대답엔 비장함이 담겨 있었다.

호연웅과 맹가량이 신형을 날려 산등성이를 내려가자 은
형일조도 일렁거리는 허공 속으로 몸을 던졌다.

비공은형술(秘空隱形術)이었다.

은형십오위가 비술로 몸을 숨기는 허공을 은밀(隱謐)이라
고 부른다. 그곳에 들어서면 사방에 뿌연 막이 생긴다. 그 안
에서 외부의 형체를 살펴야 하기 때문에 간혹 물체가 흔들리
며 보이는 경우가 있었다.

지금 일섭이 바라보는 풍경이 그랬다.

붕아산장의 전경이 그의 시선에 일그러져 보였다. 특히 시
전자의 심리가 불안할 때 이런 현상은 더욱 심해진다.

일섭이 인상을 찌푸렸다.

스스로 평정을 찾지 못해 불안하기 때문이었다.

"이섭과 삼섭의 실종으로 미루어 저곳엔 우리의 은형을 꿰
뚫어보는 자가 있을 것이다. 사섭은 동, 오섭은 남으로, 나는
서편으로 진입한다. 각별히 조심하도록."

"알겠소."

"가자! 가서 그들을 구하자."

담장에 올라선 일섭이 장원의 동정을 살폈다. 그의 시선에 분주하게 움직이는 한 무리가 들어왔다.

흑의 무복을 걸친 그들은 돈사를 습격한 자들과 같은 무리임이 분명했다. 그를 알아보는 방법은 무인에게 흐르는 기도였다.

무공에는 각각의 독특한 성향이 있어 어떤 무공을 습득했느냐에 따라 수련자들은 흡사한 기도를 드러내게 된다. 그 성취도에 따라 강함과 약함, 그리고 숨겨짐이 다르지만 지금 같은 급박한 움직임 속에서는 그 기도를 더욱 쉽게 감지할 수 있었다.

'제대로 찾았어.'

담장에서 내려선 일섭이 그들의 뒤를 따랐다. 무작정 전각을 뒤지는 것보다는 그편이 목표 접근에 쉽다. 저들이 지키려는 곳에는 거기에 비례한 귀중한 무엇이 있기 때문이다.

한편, 산문으로 정공을 택한 호연웅과 맹가량은 문을 박차고 들어섰다. 그리고 불같은 기세를 드러내며 묵묵히 몰려나올 요녕회주와 그 수하들을 기다렸다.

그 기다림에 화답하듯 전각 앞으로 십여 명의 흑의무사가 나타났다. 한데 그들은 기습에도 놀라지 않았고 느긋한 것이 여유가 넘쳐 나고 있었다.

오히려 즐긴다고 할까.

그래서 정문위사들이 없었던 것인지도 모른다. 무엇이 저들을 저토록 당당하게 만들었을지 궁금함이 일었다.

"우리가 올 것을 알고 있었나?"

호연웅의 물음에 흑의무인 하나가 팔뚝에 매달려 푸덕거리는 황조롱이를 들어 보였다.

"이 녀석이 좀 빠르지."

그를 본 맹가량이 어이없단 표정을 지었다.

"이 자식이 누굴 놀리나? 새가 말을 전해?"

"큭, 어리바리하기는. 북해에서 온 촌놈이라 하더니 전서응도 모르냐?"

격장지계였다. 이죽거리는 말투와 눈빛은 상대를 격동시키려는 짓이었다. 아니나 다를까, 성격 급한 맹가량이 발끈하고 나섰다.

"이런 쳐 죽일 놈!"

"맹 공, 진정해."

지금은 경거망동할 때가 아니었다. 저들의 침착함엔 이유가 있다. 그것이 무엇일까.

자신들이 북해에서 왔음을 알고 있다면 꽤 많은 사전 조사가 있었을 터. 게다가 심양천도관에서 난리를 친 사실까지 알고 있다면 아무리 사전 연락이 되었다 할지라도 이런 여유로움은 이해 불가였다.

이곳의 모든 무인이 몰려나와도 부족할 것인데 저런 여유로움에 기세까지 당차다니.

왠지 모를 불길함이 싸하게 뇌리를 스쳤다.

"요녕회주는 어디 있나?"

"그분은 자네 같은 자가 함부로 거론할 분이 아니시지."

그들은 여전히 자신만만했다. 호연웅의 머릿속이 복잡해졌다. 행태로 보아 함정이 분명한데 그렇다고 속단할 수도 없었다.

격장지계로 상대를 격발하고 함정으로 몰아 제압한다?

너무나 평이한 암수였다.

뭔가 다른 복안이 숨겨졌을 것인데, 그것이 눈에 들어오지 않았다. 생각이 복잡해지자 호연웅이 고개를 흔들었다.

"꽤 복잡한 기관이 설치된 것 같군."

부아를 참지 못해 들썩이고 있던 맹가량이 고개를 돌렸다.

"그럼 함정이란 말입니까?"

"여우 덫이야. 함정이되 함정이 아니고, 안전하다는 순간에 함정으로 돌변하는."

호연웅이 거리를 가늠했다.

저들과의 간격은 십여 장. 서너 번의 발짓이면 도달할 거리였다. 그 안에 적어도 세 개 이상의 함정이 마련되었을 것이다. 하지만 마땅한 해법이 떠오르지 않는 이상 별 도리가 없었다.

하나씩 부숴가며 숨겨진 암수를 찾아내는 수밖에.

"내가 나설 테니 맹 공은 도주로를 차단해. 어쩌면 은형일조도 위기에 봉착해 있을지 몰라. 서두르자고."

슈육!

호연웅이 허공을 격하여 차고 올랐다. 한 번, 두 번의 발짓이 이어지자 놈들과의 거리가 삼 장 이내로 줄어들었다.

크르릉.

그때 어딘가에서 마찰음이 들려왔다. 첫 번째 기관이었다.

쐐앵! 쐐쐐생!

바닥의 박석이 뒤집어지며 그곳에서 수십 개의 장창이 달린 철망이 솟아올랐다. 그 기세에 달리는 속도를 늦추자 철망이 전면을 가로막았다. 이어 좌우, 후방에서도 똑같은 철망이 치솟아 사면을 막아섰다.

털컹! 덜커덩!

게다가 유일한 탈출구인 천장마저도 이 장 정도의 높이에서 접히며 뚜껑을 덮어갔다. 그 출구마저 닫힌다면 꼼짝없이 새장에 갇힌 꼴이 된다. 호연웅이 닫히는 좁은 틈으로 몸을 날리려는 순간 돌연 움직임을 멈춰 세웠다.

햇살에 번뜩이는 그물들.

육안으로는 구분이 안 되는 은잠사(隱蠶絲)였다.

첫 함정은 눈속임. 진정한 암수는 저 은잠사에 숨겨져 있었다.

그 날카로움이 보검보다도 예리해 스치기만 해도 절단되고야 만다는 만년설산의 기물이었다. 어떤 식으로 어디까지 펼쳐졌는지 모르는 이상, 저곳을 돌파할 수는 없었다.

"맹 공, 설산의 은잠사다."

진기를 끌어올려 부상하던 맹가량이 급하게 진기를 회수하며 바닥으로 내려섰다.

"윽."

급한 역류에 미약한 내상의 징후가 느껴졌다. 하나 지금은 이따위 내상에 연연할 때가 아니었다. 철창에 감금된 소공의 구출이 우선이었다.

그는 쌍장에 진기를 모았다. 이어 양손에 외피가 덧씌워졌다. 서서히 뿜어지는 한빙기로 철창을 내려치려는 순간, 호연웅의 목소리가 들렸다.

"멈춰! 독아분(毒牙粉)이다."

철망에 흐르는 푸르스름한 가루, 독분이었다.

그때 천장의 철망마저 닫혀 버렸다. 오도카니 철망에 갇힌 호연웅이 빙그레 웃었다.

"하나의 함정에 세 가지 암수라……."

느물거리던 놈들의 표정이 경색되었다. 충분히 옭아매리라 자신했던 그들의 계획이 한순간에 바닥을 드러냈기 때문이다.

"자신하지 마라. 네놈은 아직 철창에 갇혔고 네 수하는 여전히 우리 수중에 있다. 크하하! 산개하라!"

맹가량이 달려들자 그들은 기민하게 분산하며 전각들 사이로 뛰어들었다.

"맹 공, 놈들을 잡아!"

맹가량의 움직임이 빨라졌다.

그러나 곳곳에서 쏟아지는 강전들이 그 발걸음을 붙들었다. 전각 처마 밑에 매달린 노궁(弩弓)들이 일시에 활시위를 쏟아냈다.

쉬시시슉! 쉬쉬식! 투두둑.

맹가량의 양손에 덧씌워진 외피가 더욱 크기를 키웠다. 팔방풍우로 휘두르는 그 움직임에 강전이 휘말리며 바닥으로 떨어져 내렸다.

"이익! 쥐새끼 같은 놈들!"

맹가량이 두리번거렸으나 강전이 폭풍처럼 몰아치고 난 뒤에 그들의 종적은 사라지고 없었다.

한편, 비영들의 뒤를 밟아 남쪽 도좌방(倒座房)에 도착한 일섭은 자신의 평정심이 흔들리고 있다는 것을 느꼈다.

이곳 어딘가에 이섭과 삼섭이 감금되었으리란 직감 때문이었다.

저 멀리 전각 너머에서는 주군과 맹 대주가 벌이는 소란이 들려왔다. 그런데도 비영들은 이곳에서 일사불란한 움직임을 보이며 매복에 들어갔다. 하인들의 거처 아니면 창고로 쓰이는 도좌방에서 매복이라니.

일섭은 확신이 들었다. 그것이 아니라면 비영들이 급박하게 달려올 이유가 없었다. 격분한 때문인지 다시 사물이 흔들리기 시작했다.

'이런, 침착해라. 평정을 찾아라.'

일섭은 스스로 독려하며 도좌방 깊은 곳으로 신형을 옮겨나갔다. 그 움직임은 구름이 흐르는 듯했으나 마음 한편의 불안감은 여전했다.

그는 계단을 타고 지하로 내려섰다. 지하 창고는 음습했고, 구석 한편에 볏짚으로 가려진 또 다른 계단이 보였다. 뒤덮인 부분이 유난히 축축한 것으로 보아 서두른 흔적이 역력했다.

'찾았어.'

또다시 흥분했기 때문인지 볏짚이 일렁거리며 흔들렸다.

제길!

마음을 추스르며 일섭은 주변 기류를 살펴 매복자가 있는지를 점검했다. 고른 흐름으로 미루어 매복자는 없었다. 육안으로 안 보여도 내기를 숨길 수는 없는 일. 매복자는 없다고 그는 단언할 수 있었다.

볏짚을 들춰내고 한 걸음 한 걸음 계단을 내려섰다. 그러자 빠끔히 열린 석문 사이로 그들이 보였다.

목에는 올가미가 씌워져 대롱대롱 매달렸고, 가까스로 지면에 닿은 발가락으로 자신의 무게를 지탱하며 고개를 푹 숙인 두 남자, 이섭과 삼섭이었다. 버티는 발가락이 부들부들 떨리는 것으로 보아 아직은 살아 있었다.

한걸음에 달려간 일섭이 그들을 흔들어 깨웠다.

그때 한 자루의 비수가 일섭의 복부로 파고들었다.

"크윽……."

일섭이 두 눈을 부릅떴다. 이어 음침한 웃음소리가 들렸다.

"큭큭큭."

천천히 들려지는 고개. 일섭이 이섭과 삼섭이라 믿었던 그들은 당랑과 외목, 괴도삼랑이었다.

놈들이 웃고 있었다.

소름이 돋아나는 오만한 웃음을.

'이런…….'

유난히 집중력이 떨어지고 하는 일마다 엉키는 날이 있다. 흔히들 일진이 사납다고 말한다.

복부를 움켜쥔 일섭이 물러서며 떠올린 생각이었다.

아픈 감각도, 분하다는 생각도 들지 않았다.

왠지 모를 불안감에 휩싸여 사물이 흔들려 보이더니 결국 이런 일을 자초하게 될 줄이야.

일섭이 쓴웃음을 흘렸다.

"후후……."

당랑과 외목이 목에 걸었던 올가미를 풀어내고 다가왔다.

"이 상황이 웃긴가?"

"제법 눈속임이 훌륭했다. 쿨럭!"

일섭이 핏물을 게워냈다.

장기가 비수에 손상되었는지 핏물이 역류하고 있었다. 게다가 시선까지 흐릿하게 변해갔다.

철퍼덕 주저앉은 일섭이 흐린 눈으로 당랑과 외목을 노려보며 물었다.

"그들은… 살아 있는가?"

"아직은."

"그… 렇군. 고맙다. 후우."

"왜? 숨이 벅찬가?"

"아니. 그들이 살아 있다니 힘 좀 내볼까 하고 말이야."

당랑의 비릿한 웃음이 더욱 짙어졌다.

"그거 다행이군. 안 그래도 한 치를 덜 쑤셨는데 그 값은 해야겠지?"

당랑의 시선이 일섭에게 박힌 비수를 향했다.

일섭 역시 자신의 복부를 물끄러미 바라보며 실소를 흘렸다.

"크크크, 아량을 베풀었단 말인가?"

"단번에 죽으면 싱겁지 않겠나. 맹가란 놈 덕분에 우리는 몇날 며칠을 개처럼 떨어야 했거든. 이제 그 대가를 자네가 치러야지."

　자신이 당한 만큼 앙갚음하겠다는 말이다. 아니나 다를까, 그들 얼굴엔 냉증의 증후가 역력했다.

　하얗게 백태가 낀 눈과 퍼렇게 질린 입술은 한빙기가 체내에 스며들어 나타나는 증상. 그 고통을 잘 아는 일섭이 입술을 비틀었다.

　"큭, 고통이 절절했겠군."

　일섭이 쓴웃음을 지으며 몸을 일으켰다.

　순간 방심했으나 이대로 무너질 순 없었다. 입술을 악물자 곧 폐부가 끊어지는 고통이 엄습했다.

　"으으음."

　일섭은 정신이 혼미했다. 그리고 숨도 가빴다. 비틀비틀 물러난 일섭이 중심을 잡으며 말했다.

　"이깟 칼 한 자루 먹었다고 끝난 것은 아니다."

　"그래, 그래야 우리도 재밌지."

　비릿한 웃음을 머금고 다가서는 당랑과 외목을 보며 일섭은 고개를 흔들어 흐릿해지는 정신을 깨웠다.

　스스스······.

　일섭은 최후의 힘을 짜내 비공은형술을 펼쳤다. 이내 흐릿한 안개가 감돌며 물길에 잠기듯 일섭의 신형이 모습을 감췄다.

　그 돌연한 광경에 기겁한 당랑과 외목이 달려들었으나 이미 일섭은 사라진 뒤.

"이런!"

묘연한 종적에 당랑과 외목이 눈을 부릅뜰 때 허공에서 돌연 솟아난 손아귀가 그들의 목을 움켜쥐었다.

"컥!"

"커억!"

하지만 당랑과 외목은 위기 대처가 기민했다. 그들은 위기에 대처하는 상황은 빨랐다. 급하게 경부에 진기를 모아 숨통을 보호하고 체중을 이용해 뒤로 몸을 뉘었다.

잠시 고통은 뒤따를 것이나 허공에 숨어든 일섭을 빼내려는 웅수였다.

그 예상처럼 경부를 움켜쥔 일섭이 은밀에서 끌려나오며 모습을 드러냈고, 그 순간 당랑과 외목의 돌주먹이 그의 복부에 박혔다.

"크억!"

일섭의 상처에서 핏물이 뿜어졌다. 하지만 넘어지는 체중의 힘은 그대로 실려 있었다. 일섭은 급하게 움켜쥔 손아귀를 풀어내며 손날을 세웠다.

쿠웅!

넘어진 당랑과 외목의 등줄기가 바닥에 떨어졌고, 이어 그 위를 덮치는 일섭의 손날이 그들의 목젖을 파고들었다.

"큭."

“컥.”

찰나의 공방이었다. 그들의 식도로 파고든 일섭의 손날에서 핏물이 뿜어졌다. 이어 일섭도 무너지는 거목처럼 얼굴을 박으며 엎어졌다.

불꽃이 번쩍이는 통증과 함께 질펀한 핏물이 번졌다. 찡한 고통이었으나 이를 통해 일섭은 자신이 살아 있음을 느꼈다.

당랑과 외목은 이미 절명하여 흰자위를 드러내고 있었다.

핏물에 범벅된 일섭이 웃었다.

“끝난 게 아니랬지, 이 자식들아.”

일섭이 고개를 흔들어 흐릿해지는 의식을 깨웠다. 그가 복부에 박힌 비수를 움켜쥐고 걸음을 옮겼다.

그 시각, 철창에 감금된 호연웅은 진기를 끌어올려 박석이 깔린 바닥을 부숴 나가고 있었다.

하얗게 냉기가 서린 한심장(寒沁掌)에 박석이 들썩였다.

기관이 돌출되었으니 그 내면엔 동공이 존재하리란 예상이 주효했다. 한빙장이 중첩되자 결국 박석은 무너지며 철창의 한 축이 기울어지기 시작했다.

호연웅이 철창 밖에서 안절부절못하는 맹가량에게 말했다.

“요녕회주란 자가 제법 심계가 깊어.”

“걱정하지 마십시오. 제가 반드시 그놈의 목을 비틀어놓고야 말겠습니다."

"우습게 볼 상대가 아니야. 이곳보다는 은형일조가 불안해 그들을 먼저 찾아."

"그럴 순 없습니다. 제 임무는 소공의 보필입니다."

"그러다가 불상사가 일어나면 어쩌려고."

"제 앞가림은 하는 놈들입니다."

호연웅의 한빙장은 대화를 나누는 와중에도 이어졌다.

결국 박석의 한 축이 모조리 가라앉으며 철창이 무너져 내렸다.

"가자, 맹 공!"

되돌아선 맹가량이 달리고 그 뒤를 철창에서 튀어나온 호연웅이 따랐다. 맹가량은 역시 수하들의 안위가 염려되는지 그 움직임이 섬광과 같았다.

호연웅 또한 맹가량과 다를 바가 없는 심정이었다. 비록 수하였으나 어떤 때는 친구와 같았던 그들이다.

은신한 자들을 찾아 전각을 누비는 그들의 기세는 태산도 밀어낼 듯했다.

그때 어디선가 병장기가 부딪치는 소리가 들렸고, 그 소리를 따라서 달렸다. 그리고 건물과 건물 사이에 어느 보도로 들어서자 무수한 강전이 전각의 창살을 뚫고 쏟아졌다.

쉐쉐쉐, 쉐액!

이미 함정을 예상했기에 대응은 빨랐다. 두 사람은 준비한 듯 날아드는 강전을 향해 장력을 털어냈다.

강맹한 냉기가 실린 한빙장이 강전을 휩쓸고 전각으로 몰아쳤다. 그 위력이 얼마나 강대했던지 눈송이가 휘말리듯 대기가 말려들어 와류가 형성되었다. 그리고 그 강맹한 위력이 전각으로 쑤셔 박혔다.

콰과과광!

창살과 벽체가 허공에 흩날렸다. 그 속에서 비명이 들렸다. 강노를 조정하던 붕아산장의 무사들이었다.

한빙장의 위력은 거기서 끝나지 않았다. 벽체 일부가 파괴되어 힘을 잃은 벽이 무너졌고, 이어 지붕이 내려앉으며 기왓장이 쏟아져 흘렀다.

호연웅과 맹가량의 움직임은 바빴다.

그곳을 냉담히 지나쳐 더욱 안쪽 전각으로 다가서자 또다시 창살을 뚫고 강전이 쏟아졌다.

노도와 같은 한빙장이 다시 강전을 휩쓸고 전각을 주저앉혔다.

우르르릉!

전각이 무너져 내리며 흙먼지를 피워 올렸다. 불의의 기습이나 강궁뿐이라면 보잘것없었다.

무공의 수준에 따라 누군가에겐 치명적일 수 있는 암습이나 호연웅과 맹가량을 상대하기엔 너무도 평범했다.

더욱이 첫 함정에 숨겨진 복안에 비해선 너무나 단조로운 암습이 아니던가.

게다가 그런 평범함 암습이 연이어지다니.

하지만 그런 사실이 호연웅의 발길을 붙들었다.

“맹 공, 이상하지 않아?”

맹가량 역시 의문이 일어나던 참이다. 이는 호랑이를 잡는데 새총을 쏘는 것과 다를 바 없지 않은가. 이따위 강전으로 무엇을 하겠다는 것인지.

“좀 이상한데요?”

“성동격서(聲東擊西)… 진화타겁(趁火打劫)이야.”

“네에?”

“이곳에 불을 질러 우리를 유인하고 정작 놈들이 노리는 곳은 다른 곳이라고.”

맹가량의 눈빛이 흔들렸다.

“설마?”

“그래, 먹계촌이야.”

호연웅의 단정에 맹가량도 그럴 것이란 확신이 들었다.

살을 주고 뼈를 취한다는 이대도강(李代桃畺)이었다.

“제대로 당했군요.”

“이곳은 맹 공이 맡고 난 먹계촌으로 가봐야겠군.”

“차라리 같이 가시죠.”

“안 돼! 이섭과 삼섭도 구해야지.”

급습하기 전에 한 번쯤은 의심했어야 옳았다. 너무나 순탄

한 흐름에 방심하다 도리어 일격을 당했다.

그나마 다행이라면 먹계촌에 은형삼조를 남겨놓았단 사실이다.

호연웅이 대지를 박차며 섬뢰처럼 허공을 갈랐다.

설영비(雪影飛), 눈 그림자를 밟는다는 북극빙성의 경신법이 펼쳐졌다.

이어 광분한 맹가량이 붕아산장을 부숴 나가기 시작했다.

호연웅의 볼살이 쾌속한 질주에 떨렸다.

그러나 두 눈에선 분노가 뿜어졌다. 이글거리는 그의 눈빛은 당장에라도 불길을 토해낼 것 같았다.

흑의무사들이 피분수를 뿜으며 일 장여를 날아가 바닥에 처박혔다.

오십은 족히 넘을 숫자였다.

그들의 합공에도 꿋꿋하게 용두괴장을 휘두르는 이는 모용세가의 대모 입묵공 노파인 묵노(墨老) 송화련이었다.

묵노가 뿜어내는 일신의 기파는 태산도 넘어설 듯했다.

"괘씸한 놈들, 감히 여기가 어디라고 너희 같은 사악한 종자들이 넘보는 것이더냐?"

다시 흑의인 하나가 묵노의 용두괴장에 게거품을 물며 쓰러졌다. 거침없는 공세에 흑의인들이 주춤거리며 물러섰다.

그 신위에 요녕회주는 혀를 내둘렀다.

묵노라 불린다 했던가.

단지 문신이나 뜨는 시골 무지렁이 늙은이인 줄 알았던 노파가 저토록 극강의 여고수라니.

이래서는 승산이 없었다. 그녀가 버티고 선 그 자체로 초옥에는 다가설 수도 없으니 어찌 천아영을 생포해 간단 말인가.

"마을에 불을 질러라!"

요녕회주는 극단의 수를 뽑아냈다.

어차피 노파의 육신은 하나. 일시에 사방에서 일어나는 일을 모두 해결할 수는 없을 것이다.

무슨 일 때문에 기를 쓰고 천아영을 보호하려는지 모르나 가재는 게 편이요, 초록은 동색이라, 촌민들이 위기에 빠지면 노파는 구하러 나설 것이다. 그때 자신은 천아영을 생포하여 사라지면 된다.

쉰 명에 가까운 흑의무사가 분산하여 마을 곳곳으로 치달려 갔다. 그 의도를 어림짐작한 묵노의 안색이 파리해졌다.

"네 이놈들! 마을에 조금의 피해라도 일어난다면 네놈들 모두를 도륙해 버릴 것이다!"

묵노의 추상같은 호통에도 그들은 조금도 위축이 되거나 주눅이 들지 않았다.

요녕회주는 더욱 수하들을 독려하며 사태를 키워 나갔다.

어떻게 잡은 천금 같은 기회를 수포로 돌리겠는가.

더욱이 상부의 지원이 임박했기에 그의 마음 또한 조급했다. 지원이 도착하기 전에 자신의 손으로 마무리를 지어야 그 공과를 인정받을 수 있었다.

지긋지긋하던 지난 오 년간의 생활이 떠올랐다. 그 고행을 이제는 보상받아 중원에 진출할 것이라 자신했는데 느닷없는 노괴가 등장하여 초를 치다니.

수하들을 독려하는 그의 목소리가 커졌다.

그들은 더욱 흉흉한 기세를 피워내며 꼭꼭 숨어 바들바들 떠는 주민을 찾아다녔다.

선혈이 낭자한 싸움은 산골 촌민들에겐 공포였다.

살 떨리는 난투에 놀란 주민이 쪽문 뒤에 숨어 오들거릴 때, 그를 찾아낸 흑의무사들의 도검이 빛을 뿌렸다.

"아아악!"

"끄어억!"

묵노의 낯빛이 참혹해졌다. 약초꾼 송 영감의 비명이었다. 그들과 같이한 세월만 이십여 년. 비명만 들어도 묵노는 누군지를 알 수 있었다.

용두괴장을 움켜쥔 그녀의 손이 부들부들 떨렸다.

"이… 이놈들, 어찌 이 같은 만행을……."

노도와 같은 용두괴장이 허공을 휘저었다. 그 일 수에 앞길을 막아서던 흑의무사 둘이 머리가 터져 나가 허공에 피를 뿌렸다.

묵노가 지면을 박차고 마을로 치달려 갔다.

마을은 쉰 명의 흑의무사가 벌이는 살육에 난장판이 되어 동서남북 사방에서 초옥들이 화염에 휩싸여 갔다.

묵노가 마을로 달려간 틈을 타 요녕회주의 호위대가 초옥으로 몰려들었다.

초옥은 억새로 지붕을 얹은 복층 구조로 방의 개수만 열둘, 창문만 해도 아래층에 열둘, 위층에 여덟 개나 되는 작지 않은 규모였다.

다섯 명의 비영이 문을 박차고 그곳으로 들어섰다. 그들은 눈동자를 희번덕거리며 천아영을 찾아 초옥 내부를 누볐다. 그때 공간이 스르륵 열리며 번뜩이는 검신이 그들 중의 하나를 갈랐다.

"크윽!"

짧은 비명에 비영들의 시선이 그곳으로 향했고, 이어 그들의 배후에서도 공간이 열리며 검신들이 번뜩였다.

"컥!"

"으윽!"

은빛 검신을 뿌리며 나타난 자들은 은형삼조였다. 그들의 첫 암습은 순조로웠다. 그리고 다시 은밀 속으로 신형을 숨길 때 돌연 창문과 지붕을 뚫고 비영들이 쏟아지듯 들이닥쳤다.

"은형술을 펼치는 자들을 찾아라!"

누군가의 외침에 비영들 손에서 송진 분말이 흩날리며 허연 가루가 실내를 가득 메웠다.

은밀에 송진 가루가 달라붙자 투명한 듯 출렁거리는 움직임이 적나라하게 드러났다.

의외의 수법에 은형삼조의 비공은형술이 노출된 것이다.

"이런!"

"흐흐, 쥐새끼 같은 놈들. 설마하니 동료를 구하러 떠났을 것이라 짐작했는데 이곳에 숨어 있었다니. 모조리 죽여라!"

일수에 은형삼조를 양분하겠다는 듯 사방에서 도신이 몰려들었다.

베고 찔러오는 그 기세에 여차하면 걸레 쪼가리가 되어 너덜거리게 될 상황. 은형삼조가 신형을 솟구치며 은밀에서 튀어나왔다.

송진 가루가 실내를 가득 메운 이상 비공은형술은 이제 무용지물에 가까웠다. 오히려 진기만 소모할 뿐이다. 허공으로 솟구친 은형삼조는 질풍처럼 검신을 휘둘러 쇄도하는 도신들을 막아냈다.

따다다땅! 따다당!

검과 도가 난상으로 얽히며 요란한 굉음이 울렸다.

순간의 위기는 넘겼으나 은형삼조에 비해 비영들의 숫자는 네 배에 달했다. 그들의 무자비한 칼날이 쉴 새 없이 은형삼조를 몰아붙였다.

따다당! 따당!

아무리 막아내고 쳐내도 차륜으로 이어지는 연수합격을

모두 막아낸다는 것은 무리가 따르는 일이었다.

그들의 몸에는 조금씩 자상이 늘어갔다. 그 와중에도 다섯의 비영을 고혼으로 보냈으나 아직도 그들의 수는 월등히 많았다.

그나마 실내란 밀폐된 공간 덕분에 더 많은 비영이 몰려들지 못하는 것이 다행이랄까.

차차창! 창창!

난전이 이어지며 신체에 쌓이는 통증도 조금씩 늘어갔다.

한 번의 휘두름으로 동시에 쇄도하는 도신을 두세 개는 쳐내야 하는 상황. 손목이 시큰거리고 손바닥에 울리는 진동이 점점 심해졌다.

이대로 더 얼마를 버틸 수 있을까.

그나마 합이 늘어갈수록 도신을 통해 몸 안에 냉기가 스며든 비영들이 조금씩 몸을 떨기 시작했다는 것이 그나마 다행스러운 일이었다.

하지만 수세는 이어졌고, 은형삼조가 어느덧 초옥 중앙의 반청으로 몰려 등을 맞대고 대치했다.

서로가 숨을 고르느라 잠시의 정적이 흘렀다. 그때 초옥 밖에서 요란한 비명이 울렸다.

촌민들인지 자객들인지 모를 비명이지만 지금 내, 외곽에선 생사의 처절한 몸부림들이 벌어지고 있었다.

호흡을 다스리던 십일섭이 전황을 살폈다. 난관을 돌파할 방법을 모색하는 것이었다.

자신을 비롯해 은형삼조의 자상이 심각했다.

치명적인 것은 아니나 가랑비에 옷 젖는다고, 작은 상처들이 쌓여 결국은 큰 위기를 맞이하게 될 것이다.

부르르 어깨가 떨리고 발걸음이 점점 무거워지는 것이 그 순간도 얼마 남지 않은 듯했다.

'젠장.'

저들의 숫자가 얼마가 되든 자신하던 승부다.

야금야금 그 숫자를 줄여 응징하려던 것이 결국 난관을 불러왔다.

송진 가루라니.

비공은형술의 약점을 간파한 그 대응은 뜻밖의 일이었다.

"계집은 어디에 숨겼지?"

대치가 이어지자 누군가가 말을 건넸다.

제법 당당한 기도를 품은 것이 입을 연 자가 습격한 자들의 수좌인 듯 보였다.

"아주 안전한 곳으로 모셔두었네."

"지금이라도 계집을 내놓는다면 살길을 열어주겠다."

놈의 입술이 비틀렸다. 큰 도량이라도 베푸는 듯한 그 말에 십일섭이 실소를 흘렸다.

"자네들에게 좌지우지될 목숨이라면 이렇게 모습을 드러내지도 않았겠지."

"지금쯤 사지가 천근만근일 텐데. 그 상태로 얼마나 버틸 것 같은가."

"그래도 몇 놈은 죽일 수 있겠지."

놈의 입술이 더욱 비틀렸다.

"죽기가 소원이라면 그리해 주지. 초막에 불을 질러라! 계집과 저놈들을 단숨에 불태워 버릴 것이다!"

십일섭의 안색이 창백하게 변했다. 은밀에 숨긴 천아영이 초옥 내부에 있었기 때문이다.

"산개! 놈들을 저지하라!"

십일섭이 먼저 진형을 풀고 튀어나갔다. 이어 은형삼조가 나누어져 현란한 검초를 이어나갔다.

따당! 따다다당!

다시 접전이 벌어지고 밀고 당기는 교전 속에 신체의 자상이 그 수를 더해갔다. 그때마다 이를 악물어 통증을 참아내지만 언제까지 이어질지…….

콰앙!

그때 천장에 구멍이 뚫리며 지붕 일부가 풀썩 가라앉자 천지사방으로 억새가 휘날렸다. 그리고 한 인영이 표표하게 내려섰다.

"다행히 무사했구나."

그는 호연웅이었다.

휘릭! 장내를 훑어본 그의 일신에서 경풍이 뿜어졌다. 그

바람에 주춤 물러서는 비영들을 향해 그가 다가섰다. 그리고 신위가 펼쳐졌다.

호연웅의 일 보 일 수에 뼛골이 시리는 냉기가 몰아쳤다.

겁에 질린 비영들이 도신을 휘둘렀다. 그 쾌도난마의 칼날들을 호연웅은 쌍수로 막아내고 쳐내며 한겨울 냉풍을 뿜어냈다.

쩌정!

손끝에 적중되는 순간 비영들은 얼음 덩어리가 되어갔고, 이미 절명했을 그 동체를 호연웅은 사정없이 걷어차서 부숴나갔다.

이 순간 그에게 자비는 없었다.

이미 불타는 마을과 신음하는 촌민들을 보며 동정심이 사라진 그였다.

쌍수를 휘두르는 지금의 그는 야차와 다름이 없었다.

동료가 삽시간에 얼음 조각이 되어 나뒹구는 광경에 비영들이 하얗게 질려 물러섰다.

그러나 그 물러섬조차 용서치 않았다.

벼락같이 달려든 호연웅이 비영들에게 한빙장을 털어냈다.

펑! 퍼벙!

그 강맹한 위력에 휩쓸린 그들이 벽체를 뚫고 밖으로 튕겨져 나갔다. 허옇게 서리가 내린 비영들은 이미 흰자위를 드러내고 있었다.

무신의 강림이 이러할까.

초옥 안에서 도병을 뽑아 들고 희번덕거리던 비영들은 모두 고혼이 되어 초옥 밖으로 튕겨 나갔다.

그리고 그 뚫린 벽체를 통해 호연웅과 은형삼조가 밖으로 나섰다.

불길에 휩싸인 마을과 흑의무사를 쫓아 동분서주하는 묵노의 모습은 여전했다.

"가라! 주민을 구해라!"

은형삼조가 지친 몸을 이끌고 마을로 달려갔다.

호연웅의 써늘한 시선이 시신의 면면을 살폈다. 하지만 요녕회주라 짐작되는 자는 그들 중에 없었다.

第九章
유월비상(六月飛霜)

오뉴월에 서리가 내린다……

유월비상(六月飛霜)

오뉴월에 서리가 내린다……

　마을 곳곳에서 통곡이 흘렀다. 대들보가 무너지고 지붕이 가라앉은 잔해에서는 자잘한 연기가 풀풀 휘날렸다.

　마을은 폐허와 다를 바 없었다.

　태반이 전소하여 살을 발라낸 생선 가시처럼 앙상하게 뼈대만 남겼고, 그 광경에 촌민들은 망연자실 넋을 잃었다.

　묵노가 용두괴장을 내려치며 울분을 토해냈다.

　"그놈들이 대련회 소속의 요녕지부라고?"

　그녀의 물음에 호연웅이 대답했다.

　"그렇습니다."

　"대련회가 무엇을 하는 곳이더냐?"

"결속 단체라고 하는데 그 자세한 내막은 저도 아는 바가 없습니다."

"저 아이를 노린 것 같은데, 그 이유를 아느냐?"

묵노가 바라보는 침상에는 녹밀을 뒤덮은 천아영이 깊은 잠에 빠져 있었다.

"사실 저도 그 이유가 궁금합니다."

"참으로 지독한 놈들이었다. 나를 따돌리고자 무고한 양민들에게까지 살수를 휘둘렀으니."

묵노의 표정은 애잔했다. 이웃하여 산 세월이 깊은 만큼 마음에 새겨진 상처도 깊을 것이다.

그때 사고 수습에 나섰던 십일섭이 돌아왔다.

그를 본 묵노가 힘없이 물었다.

"상황이 어떤가?"

"전소한 가옥이 열한 채, 사망자 여섯, 부상자가 열여덟으로 지혈이 이루어져 출혈은 멈췄으나 상태가 불안합니다. 서둘러 의원으로 호송 조치를 취해야 합니다."

그나마 혼란에 비해선 가볍다 할 만한 피해였다.

묵노가 사력을 다해 막아낸 덕분이었다. 그러나 그 여섯의 희생자가 그녀의 가슴에 깊은 앙금을 남겼다.

"모용세가에 기별을 전하게. 이곳의 상황을 전하면 알아서 지원을 나올 게야."

상황이 어느 정도 일단락되어 가자 호연웅의 얼굴에 다시 깊은 그림자가 드리워졌다.

붕아산장이 마음에 걸리기 때문이었다.

당장에라도 다시 그곳으로 달려가고 싶었으나 이곳도 녹록지 않으니 쉽사리 움직일 수가 없었다.

지금으로선 남겨진 그들을 믿는 길뿐이었다.

'무사히 돌아와다오.'

오후가 되자 한 무리의 인파가 산등성이를 넘어 먹계촌으로 몰려들었다.

모용설과 호법 양만추, 그리고 모용세가의 무사들이었다.

"할머니!"

모용설이 한걸음에 달려와 묵노의 품에 안겼다. 그녀는 벌어진 상황을 보고 펄쩍펄쩍 뛰며 분통을 토해냈다.

만신창이로 변한 초옥, 피곤이 가득한 묵노의 용모, 신음을 흘리는 주민까지.

평화롭던 마을은 전쟁터를 방불케 하고 있었다.

모용설은 묵노에게 자초지종을 물었다.

이어 술술 풀리는 묵노의 투정에 그녀의 얼굴은 경색되어 갔다. 뒤를 따라 도착한 양만추도 조손이 나누는 이야기를 들으며 침울한 안색이 되었다.

그런 양만추에게 호연웅이 넌지시 물었다.

"대련회가 어떤 곳입니까?"

앞뒤를 다 잘라낸 직설적인 물음에 양만추가 흠칫하여 고개를 돌렸다.

"그것을 왜 나에게 묻는 것이오?"

"저들의 정체를 모용가주님과 양 호법님은 알 것으로 판단하는데, 제 생각이 틀렸습니까?"

"난 모르네."

경색하는 그를 보며 호연웅은 하나의 추리를 떠올렸다.

"설마… 가주님께서도 대련회의 소속이십니까?"

"난 모르니 더는 묻지 마시게."

무엇을 감추려고 하는지 양만추는 먼 산을 바라보며 호연웅을 외면했다.

"좋습니다."

뜻밖에 복잡한 내막이 숨어 있음이 느껴졌다.

"더는 묻지 않겠으나 진실은 언젠가는 밝혀진다는 사실을 잊지 마십시오."

양만추가 아니라도 천아영이 깨어나면 모든 사실은 밝혀질 것이고, 지금이라도 호연웅은 그녀를 깨울 수는 있었다.

다만 상처를 치유하는 데 화를 자초할까 망설이는 것뿐이었다.

"불쌍한 아이네. 잘 좀 돌보아주시게."

"모용세가와 연이 있는 듯한데 이대로 내버려 두실 겁니까? 왜 직접 나서지 못하는 것입니까?"

“그러니… 가슴 아픈 일이 아니던가.”

양만추의 말에 진심이 느껴졌다. 양만추는 격분하여 감정을 추스르지 못하고 잔잔하게 어깨를 떨었다.

그 모습은 의외였다.

강직한 줄로만 알았던 그에게 이런 섬세한 감정이라니. 그 행동이 의미하는 것은 한 가지였다.

“양 호법님하고도 연관이 있군요.”

양만추는 부정하지도 긍정하지도 않았다. 그저 묵묵하게 침묵으로 일관했다.

그러나 그 침묵이 뜻하는 바는 아마도 수긍일 것이다.

그때 묵노와 이야기를 나누던 모용설이 다가왔다. 그녀는 대모에게 모든 경위를 전해 들었는지 다소 상기되어 있었다.

“저 여인이 누구죠?”

모용설이 천아영을 보며 호연웅에게 따지듯이 물었다.

호연웅의 시선이 양만추에게 향했으나 질끈 눈을 감은 그의 표정은 묵묵부답. 절대 입을 열지 않겠다는 굳은 표정이었다.

“왜 말씀을 못하세요? 저 여인이 누구냐고요?”

모용설의 목소리엔 칼날이 서 있었다.

양만추가 함구하는 이상 호연웅도 마땅히 해명할 말이 없었다.

한데, 그녀가 누구지?

스스로 반문해도 그녀에 대해 아는 바가 없었다.

"글쎄? 그냥 불행한 여인 정도라고 해두지."

"그게 전부인가요?"

모용설의 눈초리가 얇아졌다. 추궁의 눈매였는데 사실 호연웅도 아는 바가 없으니 대답이 궁색할 수밖에 없었다.

"응."

"잘 알지도 못하는 여인 때문에 이런 사달이 일어났단 말인가요?"

"무슨 억지야? 그녀 역시 피해자라고."

"피해자라고 해도 원인 제공은 그녀에게 있잖아요."

모용설은 자신이 놀랐던 만큼 그 목소리에 날이 서 있었다.

"그 말은 좀 섭섭한데. 전혀 당신답지 않잖아."

"저다운 게 뭔데요? 누구나 사람은 놀라면 그 원인을 원망하게 되는 법이고, 저 여인만 없었다면 할머님도, 부락민도, 또 당신도 위험에 빠질 뻔하지 않았을 거라고요."

그녀의 눈가가 촉촉했다. 많이 놀랐던 만큼 그 염려가 얼마나 깊을지는 능히 짐작되는 일이었다.

호연웅이 빙그레 웃었다.

그녀의 응석이 싫지 않았기 때문이다. 모용설은 시기와 질투와 애정을 동시에 드러내고 있었다. 어찌 보면 표독스럽지만, 또 달리 보면 한없이 사랑스러운 모습이었다.

지켜보는 눈이 없다면 꼭 끌어안고 싶을 만큼.

"허허험."

호연웅이 헛기침으로 자신의 속내를 달랬다. 그때 고갯마루를 거슬러 비상하듯 달려오는 한 인영이 보였다.

"맹 공!"

그는 맹가량이었다. 서너 번의 발짓에 십여 장의 거리를 날아온 그가 호연웅의 면전에서 고개를 조아렸다.

"맹가, 소공의 명을 이행하고 복귀하였습니다."

"찾았나?"

맹가량에게도 짧은 시간 동안 많은 사연이 있었는지 그 표정이 몹시 지쳐 보였다.

"찾았습니다. 하지만 상태가 위중한지라 인근 의원으로 옮겨놓았습니다. 특히 일섭의 상태가 위중했으나 지금은 안정을 찾고 사섭과 오섭이 그들을 호위하고 있습니다."

일섭이 위중했다는 말에 호연웅의 표정이 돌변했다.

"일섭이? 그곳이 어디야?"

"창현이라는 곳입니다."

"정말 괜찮은 건가?"

당장에라도 그곳으로 달려가고 싶으나 이곳의 사정도 녹록지 못하니 호연웅의 조바심이 더욱 깊어졌다.

이를 눈치챈 맹가량이 애써 환한 웃음을 지었다.

"워낙에 뿌리가 튼튼한 녀석들이니 한두 달 안으로는 완쾌될 것입니다."

"놈들에게 발각될 염려는 없겠지?"

"은밀한 곳이니 걱정 않으셔도 될 듯합니다. 심려를 끼쳐 죄송합니다, 소공."

호연웅의 표정이 조금은 밝아졌다.

"다들 살아 있다니 다행이군."

"하지만 그곳에서 요녕회주를 찾지 못했는데 혹 이곳에 나타났었습니까?"

"나도 놈을 만나진 못했어. 하지만 기회는 다시 오겠지."

"이곳 상황도 심각했군요. 소저께선… 으흠, 무탈하신 겁니까?"

천아영을 거론하던 맹가량이 순간 옆에선 모용설을 의식하고 말을 얼버무렸다.

"모용 소저께서도 어려운 걸음을 하셨군요."

"저보다는 맹 공께서 힘든 고초를 겪고 오신 것 같은데 괜찮으세요?"

"이 정도쯤이야 가뿐합니다."

"그런데 어느 분이 다치셨나요? 그리고 저곳에서 주민을 거드는 사람들은 누구죠?"

모용설은 은형십오위의 존재를 몰랐다.

예전에도 허공에서 갑작스럽게 나타나는 수하가 있어서 한두 명은 있을 것이라 여겼는데 가만 보아 하니 한두 명이 아니지 않은가.

북해에서 달랑 두 사람만 온 줄 알았더니 의외의 사람들이 주변을 얼씬거리니 의아한 마음이 든 것이다.

"그러게 말입니다. 저 녀석들이 왜 밖으로 싸돌아다니는 거지? 허허험."

맹가량은 의뭉스런 표정을 지으며 자리를 벗어났다. 마땅히 둘러댈 말이 없었기 때문이다.

모용설도 얼버무리는 맹가량을 보며 더 이상의 추궁은 없었고 고단하던 하루는 그렇게 저물어 갔다.

*　　　*　　　*

"소공, 천 낭자가 눈을 떴습니다."

맹가량의 보고를 받은 호연웅이 천아영의 방으로 향했다.

방문 앞에 도착하자 안에서는 도란도란 말소리가 들려왔다. 묵노와 천아영이 나누는 대화였다.

호연웅이 헛기침으로 인기척을 알렸다.

"허허험! 들어가도 되겠습니까?"

"아직은 안 되니 잠시 기다리게."

묵노의 음성이었다.

잠시 후, 방문이 열리며 묵노가 고개를 내밀었다.

"자네만 들어오게."

방 안으로 들어서자 진한 약향이 코끝을 찔렀고, 한 여인이

다소곳이 의자에서 일어나 고개를 숙였다.

면사로 얼굴을 가렸으나 온통 붕대로 감긴 그녀는 천아영이었다.

그녀는 헐렁한 장포를 걸치고 있었다.

"천 낭자?"

그녀가 고개를 끄덕였다.

병상에서 얼마나 시달렸는지 그 튼실하던 신체가 홀쭉해져 바람이 불면 날아갈 듯 호리호리했다.

"이렇게 일어나도 되오?"

"노고께서 괜찮다 하셨습니다."

호연웅이 묵노를 돌아보며 물었다.

"정말 이렇게 일어나도 괜찮은 겁니까?"

"그래. 이대로 있다가는 뼈가 굳어 움직이기 힘들어진다. 당장에라도 조금씩 움직여야 해."

"그동안 너무 야위었구려. 하루 빨리 몸을 추슬러야 할 텐데."

"흰소리는 그만하고 이제 사연을 들어보도록 하자."

좀 전까지 자애롭던 할머니의 눈빛은 사라지고 묵노는 서슬 퍼런 안광을 쏟아냈다.

그녀가 천아영을 마주 보고 물었다.

"네 정체가 무엇이냐?"

그 눈빛이 너무도 섬뜩해 호연웅이 말리고 나섰다.

"이제 자리에서 일어난 환자인데 너무 심한 것 아닙니까."

"심한 것은 내가 아니라 이 아이다. 의식이 깨어날 때마다 그 정체를 물었으나 끝끝내 함구하던 아이다. 그 때문에 주민이 여섯이나 죽었고 또 얼마나 죽을지 모르는데 그래도 내가 너무한 것이더냐."

"그 말엔 어폐가 있습니다. 그녀를 데려온 것은 접니다. 그것을 잘못으로 논하겠다면 응당 저에게 따져야 합당한 일입니다."

"흰소리 말아라. 조금만 언질을 주었어도 이토록 속수무책 당하진 않았을 것이다."

"그래도 환자 아닙니까. 의식이 불분명하던 상태에서 이런 일이 벌어질 줄 천 낭자인들 어떻게 알았겠습니까?"

"시끄럽네. 자네 수하들 역시 큰 봉변을 당했다고 알고 있거늘, 계집에게 눈멀어 사리 판단이 흐려졌는가!"

"그녀 역시 피해자이니 이번 일을 천 낭자에게 전가할 순 없습니다."

호연웅의 설득에도 묵노의 표정엔 변화가 없었다.

"들었느냐. 너 하나로 인해 사람들이 죽거나 다쳤다. 네 정체가 무엇이고 너를 쫓아온 자들은 누구더냐?"

천아영의 어깨가 들썩였다. 억울하고 서러운 감정이 쌓여 일어나는 흐느낌이었다.

그녀는 원통했다. 그리고 미안했다.

“눈물로 해소될 일이 아니다.”

묵노는 여전히 매몰차게 천아영을 몰아붙였다.

“노고, 그만 합시다.”

묵노의 심정이 이해는 되나 정도를 넘어서는 추궁이었다.

호연웅이 울컥하여 차가운 시선을 쏘아붙였으나 묵노는 여전히 사나운 기세를 드러냈다.

“말하여라. 네가 입을 열어야 그놈들을 요절낼 것이 아니더냐. 무고하게 희생된 주민의 원성이 네 귀에는 들리지 않는 것이냐!”

묵노의 서슬 퍼런 기세는 좀처럼 수그러들 줄 몰랐다.

과거 철의 여인이라 불렸다던 모용설의 이야기는 허언이 아니었다. 요녕을 휘젓던 전대고수로, 특히 남편인 모용가주보다 무공이 높아 별세하신 조부도 조모에겐 꼼짝을 못했다는 그 말을 당시엔 피식 웃었으나 이제야 실감이 되었다.

아니나 다를까, 한번 뿜어진 묵노의 노화는 쉽사리 가라앉지 않았다.

“계속 강경하게 나가시겠다면 이제는 제가 막아설 것이니 그만 자중하시죠.”

호연웅이 마지못해 분기를 끌어올리며 나섰다.

“말씀… 드릴게요.”

눈물이 뒤섞인 말이었다.

흐느끼던 천아영이 고개를 들었다. 면사로 얼굴을 가렸으나 그 아픔이 그대로 느껴질 정도로 처연해 보였다.

"조금의 거짓도 섞지 말고 말하여라."

묵노는 여전히 냉랭했다.

"전 금천세가의 차녀였습니다."

처음으로 묵노의 눈빛이 흔들렸다. 천아영이 언급한 금천세가 때문이었다.

"사실을 고하라 일렀거늘, 고얀 것! 금천세가의 여식이 어째서 이 먼 요녕 땅까지 흘러들어 화를 자초한단 말이냐."

금천세가는 천하의 부를 모두 거머쥐고 중원 상계를 좌지우지하는 무소불위의 가문이었다.

그 엄청난 가문의 여식이 걸인과 다름없는 행색으로 괴한들에게 쫓긴다?

믿을 수 없는 이야기였다.

"믿지 못하실 것이라 여겨 지금껏 말씀드리지 못했습니다. 저는 이곳까지 도착하는 데 이 년이란 시간이 걸렸고, 그 오랜 시간 동안 인내하며 이곳에 온 이유는 선친과 친분이 있는 한 가문에 도움을 요청하고자 함이었습니다. 하지만 보기 좋게 거절당했고, 이제 평생을 떠돌이로 숨어 살아야 할 형편입니다. 저로 말미암아 일어난 일에는 애통을 금할 길이 없으나 이곳에 제가 더 있으면 그 피해만 커질 것이니 이 길로 바로 떠나도록 하겠습니다."

"가긴 어딜 간단 말이냐. 그놈들이 누구더냐?"

묵노는 어디까지 믿어야 할지 모르나 생각해 볼 필요가 있다는 판단이 들었다.

늙은 생강이 달리 맵겠는가.

이 년이나 걸려서 도착했다는 그 말에는 고려해 볼 만한 사연들이 담겨 있었다.

금천세가가 있는 강남에서 요녕까지는 두 달여의 일정이 소요된다. 그 거리를 이 년에 걸쳐서 당도했단 말은 그만큼 여정이 험난했음을 증명하는 말이기도 했다. 그런 험난함을 겪었다면 대금천세가의 여식이 아니라 제국의 황녀라 해도 거지꼴을 면치 못할 것이다.

"제 말을 믿어주시는 것입니까?"

"믿고 안 믿고는 더 들어본 연후에 판단하겠다. 금천세가의 위세는 지금도 욱일승천하여 중원 상계가 그들 손에서 좌우되는 것으로 알고 있다. 그런 금천세가의 여식이 어찌 이런 꼴로 나돌아 다닐 수 있더란 말이냐."

"이 년 전 본가에 참화가 일어났습니다. 선친께서 지병으로 작고하시며 공석이 된 후사 자리를 놓고 친족들 간에 분쟁이 일어났습니다. 탐욕은 걷잡을 수 없이 번졌고, 후계였던… 오라버니마저 골육상잔에 희생되고 말았습니다. 그 당시 저 역시도 쇄혼독에 중독되어 생사가 위태로웠으나 가까스로 구명되어 이곳 요녕까지 숨어든 것입니다."

천아영은 지난 시절의 억울함이 떠오르는지 손을 잘게 떨었다.

“그것이 사실이라면 현 금천의 가주는 누구더냐?”

“종숙부에게 실권이 이양되었습니다.”

“음… 대련회란 곳에 대하여 말해보아라.”

“대련회를 아십니까?”

죄송스러워 고개를 숙였던 천아영이 놀란 표정으로 고개를 들었다. 대련회라는 조직이 워낙에 은밀한데 그것을 거론하니 다소 놀란 것이었다.

“이곳을 급습한 자들이 대련회 소속 요녕회주란 자의 수하들이라 들었다. 대련회와 금천세가는 어떤 연관이 있는 것이냐?”

“대련회는 수면에 부상하지는 않았지만 전 강호를 아우르는 거대한 연계 단체입니다. 아마도 종숙부가 천금을 들여 그들에게 의뢰하였을 것입니다.”

“결국 이 사달은 금천세가에서 비롯된 것이로구나.”

“송구합니다. 하나 노고께 한 말씀 올리자면 금천이나 대련회는 대적할 수 없는 자들입니다. 행여 원한을 갚고자 하신다면 더 큰 불행을 자초할 것이니 노화를 거두십시오.”

“그들이 아무리 거대한 단체라 해도 요녕회주란 자는 절대로 용서할 수 없다. 그리고 네가 금천가주의 여식이었다니 아직도 믿기지 않는구나.”

천아영이 일어나 조용히 읍을 했다.

“저는 이제 이 길로 떠나겠습니다. 그동안 보살펴 주셔서 감사하였습니다.”

“떽! 가긴 어딜 간단 말이더냐. 떠나도 그 상처나 아물거든 떠나도록 하여라.”

“저로 말미암아 또 어떤 불화가 닥쳐올지 모릅니다. 떠나게 해주십시오.”

천아영의 간청을 호연웅까지 나서서 막아섰다.

“그것은 승낙할 수 없소.”

“당신께서 나설 일이 아닙니다. 저에게 호의를 베푸시는 만큼 당신에게 위험이 따르게 됩니다. 이대로 절 보내주십시오.”

천아영의 표정은 간절했다. 그러나 그를 막아서는 호연웅의 표정 또한 확고했다.

“갈 때 가더라도 그 상처가 낫거든 떠납시다. 그동안 마을과 그대는 내가 보호하겠소.”

“대체 공자님께서 왜 이러시는지 모르겠으나 그들은 흉악합니다. 그 신분조차 드러나지 않는 자들인데 공연히 위험을 자초하지 마십시오. 저만 사라지면 될 일입니다.”

“여자가 너무 말이 많아도 안 좋소. 그러니 이 이야기는 그만 접고 그 상처나 치유하시오. 그다음 금천세가를 함께 찾으러 갑시다.”

“당신… 정말…….”

그때 묵노가 나서 두 사람의 대화를 끊어냈다.

"어험, 자네는 따로 나 좀 보세."

"그러겠습니다."

"그리고 아이는 푹 좀 쉬어라. 노망난 늙은이가 생떼를 부려 미안하구나."

묵노가 호연웅의 소매를 끌고 밖으로 나섰다.

천아영의 방을 벗어나 한가한 곳에 도착하자 묵노가 다시 눈빛에 예기를 담았다.

"설아는 어쩌려고 다른 곳에 눈독을 들이는 것이더냐?"

"네? 설아요?"

"그렇다. 내 손녀 녀석 말이다."

"이거 참 골치 아프네. 사실 그녀도 좋은 여인이긴 한데 고집이 좀 강해요. 아직 뭐라 말씀드릴 수가 없네요."

"그 아인 자네에게 모든 것을 주었다 했거늘 발뺌을 하려는 겐가."

터무니없는 억측에 얼굴이 하얘지는 호연웅이었다.

"참 나, 아직 손목도 잡아보지 못했는데 주긴 뭘 줬단 말입니까?"

"마음을 주었으면 모든 것을 준 것이지."

호연웅은 어이가 없었으나 사실 그 말에도 일리는 있었다.

자신의 방으로 돌아온 호연웅이 깊은 생각에 빠져들었다.

묵노와 나누었던 이야기를 떠올리는 것이었다.

사실 모용설은 괜찮은 여자였다.

그것도 썩 괜찮은.

요즘 모용설을 보면 가슴이 두근거리는 것이 예전에는 느끼지 못하던 감정들이 새록새록 솟아나기는 했다.

그런데 그것이 연정인지는 자신할 수가 없었다.

뭐랄까, 남에게 넘기기에는 아쉽고 취하자니 뭔가 부족하다고 할까. 이런저런 생각에 쉽사리 잠 못 드는 그였다.

머리를 털며 밖으로 나서자,

모닥불을 밝히고 번을 서고 있는 모용세가의 무사들이 보였다.

임시로 설치된 천막에 기거하며 요녕회주가 다시 나타날까 싶어 주민을 경호하는 것이었다.

그를 보며 호연웅이 허공에 조용히 속삭였다.

"누구지?"

허공이 일렁거리며 목소리가 들렸다.

"칠섭입니다, 주군."

"몸은 괜찮은가?"

"이 정도쯤이야 얼마든지 참아낼 수 있습니다."

"다른 조원들은 운공에 들어갔는가?"

"네, 그렇습니다. 하지만 곧 기력을 되찾고 주군을 보필하는 일에 전력을 다할 것입니다."

“좋아, 그럼 맹 공과 은형호위들에게 전하게. 천 낭자와 이 곳을 반드시 지켜내라고.”

“어딜 가려고 하시는 겁니까? 소신이 따르겠습니다.”

“아니. 맹 공을 도와 이곳을 지키게. 난 그 요녕회주란 놈을 잡으러 다녀와야겠어.”

“이 밤중에 어디 숨은 줄 알고 찾아가시는 겁니까.”

“다 방법이 있지.”

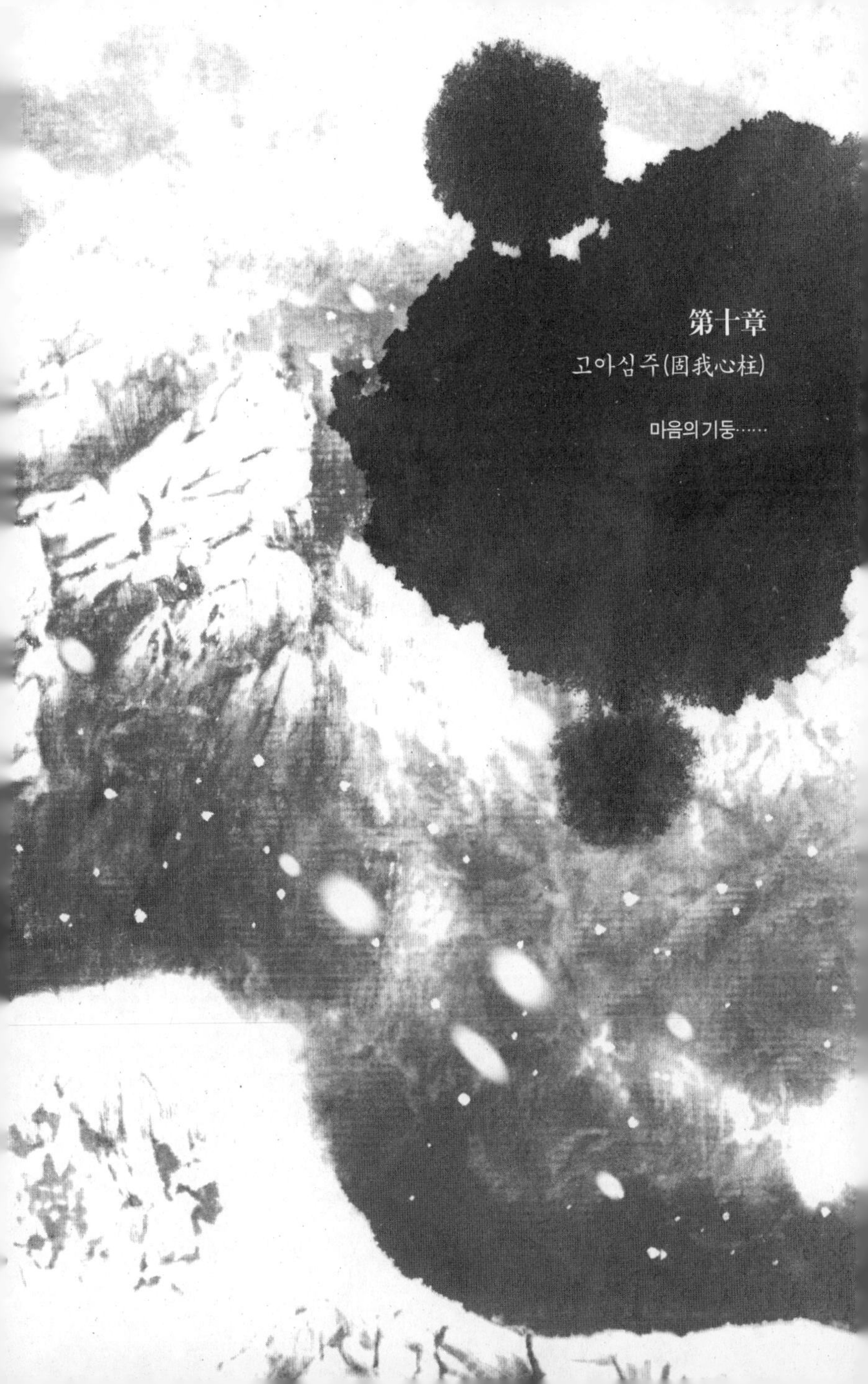
第十章
고아심주(固我心柱)

마음의 기둥……

고아심주(固我心柱)
마음의 기둥……

　한밤중에 먹계촌을 벗어난 호연웅이 달려온 곳은 심양천도관이었다.

　휑하게 뚫린 정문을 지키는 수문위사들을 피해 호연웅이 담장 위로 올라섰다. 연무장에는 장례식이 벌어졌던 애잔함과는 사뭇 다른 기운이 감돌고 있었다.

　연무장 곳곳에 횃불이 밝혀졌고, 전각마다 순시하는 무사들이 넘쳐 나 전시 체제와 같은 긴장감이 흘렀다.

　그를 주시하던 호연웅이 허공에 녹아들며 신형을 숨겼다.

　은형십오위의 비공은형술이었다.

　사실 당당하게 들어설 수도 있었지만, 그렇다면 또다시 벌집을 쑤신 듯 전각마다 무사들이 쏟아져 나올 것이다.

그들 가운데는 요녕회주가 심어놓은 첩자가 분명히 있을 테니 지금은 최대한 은밀하게 잠입하는 것이 관건이지 위세를 드러낼 때는 아니었다.

은밀에 몸을 숨긴 호연웅의 시선에 뿌옇게 흔들리는 사람들이 보였다. 호연웅이 동정을 살피던 담장을 향해 경계 무사들이 달려오는 것이었다.

호연웅은 황급히 빙혼무흔을 펼쳐 허공으로 몸을 띄웠다. 담장 밑에 도착한 그들이 두리번거리며 주위를 살폈다.

"이상하네. 귀신에 홀린 것도 아니고 분명히 그림자가 비쳤는데."

"분명히 보긴 보았는가?"

"아무래도 헛것을 본 모양이네."

"그래도 모르니 주변을 좀 더 둘러보세."

두런거리는 그들을 뒤로하고 호연웅이 허공을 걸어 멀찍이 떨어진 연무장 한편에 내려서서 잠시 숨을 골랐다.

비공은형과 빙혼무흔을 함께 펼치자 내력이 막심하게 소모되었기 때문이다.

빙혼무흔은 사실 과시적인 성향이 강했다. 위세를 드러내 상대를 겁박할 때나 잠시 펼칠 만한 공부이지 내력 소모가 많아 장시간 사용하기엔 부적절한 것이었다.

호연웅은 연무장을 가로질러 대전각으로 향했다. 그곳에

자신이 만나고자 하는 자들이 있을 것이다.

요녕회주와 연결된 그 누군가가.

뿌옇게 흐린 시선으로 전각의 모퉁이를 돌자 경계 중인 위사들이 눈앞에 나타났다.

그들은 출구마다 짝을 지어 형형한 안광을 번뜩이고 있었다. 그 기세에 잠입이 녹록지 않아 후면 출구로 향했으나 그곳도 상황은 마찬가지였다.

그때 곁에 섰던 위사가 돌연 기지개를 켜며 팔을 펼치는 바람에 곁에 붙어 있던 호연웅이 화들짝 놀라 물러섰다.

"응?"

"왜 그래?"

다른 동료 위사가 그에게 물었다.

"뭔가 스친 것 같았는데?"

보이진 않지만 무언가 섬뜩한 느낌이 자신의 손등을 분명히 스치고 지나쳤다.

"그게 뭔데?"

"몰라. 분명히 감촉이 있었는데?"

"조금만 참게, 곧 교대 시간이니. 아무래도 많이 피곤했던 모양이네."

"그럴까? 왠지 으스스한데."

그들이 대화를 나누는 모습을 빤히 바라보며 호연웅은 나직이 한숨을 돌렸다.

무엇이 두려워 눈치를 봐야 하는지 우습기도 했고, 출구에 저렇게 바짝 붙어선 이상 저들을 속이고 잠입한다는 것은 사실상 불가능한 일이었다.

그 시각, 전각 내부에서는 사범들이 모여 열띤 논의가 이뤄지고 있었다.

대사범 임지평의 물음에 사범들의 대답이 이어졌다.

"의견을 제시해 보게."

"저희는 능라원의 자식들입니다. 대모님께 은혜를 받은 저희가 어떻게 그분의 안위를 외면하겠습니까."

"삼사형의 말씀이 옳습니다. 대모님과 능라원을 위해서라면 어떤 짓이라도 전 결행할 것입니다."

"그건 저희도 마찬가지입니다."

"잠깐!"

대사범 임지평이 축이 기울어지는 의견을 저지하고 나섰다.

"나 역시 대모와 능라원을 위해선 목숨이 아깝지 않다. 하지만 냉철하게 판단해야 한다. 우리가 몰살되고 난 이후에 과연 능라원이 무사할까?"

"누군가는 살아남아 능라원을 이끌어야지요."

능라원은 그들이 자라난 보육원이었다.

이십 년 전 요녕의 실세를 장악하던 세 개의 가문이 하루아침에 멸문되는 참화가 일어났다. 이른바 삼각가(三脚家)의 변이라 불리는 의문의 사건이었다.

멸문 당시 세 곳의 가문에선 열 살 미만의 아이들이 모두 살아남았다. 그리고 그들을 거둬 키운 여인이 있었으니 그녀가 바로 능라원의 대모인 남상희란 기녀였다.

당시 서른하나의 나이던 그녀는 자신이 운영하던 기루를 팔아 능라원이라는 보육원을 만들고 참화에서 생존한 아이들을 길렀다. 그리고 그 능라원이 지금은 요녕에서 가장 큰 보육원으로 자리를 잡게 되었다.

임지평이 그들의 의견에 고개를 흔들었다.

"그것도 그를 제거했을 때의 일이다. 현재 우리의 능력으로 그를 어찌할 수 없음을 잘 알고 있지 않으냐."

"그럼 어쩌자는 겁니까?"

"진정 능라원과 심양천도관의 살길이 눈에 보이지 않는 것이더냐."

"다른 도리가 있습니까?"

"아직 한 가지가 남았다. 그것은 그에게 고변하고 협조를 부탁하는 것이다."

임지평의 말에 누구도 반론을 제기하지 못했다.

그들도 심적으로는 그 길뿐이라는 점을 수긍하기 때문이었다. 다만 실현 불가능하리라 판단했기에 거론치 못한 것뿐이다. 그들이 간절히 도움을 바라는 대상은 호연웅이었다.

땅에서 솟아나듯 존재감을 드러낸 위인, 또 그와 얽힌 악연들이 있으니 그가 나서서 자신들을 도와주리란 것은 요원한 일에 지나지 않았다.

그때 실내를 잔잔하게 흔드는 목소리가 있었다.

"그대들이 말하는 살길이 바로 나를 말함인가?"

모든 시선이 목소리로 향했다.

그리고 그곳에 호연웅이 있었다. 출구에서 기회를 엿보던 그는 근무 교대조가 문을 열어 내부의 동향을 살피는 틈을 이용, 내부로 잠입하여 이들의 대화를 듣고 있었다.

"어, 어떻게 기척도 없이?"

"그것은 질문의 답이 아닐 텐데?"

"맞습니다. 저희가 도움을 요청코자 하는 분은 바로 귀공이십니다."

임지평이 읍을 올리며 나섰다.

"볼모들을 구해내지 못했는가?"

"서둘러 능라원을 찾아갔으나 이미 종적이 묘연한 뒤였습니다. 다만 하나의 서찰이 남겨졌는데, 그것이……."

"내 목이라도 들고 오라 하던가?"

일침을 놓는 말에 좌중이 참혹하게 가라앉았다. 그나마 임지평이 침착하게 속내를 털어놓았다.

"송구합니다. 그러나 그것은 저희 의도와 상관없는 일. 저희의 무공으로 귀공을 대적하기란 이란격석(以卵擊石)이요,

조족지혈(鳥足之血)임을 스스로 잘 알고 있나이다.”

“참으로 이상한 논리를 늘어놓는군.”

“……?”

“그 말은 힘이 되고 능력이 된다면 협의와는 상관없이 약자를 핍박하겠다는 논리가 아닌가. 그런 판단은 사마외도나 가능한 것. 지금껏 정도관이라는 자들이 그런 정신을 가지고 무예를 수련하였단 말인가.”

반론의 여지가 없었다.

그들의 얼굴이 참혹하게 굳어졌다. 한때는 무관에 입문하며 협의지사를 꿈꾸던 자신들이 아닌가..

그런데 언제부터였을까?

굳건하던 초심은 어느 순간 뒤틀리기 시작했고, 지금은 썩을 대로 썩어 진한 악취를 풍기고 있었다.

대사범 임지평이 털썩 무릎을 꿇자 무사범들이 뒤따랐다. 스스로 돌아보아도 자신들이 사도(邪道)의 길을 걷고 있음이 느껴지기 때문이다.

그날 저녁 심양천도관의 대전각에서는 심도 깊은 논의가 이루어졌다. 먼저 능라원의 실체가 낱낱이 드러났고, 그를 이끌어온 대모 남상희의 존재가 주목받았다.

그녀는 살아 있는 성녀였다.

지금껏 능라원을 통해 수많은 고아를 보살펴 갱생하도록

하였고, 지금도 숱한 고아들이 그녀의 보살핌 아래 무럭무럭
자라나고 있었다.

특히 심양천도관의 무사범들이 모두 능라원 출신이라는
점은 놀랄 만한 일이었다. 가문이 몰살되어 복수를 울부짖고
정에 메말라 깊은 수렁에 빠지기 쉬운 그들이었다.

멸문한 가문의 어린 생존자들, 그러나 대모 남상희는 그들
을 올바르게 인도해 냈다.

이는 그녀의 헌신이 있었기에 가능할 수 있는 일. 비로소
무사범들의 결속력이 조금씩 이해가 되었다.

거기다가 심양천도관이 단기간에 심양제일의 무관으로 주
목받은 원인도 그 실체를 드러냈다.

현 심양천도관의 수련생은 사백여 명.

타 무관의 수련생이 삼십여 명 내외인 것과 비교하면 명문
정파에 버금가는 숫자라 할 만했다.

어째서 심양천도관으로 수련생들이 몰려들었을까.

그것은 특출 난 무공도 아니요, 뛰어난 무인이 있어서도 아
니었다.

첫 원인은 열과 성의를 다해 지도하는 수련 방식에 있었다.
능라원 출신의 무사범들은 수련생 지도에 헌신을 다했다. 자
신들이 헐벗고 굶주림의 시절을 보냈기에 몰려드는 수련생들
에게 성의를 다했고, 그만큼 유대감도 깊어진 것이다.

그리고 결정적인 원인은 요녕회주와 장로원의 밀약으로

이루어진 심양천도관의 운영 방식에 있었다.

심양천도관의 관비는 후 지급제로 운용되었다.

그동안에 필요한 경비는 요녕회주가 조달하였고, 그는 이후에 더욱 큰 보상으로 실익을 챙겼다.

매달 지급해야 하는 관비가 없으니 원하는 자는 누구라도 심양천도관에 입관할 수 있었고, 무상으로 무예 수련을 받았다. 그리고 오 년의 수련 기간이 끝나면 취업을 하게 되는데 심양 인근이나 요녕 일대, 좀 더 넓게는 중원까지 진출하여 무사로서의 그 임무를 수행하였다.

오 년간의 단기간 숙성된 무공이라 비루한 감이 있어 요직이 아닌 수문위사나 표국의 표행무사 등과 같은 한직이 대다수였지만 그것만으로도 그들은 훌륭하게 맡은 바 임무를 다했다.

꼬박꼬박 지급받는 녹봉의 삼분의 일을 밀린 관비로 수납했고, 소속된 곳의 자잘한 정보들을 함께 올렸다.

비록 방문자가 누구고 어떤 물동량이 들어오고 나간다는 소소한 정보들이었지만, 작은 냇물이 모여 강물을 이루듯 소소한 것을 모아 요녕회주는 일급을 넘어선 특급 정보들을 밝혀내곤 하였다.

그렇게 매년 팔십여 명의 수련자가 배출되어 강호로 흘러들었고, 그것이 십여 년의 세월이 지났으니 요녕회주가 거둬들이는 정보는 가히 천금과도 같다고 할 수 있었다.

게다가 거둬들이는 수익도 점차 늘어나니 장학생까지 선별하여 운영할 수 있었고, 힘없고 서러운 자들은 너도나도 심양천도관으로 몰려들었다.

그렇다고 모든 이들을 수련생으로 거두는 것은 아니었다.

나이와 자질, 충성도와 혹시 모를 배신에 대비하여 인질로 삼을 가족들이 있는 자들만 선별하였으니, 심양천도관이 단기간에 심양제일의 무관으로 성장하는 것은 당연한 일이 되고 말았다.

그뿐만이 아니었다. 간혹 수련을 빌미로 강제 노역에 차출되는 일이 있었지만, 불만을 표출하는 생도는 없었다.

무사범들 역시 노역에 동참하니 누가 불만을 표하겠는가.

오히려 그런 부대낌을 통해 사범들과 관원들 간에 끈끈한 유대감이 형성되어 갔던 것이다.

사범들의 그런 노력은 모두 능라원을 위한 헌신이었다고 할 수 있었다. 사범들과 유대감이 쌓인 관원들은 모두 능라원의 후원자가 되었고, 근 일백에 가까운 원생들을 보육하는 대모 남상희에게 물심양면으로 큰 도움이 되었다.

그러니 그들이 혈연에 버금가는 끈끈한 유대감을 형성하는 것은 당연한 일이었다.

한데 그런 대모와 원생들이 납치되었다.

목숨보다 소중한 것을 잃어버린 그들의 울분이 어느 정도일지 능히 짐작되는 일이었다.

모든 비사를 전해 들은 호연웅은 자신도 모르게 그들에게
젖어들고 있음을 느꼈다.

"납치된 인원이 몇 명이오?"

"대모님을 포함하여 백 명이 조금 넘습니다."

호연웅의 물음에 답한 것은 임지평이었다.

적지 않은 숫자. 그 많은 인원이 이동한 것도 그렇지만 감
금할 장소 또한 만만치 않은 일이었다.

그런데 그들이 일시에 증발하듯 사라졌다?

무언가 의문이 남는 일이었다.

"능라원 인근은 조사를 해보셨소?"

"그 말씀은?"

"적지 않은 인원이 움직였으니 분명히 목격자가 있지 않겠
소? 그리고 능라원 인근에 그들을 수용할 만한 장소가 있는지
그것을 찾아보시오."

"귀공께서 저희를 도와주시겠다는 말씀이십니까?"

"불의를 외면할 순 없지 않겠소."

"결코 이 은혜를 잊지 않겠습니다, 귀공."

"한데 무사범들 가운데 요녕회주와 결탁한 자가 없는지 자
신할 수 있겠소?"

"저희가 비록 성씨는 다르나 혈연으로 맺어진 가족보다 더
단단하다 말할 만큼 서로를 믿습니다. 무사범들 가운데 그런
자는 결단코 없습니다."

“하면 관원들 가운데는?”

“그것은 가능합니다. 장로원에 사주를 받은 생도들이 있으니 말입니다.”

“그렇다면 무슨 말을 하려는지 잘 알 것이오. 철저히 기밀을 유지할 것이며 생도들을 배제하고 사범들이 직접 탐문에 나서주시오.”

“알겠습니다.”

“그리고 장로들은 지금 어디에 있소?”

임지평이 고개를 설레설레 저었다.

“잠적하였습니다.”

“그럼 장로들의 식솔들은?”

“그들 역시 잠적하였습니다.”

호연웅은 내심 요녕회주와 장로들의 기밀한 기동성에 허를 내둘렀다. 한순간의 판단으로 이루어진 결행들이 너무도 신속하지 않은가.

시선을 분산시켜 배후를 치고 그 와중에도 감쪽같이 존재를 숨겼으니 실로 놀라울 만한 통찰력이었다. 그 사실이 호연웅을 자극했다. 알면 알수록 요녕회주는 간악하고 교활한 것이 만만치 않은 상대였다.

자신도 모르게 호연웅은 슬며시 주먹을 말아 쥐고 있었다.

*   *   *

붕아산장이 내려다보이는 산마루.

그곳에 한 명의 중년인과 여섯 명의 노인이 나타났다.

중년인은 요녕회주 문도수였고, 노인들은 대련회의 감찰사자 공손중과 적도문의 봉공 흑야노사, 그리고 심양천도관의 사장로들이었다.

공손중이 허연 수염을 쓸어내며 말했다.

"아무런 성과도 없이 근거지만 쓸려 나갔군."

그가 바라보는 곳은 폭삭 가라앉아 잿더미로 변한 붕아산장이었다.

그 말에 요녕회주의 눈빛이 번뜩였다.

"책임은 내가 질 것이니 감찰사자께서 왈가왈부할 일이 아니오."

"아직도 기고만장한 것인가. 쉬운 상대가 아닐 것이라는 내 경고를 자네는 무시했네."

"무력은 실로 놀라우나 머리를 쓰는 것은 서투른 자요. 다 잡은 고기를 노망난 할망구가 망쳐 놓았을 뿐이오."

"대련에는 오직 결과만이 있네."

"그 결과도 아직은 끝나지 않았소."

물러섬이 없는 설전이었다.

요녕회주 문도수는 여전히 형형한 안광을 번뜩이며 무너진 붕아산장을 노려보고 있었다.

"하면 또다시 반격을 준비하는 것인가?"

"그렇습니다. 이번엔 요녕지부의 모든 것을 걸 것이오."

"설마?"

"맞소. 이미 삼마제들에게 기별을 전했소."

"이제 곧 상부에서 지원이 도착할 터인데 너무 무리하는 것 아닌가?"

"아직도 상부의 지원이 탐탁지 않은 나요. 더는 거론할 것 없소. 요녕의 힘으로 이번 일에 끝을 볼 것이오."

"그 호언장담이 성공으로 끝나길 빌겠네."

요녕회주 문도수는 자신 있게 고개를 끄덕였다.

"그럼 그들이 나타날 때까지 숨바꼭질이나 합시다."

호연웅과 임지평이 독대한 자리에 슬그머니 허공이 열리고 육섭이 모습을 드러냈다.

"헉!"

놀라는 임지평을 호연웅이 손을 들어 진정시켰다.

"조사된 것이 있는가?"

"붕아산장에 수상한 자들이 나타났습니다."

"그래서 어떻게 되었지?"

"현재 칠섭과 팔섭이 그들을 뒤쫓고 있습니다."

"근접하지 말라는 언질은 주었겠지?"

"당연합니다. 비공은형술을 간파하는 자가 있으니 각별히 조심하라 일러두었습니다."

호연웅이 끄덕이며 일어섰다.

"좋아, 우리도 출발하지. 임 사범께선 사범들에게 은밀히 연락하여 붕아산장으로 집결하라 일러주시오."

"알겠습니다."

스르륵 허공 속으로 녹아든 호연웅이 육섭과 함께 신형을 숨겼다. 그 광경에 놀란 임지평이 눈을 치켜뜨며 밖으로 향했다. 기별을 전하기 위해서였다.

"가자."

허공에 숨어든 호연웅과 육섭이 경공을 펼쳐 내달렸다.

은밀에서 바라보는 세상은 언제나 색다른 느낌을 전해준다. 뿌옇게 펼쳐지는 풍경들은 어떨 때는 햇살이 번져 들어 유리벽 속에 빠져든 느낌을 전하기도 했고, 실상과 잔상이 겹쳐지며 묘한 이질감을 전하기도 했다.

실체와 가상이 어우러져 보이는 괴이한 현상에 이맛살을 찌푸리던 호연웅이 서서히 속도를 줄였다.

"주군, 왜 그러십니까?"

"휴우, 도대체 이런 걸 어떻게들 견뎌내지?"

"무엇을 말입니까?"

"세상이 흔들리는 거 말이야. 온통 뒤섞여 뭐가 뭔지 알 수가 없잖아."

"그게 처음엔 적응이 어렵지만 숙달되다 보면 괜찮아집니다. 먼저 보인 사물을 기억에서 지우고 새로운 것에만 집중하면 되니까요."

"후후, 그래?"

"그럼 은밀을 걷어내고 본격적으로 가볼까요?"

"아니, 잠깐만. 좀 전에 한 말?"

"무엇을 말입니까."

"먼저 것을 지우고 새로운 것에 집중한다고 했지?"

"그렇습니다."

호연웅의 표정에 환한 웃음이 번졌다.

"이제 알겠어. 왠지 불안하더니 그 이유를 알겠군."

"도대체 무슨 말씀이신지……."

"그렇게 꼭꼭 숨어 있던 자들이 왜 모습을 드러냈는지 말이야. 교란술이야. 맞아! 놈은 우리를 교란하려는 거야."

"교란이라면……."

"능라원에서 납치된 원생들은 분명히 납치된 장소 인근에 감금되어 있어. 무사범들이 그 인근을 수색하며 포위망을 좁히니까 시선을 따돌리려고 꼬리를 드러낸 거야."

비로소 육섭도 호연웅의 말뜻을 이해할 수 있었다.

"그럼 붕아산장으로 집결할 것이 아니라 능라원 인근의 수색을 더욱 강화해야겠군요. 이 사실을 임 사범에게 전하고 오겠습니다."

"아니야. 이번엔 우리가 놈들을 가지고 놀 차례야."

　　　　　*　　　　*　　　　*

　폐허로 변한 붕아산장으로 무사범들이 모여들었다.

　그들의 표정은 상기되어 있었다.

　대모와 원생들을 구할 단서를 찾았다는 사실에 그들은 전력을 다해 달려온 것이었다.

　"어째 귀공께서 보이지 않으십니까?"

　대사범 임지평이 육섭에게 물었다.

　"주군께선 따로 그들의 뒤를 쫓고 있고, 우린 우리대로 그들을 추격할 것이오."

　"한참 전에 사라진 자들인데 추격할 방도가 있겠습니까?"

　"동료가 그들을 미행하는 중이니 우린 그들이 남겨준 비표를 보고 뒤를 쫓을 것이오. 그럼 갑시다."

　산비탈을 오르는 육섭의 뒤를 사범들이 따랐다. 그곳엔 나무줄기에 상처를 남긴 칼자국들이 즐비했다.

　조원들이 남긴 표식, 비표였다. 그어진 방향과 개수를 보고 위치를 확인한 육섭이 신형을 날렸다.

　"동편이요."

　한편, 일행과 헤어진 호연웅은 두 명의 은형이조원과 능라원에 도착하였다.

능라원은 그리 크지 않은 아담한 가옥이었다.

이런 곳에서 백 명 이상의 아이들이 생활했다니.

얼마나 치열하게 부딪치며 자랐을지 능히 상상이 되는 일이었다. 세 명만 모여도 패가 갈리는 아이들. 그런 아이들이 좁은 공간에서 서로 부대끼며 정을 나누었으리라 상상하니 절로 실소가 흘렀다.

그런 아이들을 보육하는 대모 남상희는 얼마나 대단한 여인일까. 묵노가 과거에 철의 여인이라 불렸다지만 진정한 철의 여인은 바로 그녀가 아니겠는가.

하지만 단란하고 화목하던 광경은 지금 모두 사라지고 없었다. 빈 광주리와 빨랫감이 굴러다니며 을씨년스러운 풍경만 전할 뿐이었다.

그들은 어디로 사라졌을까?

직감이 속삭였다. 멀지 않은 곳에 능라원 원생들이 감금되어 있을 것이라고.

백여 명이 납치되었으나 단 한 명의 목격자가 없다는 사실이 더욱 확신을 심어주었고, 분명히 그 흔적은 이곳 어딘가에 숨겨져 있을 것이다.

호연웅이 구섭과 십섭을 돌아보며 말했다.

"구섭은 뒷마당을 돌아보고 십섭은 담장을 둘러보고 지워진 흔적이 있는지 찾아보도록 하게."

잠시 후 뒷마당 장독대에서 흙으로 살짝 뒤덮은 다수의 족적이 발견되었다.

출입문을 통하지 않고 뒷담을 통해 납치된 것이다.

뒤편 담장을 넘어서며 산기슭과 연결이 되었다.

울울창창한 죽림에 가려졌으나 이를 벗어나면 외진 산길이 이어진다. 아니나 다를까, 죽림을 잘라 길을 내고, 잘린 오죽을 다시 땅에 박아 은폐한 정황들이 나타났다.

천도관의 사범들이 그 정황을 찾아내지 못한 것은 당연한 결과였다.

이처럼 감쪽같은 위장은 전문적인 지식이나 경험이 있어야 가능한 일. 매일 목도 수련과 운공으로 하루를 보내는 그들에겐 미숙한 부분이기도 했다.

게다가 본능적으로 그들은 자신들이 자랐던 환경이 훼손되는 것을 용납지 않았다.

눈에 드러나는 흔적만을 찾았지 이처럼 위장으로 그 흔적이 가려진 곳은 보고도 의심치 않았다. 죽림은 한 걸음도 내딛지 못할 만큼 촘촘했다. 눈에 익은 풍경이 온전했으니 의심하지 않음은 당연한 일이었다.

호연웅이 그 흔적을 따라 죽림 속으로 들어섰다. 어렵사리 죽림을 헤치고 나오자 이번에는 수풀이 우거진 산길이 나타났다.

그리고 또다시 흔적이 사라졌다.

비록 아이들이지만 백여 명이 끌려갔다면 그 자국이 남겨져야 한다. 날개를 달아 이동한 것이 아닌 이상은.

그런데 이토록 묘연하다는 것은?

누구처럼 나무를 타고 이동했다는 말인가?

그것도 불가능했다. 서너 살의 아이들도 포함된 원생들이 경공을 알 리도 없고 가능치 않은 일이었다.

호연웅이 바닥에 손을 짚어 수북하게 쌓인 낙엽 위를 더듬어갔다.

그때 느껴지는 축축한 기운.

바싹 마른 낙엽들과는 대비되는 습기였다.

누군가가 흔적을 감추기 위해 낙엽을 뿌리며 습기를 먹은 쪽이 뒤집혀 엎어진 것이었다.

호연웅이 피식 웃으며 구섭과 십섭에게 신호를 보냈다.

눈길에 찍힌 발자국에 눈가루를 뿌려 덮는 것과 같은 눈속임, 북해에서도 사냥 때 가끔 쓰던 위장술이다.

젖은 낙엽을 만진 구섭과 십섭이 고개를 끄덕였다.

그들은 낙엽을 더듬으며 습기가 전해지는 낙엽을 따라 추격을 이어나갔다.

그 촉감을 따라 이동하자 눈앞에 자그마한 동굴이 나타났다. 육안으로 확인했다면 넝쿨에 가려져 있는지도 모를 만큼 좁고 은밀한 장소였다.

주먹을 쥐어 호위들을 세운 호연웅이 바닥에 귀를 붙였다.

천리지청술(千里地聽術).

대성하면 백 장 밖의 나뭇잎 떨어지는 소리도 들을 수 있다
는 공부다.

청각에 내력을 집중하자 잔잔한 진동이 울렸다.

이어 도란거리는 목소리가 들렸다.

아직 대성을 이루지 못했고, 워낙에 작은 소리가 동굴에서
공명하는 터라 무슨 말인지는 알아듣지 못했다.

그러나 그 목소리만으로도 마음은 한결 편안하게 가라앉
았다. 혹시라도 참혹한 살상이 벌어지지는 않았을까 했던 우
려를 씻어낼 수 있었다.

아직 능라원의 아이들은 무사했다.

호연웅이 구섭과 십섭에게 눈짓으로 신호를 보낸 뒤 허공
속으로 녹아들었다. 이어 신호를 받은 그들도 모습을 숨겼다.

은밀에 몸을 숨겼어도 조심스러운 발걸음은 이어졌다. 한
걸음 한 걸음 숨을 죽여 동굴 깊은 곳으로 이동했고, 마침내
잔뜩 겁에 질려 오들오들 떨고 있는 아이들이 보였다.

먼지가 내려앉아 꾀죄죄한 얼굴, 머리카락은 산발이 되었
고 주르륵 흘러내린 눈물 자국이 얼굴에 선명했다.

그런 아이들의 주변에는 열둘이나 되는 무사들이 여차하
면 칼을 뽑아 휘두를 듯 사나운 기세를 뿜어내고 있었다.

열둘이라.

상황은 예상보다 곤란한 상태였다.

안전하게 구출하기 위해선 열두 명을 일시에 제압해야 하

는데 좁고 길어 그러기에는 무리가 따랐다.

겁에 질려 있는 아이들이 안쓰러웠지만 당장은 안전하게 구출할 방법이 없었다.

전방의 서너 명을 처리하고 나면 후방의 무사들이 칼을 뽑아 난동을 부릴 것이고, 그 와중에 몇 명의 아이들은 죽거나 다칠 것이다.

호연웅은 동굴의 그늘진 곳으로 숨어들어 기회를 기다렸다. 납치범들이 근접하여 모여들 그 순간을.

『북해군주』 2권에 계속…

천부천하
天府天下
김용희 新무협 판타지 소설
天府天下
천부
천하

Dragon order of FLAME 폭염의 용제

김재한 판타지 장편 소설

「사이킥 위저드」, 「마검전생」의 작가 김재한!
그가 그려내는 새로운 액션 히어로가 찾아온다!

모든 것을 잃고 복수마저 실패했다.
최후의 일격마저 막강한 레드 드래곤 앞에서 무너지고,
죽음을 앞에 둔 그에게 찾아온 또 하나의 기회!

"네 운명에 도박을 걸겠다."

과거에서 다시 눈을 뜬 순간,
머릿속에 레드 드래곤의 영혼이 스며들었을 때,
붉은 화염을 지배하는 용제가 깨어난다!

강철보다 단단한 강체력을 몸에 두른
모든 용족을 다스리는 자, 루그 아스탈!

세상은 그를 '폭염의 용제' 라 부른다!

Book Publishing CHUNGEORAM